Christoph Spielberg

Denn wer zuletzt stirbt
Roman

Personen und Handlung sind frei erfunden.

Erstveröffentlichung: Piperverlag,
München/Zürich 2002

Prolog

Es war Punkt vierundzwanzig Uhr, exakt der Beginn des neuen Jahres, als die rote Kontrolllampe an seiner Infusionspumpe aufleuchtete. Er hatte nicht mehr damit gerechnet, das neue Jahr lebend zu erreichen, trotz Doktor Hoffmanns Versicherung, dass seine Zeit noch nicht gekommen sei und diese Infusion dafür sorgen würde. Ärzte müssen Hoffnung verbreiten, auch falsche, das gehört zu ihrem Job. Tatsächlich fühlte er sich auch schon besser mit diesem Medikament, das in steter Dosierung in seinen Körper gepumpt wurde.

Egal ob professioneller Optimismus oder qualifizierte medizinische Einschätzung, Doktor Hoffmann hatte recht behalten, er war lebendig im neuen Jahr angekommen. Unglaublich. Seit Weihnachten war es ihm verdammt schlecht gegangen, in der vergangenen Woche hatte Doktor Hoffmann jeden Tag öfter vorbeigeschaut, schon an sich ein schlechtes Zeichen, und bei jeder Visite ein besorgteres Gesicht gemacht. Soweit er es verstanden hatte, war das Problem nicht direkt sein verdammter Prostatakrebs, Folge seines Alters von immerhin zweiundachtzig Jahren und von zu oft verschobenen Besuchen beim Urologen, sondern es hing mit der Schwächung des Körpers durch die Chemotherapie zusammen. Irgendwelche Bakterien hatten die Chance ergriffen, sich in seiner Lunge festgesetzt und von dort aus seine Organe vergiftet. "Sepsis" hatte Doktor Hoffmann gemurmelt und mit einem Doktor Valenta von der Intensivstation das weitere Vorgehen diskutiert.

Dieser Doktor Valenta wollte ihn auf die Intensivstation übernehmen, aber Doktor Hoffmann hatte abgelehnt: Das sei ein zu großer Streß für seinen Patienten, die notwendigen Medikamente könne er auch hier bekommen. So war er an diese Infusionspumpe angeschlossen worden. Tatsächlich kümmerten sich die Schwestern sehr aufmerksam um ihn, sicher liebevoller als das abgestumpfte Personal auf der Intensivstation.

Aber nun leuchtete plötzlich dieses rote Lämpchen. Sollte er sich Sorgen machen? Sicher nicht. Irgendwo würde auf einem Monitor jetzt auch eine Kontrolllampe blinken, gleich würde jemand kommen und die Sache in Ordnung bringen. Falls überhaupt etwas in Ordnung zu bringen war. Er kannte sich aus mit plötzlich aufleuchtenden Kontrolllämpchen, schließlich hatte er fast fünfundzwanzig Jahre seines Lebens im Cockpit von

Flugzeugen verbracht: Rote Lämpchen für ein angeblich klemmendes Fahrwerk, das tatsächlich komplett ausgefahren und eingerastet war. Rote Lämpchen für warm gelaufene Triebwerke, die vollkommen normal arbeiteten. Rote Lämpchen haben ein ausgeprägtes Eigenleben. Das sicherste Mittel war noch immer ein kräftiger Schlag auf die Armaturen gewesen, oder sie einfach zu ignorieren. Außerdem hatte erst vor kurzem eine Schwester seine Infusionspumpe überprüft. Um ihn nicht zu stören, hatte sie das Licht nicht eingeschaltet und eine von diesen Minitaschenlampen benutzt.

Er schaute erneut zur Uhr auf dem Nachttisch. Hatte die plötzlich auch einen Defekt? Jedenfalls konnte er die Minutenanzeige kaum erkennen. Auch schienen jetzt zwei Kontrolllämpchen zu leuchten. Es wurde wirklich langsam Zeit, dass sich jemand um die Sache kümmerte. Wie hatte er annehmen können, dass es auf dieser Station einen Zentralmonitor gäbe, auf dem auch eine Kontrolllampe blinkte? Er lag schließlich in der Abteilung für chronisch Kranke, da war sicher schon dieser Infusionsautomat ein Luxus! Und wahrscheinlich aus der Steinzeit der Medizin! Wo war nur der verdammte Rufknopf für die Schwestern? Sonst hing der immer direkt neben seiner rechten Hand, aber da war nichts. Irgendetwas lief ernstlich falsch.

Er versuchte zu rufen, brachte jedoch lediglich ein unartikuliertes Stöhnen heraus, unmöglich, dass ihn jemand hörte. Warum nur war er Privatpatient mit eigenem Zimmer, ohne einen Mitpatienten, der jetzt helfen könnte! Wahrscheinlich wäre die Intensivstation doch besser gewesen. Er versucht aufzustehen. Keine Chance, verdammte Schwäche!

Inzwischen blinkt ein ganzer Weihnachtsbaum von Lämpchen, langsam verliert er die Kontrolle über die Maschine. Links und rechts tauchen englische Spitfire auf, spucken ihm ihre MG-Salven entgegen, unter ihm ist ganz London von Brandherden erleuchtet. Was ist eigentlich mit dem Kopiloten? Schläft der? Unvorstellbar, der muss getroffen sein. Hat er überhaupt einen Kopiloten? Blödsinn, er ist doch Privatpatient im Einzelzimmer! Die Maschine geht in ein unkontrolliertes Trudeln über, verliert rasend an Höhe. Seine Hände am Steuerknüppel gehorchen ihm nicht, er muss sofort aussteigen. Aber das Kabinendach klemmt, und er ist zu schwach, es zu öffnen. Immer mehr englische Jäger beteiligen sich an der Jagd auf ihn, immer dichter rast seine Messerschmitt auf das brennende London zu. In wenigen Sekunden wird sein Körper zerquetscht, in tausend Stücke zerrissen, in brennendem Flugbenzin verbrannt sein. Hatte er eigentlich die Bomben ausgeklinkt?

Plötzlich erlöschen die eben noch nervös blinkenden Warnlämpchen. Das Flugzeug liegt wieder stabil auf Kurs, die Spitfires sind verschwunden. Friedliche Stille im Cockpit, Sonnenaufgang über dem Kanal, am Horizont grüßt schon die Küste der Normandie. Gleich dahinter kann er die Rehwiese erkennen, sein Lieblingsblick vom Wintergarten aus. Alles wird gut.

Herbert Winters Herz stellte seine Tätigkeit um 00:08 Uhr ein. Genau acht Minuten, nachdem die Infusionspumpe wegen einer Störung in den Sicherheitsmodus gewechselt war und dann abgeschaltet hatte.

1

Ich steckte mir eine neue Zigarette an, die dritte an diesem Abend. Meine Freundin Celine findet, ich spiele Russisch Roulette, wenn ich jeweils zu Silvester die Erinnerung an den Sieg über meine Willensschwäche und Suchtstruktur mit ein paar Zigaretten feiere. Doch bisher wenigstens haben die Silvesterzigaretten nicht zu einer erneuten Raucherkarriere geführt, vielleicht bin ich am Ende nicht ganz so willensschwach, wie Celine vermutet.

"Möchtest du auch noch eine?"

Im Schein meines Feuerzeuges konsultierte Schwester Renate, jung und hübsch wie immer, ihre Armbanduhr und schüttelte den Kopf. Es war kurz vor halb zwölf. Ein kalter Tropfen schlich sich aus ihrer roten Weihnachtsmann-Nase und kullerte langsam in Richtung ihres Kussmundes.

"Nein, danke. Ich glaube, ich gehe lieber rüber auf Station und helfe Käthe. Wer weiß, was deine Patienten heute Nacht anstellen. Zuletzt machen sie wieder Polonäse über alle Flure wie zu Weihnachten!"

"Meine Patienten können im Schnitt auf hundertzwanzig Silvesternächte zurückblicken und haben zur Feier des Tages einen kräftigen Punsch bekommen. Ich habe höchst persönlich noch eine Flasche Asbach Uralt aus meinen privaten Beständen hineingeschüttet. Die rühren sich bis morgen mittag nicht, nicht die kleinste Muskelfaser."

Renate tippelte von einem Bein aufs andere – wegen der Kälte, schien mir damals.

"Ich weiß nicht. Ich gehe lieber Mal gucken. Käthe würde nie von selbst nach Hilfe rufen. Vielleicht bin ich noch pünktlich zum Anstoßen zurück. Falls nicht – schönes neues Jahr, Felix!"

Dass sie Käthe helfen wollte, war ausgesprochen nett von Renate, denn Renate hatte heute offiziell dienstfrei. Aber Käthe war seit Jahren ihre Freundin und würde mit ihrer Hilfe sicher schneller auf der Station fertig werden. Schwester Renate gab mir einen nicht nur freundschaftlichen Kuss und ließ mich, die Hände tief in den Taschen ihres schwarzen Wintermantels vergraben, mit einem ausdrucksvollen Schwung ihrer Hüften alleine vor dem ehemaligen Wirtschaftstrakt unserer Klinik stehen. Alleine stimmt nicht ganz – immerhin leistete mir noch Väterchen Frost Gesellschaft. Meine militanteren Nichtraucher-Kollegen wollten auch zu Silvester nicht vom Volkskiller Nr. 1, dem Passivrauchen, dahingerafft werden. Mein Hinweis, dass sich ohne den frühen Tod der aktiven Raucher ihre Rentenbeiträge mindestens verdoppeln würden, änderte ihre Haltung nicht.

Der Brauch, Silvester gemeinsam in der Klinik zu verbringen, hatte mit dem Jahreswechsel 1999/2000 begonnen. Angesteckt von der allgemeinen Hysterie, dass neben dem Weltuntergang auch der Ausfall unserer Stromversorgung, unserer Beatmungsgeräte, unserer Infusionspumpen und von tausend anderen lebenswichtigen Dingen, die abzusichern wir vielleicht übersehen hatten, drohte, war es seinerzeit zum Streit gekommen, wer vom Personal Silvester in der Klinik verbringen müsse. Und da wir uns nicht einigen konnten, beziehungsweise es schien, als beträfe das Problem potentiell sowieso fast jeden, hatte jemand vorgeschlagen, wir könnten doch einfach gemeinsam in der Klinik feiern und beobachten, wie am 1. Januar 2000 um null Uhr die Welt zusammenbricht.

Nichts dergleichen war geschehen, aber es wurde trotzdem ein lustiges Fest. Und da unser ehemaliger Wirtschaftstrakt nach dem Outsourcing von Wäscherei, Patienten- und Personalverpflegung ohnehin leerstand, hatten wir ihn mit dieser Nacht als großen Partykeller in Besitz genommen. Komplett mit Tischtennisplatte, Kickerspiel und einer Art Bar. Doktor Valenta von der Intensivstation hatte sogar einen ausgedienten Flipperautomaten organisiert und veranstaltet regelmäßige Turniere. Er besteht allerdings darauf, dass dabei um Geld gespielt wird – er ist uns im Flippern weit überlegen.

In der Winterluft um mich herum schwebte noch ein diskreter Duftrest von Schwester Renate, und ich hatte vorerst keine Lust, mich wieder unter die rauchfreie Silvestergemeinde zu mischen. Irgendein Raucher würde mir schon noch Gesellschaft leisten. Natürlich waren im Grund alle froh, dass sie nicht zu Hause für die obligatorische lustig ausgelassene Silvesterstimmung sorgen mussten, aber man kann andererseits zu Silvester kaum seine Kleinfamilie alleine zu Hause sitzen lassen.

Also ist unser Kliniksilvester keine um bunte Papierschlangen, selbst gemachte Salate und reichlich Alkohol erweiterte Personalversammlung, sondern eine Veranstaltung, an der die Familien unserer Mitarbeiter teilnehmen. Sie dürfen sich den ganzen Abend lustige Klinikgeschichten anhören und jedes Silvester aufs Neue entsetzt sein, wie anhaltend wir immer wieder über "die blödeste Fehldiagnose des Jahres" oder "die unnötigste OP des Jahres" lachen können und dass auch ein Arzt durchaus zwischen hübschen und weniger hübschen Patientinnen zu unterscheiden vermag.

In meinem Rücken ging die Tür auf, gedämpftes Lachen drang in die Nacht. Dann hielten mir warme Hände die Augen zu, und ein gut bekannter Körper schmiegte sich an mich.

"Endlich, Marlies, warum hast du mich so lange warten lassen? Oder bist du es, Siglinde?"

"Hat Sexy-Renate dir nicht gereicht?"

"Du weißt, wie sehr ich Liebe brauche. Ich rede nicht gerne davon, aber Celine ist frigide."

Ich bekam einen Tritt gegen das linke Schienbein.

"Der einzige, der hier kalt ist, bist du!"

Meine Freundin Celine nahm ihre Hände von meinen Augen, drückte meine Zigarette aus und gab mir einen Kuß. Aber nur einen kurzen.

"Ich kann es spüren – du hast Renate geküsst!"

Auch das rechte Schienbein bekam seinen Tritt. Wahrscheinlich hatte Celine es nicht gespürt, aber geschmeckt. Schwester Renate benutzt diese Lippenstifte mit Geschmack. Heute war es, glaube ich, Pfirsich-Maracuja gewesen.

"Das stimmt nicht. Ich habe sie nicht geküsst. Sie hat mich geküsst. Ich konnte mich nicht wehren, keine Chance. Ich bin das Opfer!"

Es mag ja stimmen, dass das Rauchen lebensverkürzend ist, aber in diesem Augenblick hat es mir das Leben gerettet – wieder öffnete sich die Tür, ein paar willensschwache Abhängige stolperten zu uns heraus in die Kälte. Und nie würde Celine unter Zeugen morden, dumm ist sie nicht.

"Die letzte für dieses Jahr", verkündete lallend ein aknepickeliger Teenager mit Flaumbart. Ich hatte ihn schon einmal gesehen, wusste indessen nicht, welchem oder welcher meiner Kollegen ich ihn zuordnen sollte. Aber Raucher sind gesellige Menschen, also zündete ich mir noch eine an.

Die letzte bis zum nächsten Silvester, hoffte ich.

2

Piep – piep – piep – piep – ich war noch nicht ganz damit durch, auch den mir zum großen Teil vollkommen fremden Angehörigen meiner Kollegen ein glückliches neues Jahr zu wünschen, als mein Notrufempfänger Alarm gab. Er zeigte die Station C4 als Auslöser des Alarms an. Meine Station. Schwester Käthe und Schwester Renate brauchten Hilfe. Unsere neuen Empfänger sind ziemlich schlau: Auf ihrem Display erscheint nicht nur die Station, sondern auch das Zimmer, in dem Hilfe gebraucht wird.

Als ich es nach einem Spurt über das vereiste Klinikgelände leicht hustend in das Zimmer des Privatpatienten Winter geschafft hatte, sah ich Schwester Käthe voll in Aktion. Sie hatte Winter das Brett vom Kopfende unter den leblosen Körper geschoben, hockte mit gespreizten Beinen auf seinen Oberschenkeln und bearbeitete rhythmisch sein Brustbein. Fast hätte man es für ein etwas derbes Liebesspiel zwischen einer Krankenschwester kurz vor ihrer Pensionierung und einem richtig alten Mann halten können.

Schnell war Winter intubiert, dann tauschten wir ohne ein Wort die Rollen, ich übernahm die Herzmassage, während sich Käthe um ein bisschen Luft für Winters schlaffe Lungenflügel kümmerte. Schwester Käthe und ich sind ein eingespieltes Team, wenn es um Wiederbelebung geht.

Man kann natürlich fragen, ob es besonders sinnvoll ist, einen Zweiundachtzigjährigen zu reanimieren. Das muss man aber, wenn überhaupt, vorher. Käthe hatte schon begonnen und brauchte einfach Hilfe, die Dinge gewinnen dann eine Eigendynamik. Du kniest auf dem Toten, schuftest dich fast selbst zu Tode, aber es gibt nur eine Idee: Es muss klappen! Plötzlich ist es wirklich so, wie sich der Patient den Arzt immer vorstellt: Der Tod ist dein ganz persönlicher Feind. Du – Stoß – wirst – Stoß – mir – Stoß – nicht – Stoß – abkratzen – Stoß – wäre – Stoß – ja – Stoß – noch – Stoß – schöner – Stoß – nun – Stoß – mach – Stoß – endlich – Stoß – mit – Stoß – du – Stoß – Pfeife! Eine gut durchgeführte Herzmassage hat tatsächlich etwas von einem aggressiven Beischlaf, auch der Rhythmus ist ziemlich der gleiche. Und, unglaublich, wir hatten Erfolg! Nach endlosen zehn Minuten begann der gute Winter wieder selbst ein bisschen zu atmen. Käthe merkte es als erste.

"Ich glaube, wir haben ihn."

Diskret und noch nicht ganz regelmäßig hob und senkte sich Winters Brustkorb.

"Na, klar haben wir ihn, Käthe. Sie waren Spitze, wie immer. Außerdem, wir müssten Erfolg haben. Ich habe ihm noch den kommenden Frühling versprochen, als Minimum."

Ob sie besonders sinnvoll war oder nicht, eine erfolgreiche Wiederbelebung schafft eine tiefe Befriedigung unter den Beteiligten. Auch Schwester Käthe strahlte über ihr verschwitztes Gesicht.

"Dann hoffe ich, dass es ein schöner Frühling wird dieses Jahr."

Es lässt sich ganz gut zu zweit reanimieren, aber mit einem Dritten geht es noch besser. Der kann zum Beispiel Medikamente anreichen oder telefonieren.

"Wo ist eigentlich Renate?" fragte ich Käthe.

Käthe hob die Schultern.

"Keine Ahnung. Vorhin war sie noch hier."

"Dann müssen wir den Guten alleine für den Transport auf die Intensivstation fertig machen. Sie können schon mal drüben anrufen, dass wir bald kommen."

Dass hier etwas falsch gelaufen war und Winter nicht wirklich eines natürlichen Todes gestorben wäre, fiel mir erst auf, als wir uns jetzt bemühten, unseren Erfolg wenigstens bis zum Erreichen der Intensivstation zu stabilisieren. Denn die Tatsache, dass Winter wieder selbst atmete, hieß noch lange nicht, dass er es in fünf Minuten auch noch tun würde. Sein Blutdruck war noch ziemlich im Keller, sein Puls flach und unregelmäßig. Vom Altbau C4, jetzt unsere Abteilung für chronisch Kranke, bis rüber in den mittlerweile auch vierzig Jahre alten "Neubau" würden wir zehn Minuten brauchen. Dabei würden wir zweimal in einem Fahrstuhl eingeschlossen sein und den Rest der Zeit mit der Trage über den Innenhof schippern, und weder ein enger Fahrstuhl noch ein Innenhof bei sieben Grad minus sind ideale Orte für eine erneute Wiederbelebung. Also hatte Käthe schon einen schönen Pharmacocktail gemixt – ein bisschen Dopamin, ein bisschen Verapamil, ein wenig Kalium, damit sollte der gute Herr Winter bis zur Intensivstation auskommen.

"Welche Stufe wollen Sie, Doktor?"

Als erfahrene Schwester hatte Käthe die Medikamente selbst zusammengestellt, sie wollte von mir nur noch wissen, mit welcher Geschwindigkeit die elektrische Infusionspumpe den Überlebensmix in Winters Körper drücken sollte.

"Erst einmal volle Kanne, Stufe 3."

Sicher ist sicher. Klick – nichts tat sich. Auch wiederholtes Knipsen am On/Off-Schalter erweckte die

Infusionspumpe nicht zum Leben. Allerdings hatten es inzwischen sowohl Käthe wie auch ich so oft probiert, dass wir nicht wussten, ob am Beginn unserer Bemühungen der Schalter auf "on" oder "off" gestanden hatte.

"Hatten Sie die Pumpe vorhin abgestellt?"

Käthe überlegte.

"Keine Ahnung, Doktor. Ich glaube nicht. Ich meine, ich bin hereingekommen, habe gesehen, dass es ein Problem gibt, und habe angefangen."

"Hatte es denn Fehlfunktionsalarm gegeben?"

"Nein – jedenfalls habe ich ihn nicht gehört. Ich war ins Zimmer gekommen, um Winter ein schönes neues Jahr zu wünschen."

Winters Herz konnte nicht lange stillgestanden haben, sonst hätten wir es nicht geschafft. Wie lange er tatsächlich weg gewesen war, würde sich in ein paar Stunden oder Tagen herausstellen. Erst dann würden wir wissen, ob wir nur seinen Kreislauf wiederbelebt hatten oder, hoffentlich, auch sein Hirn.

"Wissen Sie noch, wann Sie zuletzt nach Winter gesehen hatten?"

"So gegen halb elf, da war alles in Ordnung. Er wäre wieder gegen halb zwölf dran gewesen, aber da hatte Renate schon nach ihm geschaut."

Richtig. Renate hatte mir gesagt, sie wolle Käthe helfen, bevor sie verschwunden war. So weit, so gut. Nur – wo war Schwester Renate jetzt? Genügend Lärm hatten wir sicher gemacht in der letzten Viertel Stunde. Aber jetzt hatten wir andere Probleme. Käthe besorgte eine neue Infusionspumpe, während ich zur Sicherheit die Intubation noch einmal auf richtige Lage überprüfte, schließlich wollten wir auf unserer Partie über das Klinikgelände seine Lunge und nicht seinen Magen beatmen.

Zu guter Letzt haben wir ihn lebend auf der Intensivstation abgegeben, alles weitere war nun deren Bier.

Ich begleitete Schwester Käthe zurück zum Altbau. Aus dem Wirtschaftstrakt klang die Musik jetzt ziemlich laut über das Gelände, man hatte sich warm getanzt und die Fenster geöffnet. Doch die Partygemeinde würde noch eine Weile auf einen Tanz ins neue Jahr mit Doktor Felix Hoffmann verzichten müssen, ich wollte zurück in Winters Zimmer. Celine würde mich nur nerven, mit ihr zu tanzen, und bei meinen Tanzkünsten ist mir jede Ausrede recht. Wie zum Beispiel die Frage, warum Winters Infusionspumpe plötzlich ihre Arbeit eingestellt hatte.

Diese Pumpen sind einfach aufgebaut, meine Suche dauerte nicht lange. Einmal mehr machte sich meine Vergangenheit als oft gescholtener Zerleger mechanischer Wecker und anerkannter Reparateur streikender Toaster oder elektrischer Zahnbürsten bezahlt. Die Pumpe war vollkommen in Ordnung: Der Schalter funktionierte einwandfrei, der Druckkolben war nicht festgefahren, die Kontakte waren sauber. Es war einfach nur die Sicherung durchgebrannt. Unglaublich, Winter wäre uns fast wegen der Fehlfunktion eines Zehn-Cent-Artikels gestorben! Frohes neues Jahr!

3

Neujahrsmorgen, kein Dienst in der Klinik – eine ideale Gelegenheit zum Ausschlafen, sollte man meinen. Doch die Kinder in der Nachbarschaft hatten schon lange ausgeschlafen und durchkämmten die Gegend nach Blindgängern unter den Feuerwerkskörpern von heute Nacht, leider durchaus erfolgreich. Immer, wenn ich fast wieder eingeschlafen war, knallte es irgendwo in der Nähe. Schließlich fasste auch ich einen Vorsatz für das neue Jahr: Ich würde mir endlich eine neue Wohnung suchen!

Celine schien vollkommen unbeeindruckt von den an Heftigkeit zunehmenden Artilleriegefechten direkt vor meiner Haustür. Mit provozierend regelmäßigen Atemzügen lag sie träumend neben mir, wie immer auf dem Bauch. Ich glaube, weil sie ihre Nase zu groß findet. Was natürlich absolut blödsinnig ist. Celine hat keine Stupsnase, stimmt, sondern eine Nase mit Charakter, wie man so sagt, für mich der Unterschied zwischen einer auswechselbaren Cover-Schönheit und meiner scharfsinnigen, attraktiven und zu jeder Unternehmung aufgelegten Celine. Eine ihrer Zehen lugte frech unter der Bettdecke hervor und erkundigte sich in gespielter Anteilnahme, warum ich nicht auch noch etwas schliefe.

Gegen halb zehn war ich der Unterhaltung mit dieser Zehe leid und entschied, dass Celine jetzt lange genug geschlafen hätte. Mit vorsichtigen Bissen ins Ohrläppchen holte ich sie zurück ins Leben. Langsam kam meine Gefährtin zu sich, blinzelte und rümpfte die Nase.

"I gitt! Du riechst wie ein voller Aschenbecher, in den jemand sein abgestandenes Bier geschüttet hat!" Sie drehte sich von mir weg und sprach mit ihrem Kissen. "Du musst mindestens eine ganze Stange Zigaretten mit Sexy-Renate geraucht haben, mal abgesehen davon, was ihr sonst noch getrieben habt."

Kaum anzunehmen, dass sich Celine mit dem neuen Jahr zu einem eifersüchtigen Nörgelpaket gewandelt hatte. Es ging nicht um Eifersucht, Beziehungsdrama oder ähnlichen Mumpitz, sondern um etwas wirklich Wichtiges: Würde es ihr gelingen, mich rechtzeitig ins Unrecht zu setzen, wäre die Frage des Tages entschieden, nämlich, wer als erster das warme Bett verlassen, die Kaffeemaschine anschmeißen und die gefrorenen Brötchen aufbacken müsste.

"Du bist ungerecht, meine Liebe. Es war schrecklich kalt da draußen. Irgendwie müssten Renate und ich uns doch warm halten!"

Ich trollte mich in die Küche. Im Grunde genommen hatte sich Celine gestern Abend sicher lieber ungestört mit ihrer Freundin Beate unterhalten als mit meinen Tanzkünsten. Seit Beate nach der Sache mit der "russischen Spende" den Posten der Verwaltungsdirektorin unserer Klinik übernommen hatte, sahen die beiden sich nur noch selten.

Während frischer Kaffee und backende Brötchen meine Küche in diesen unvergleichlichen Sonntag-Morgen-Duft tauchten, erkundigte ich mich nach Winter. Ich bekam Doktor Valenta an den Apparat, unseren altgedienten Fährmann auf der Barke zwischen gerade noch am Leben und noch nicht ganz tot sein, und wie zu erwarten, war Valenta sauer. Nicht nur, weil er im Gegensatz zu mir auch den Rest der Nacht in der Klinik verbracht hatte, mehr noch, weil er mit meinem Vorgehen im Fall Winter nicht einverstanden war.

"Du hast Glück gehabt, Felix. Besser, dein Patient hat Glück gehabt. Jedenfalls hat er bisher keine großen Probleme gemacht. Wir werden ihn nachher von der Beatmung nehmen und schauen, ob er dann was zu sagen hat."

Valenta machte eine Pause, ich wusste, es würde noch etwas kommen.

"Aber, selbst wenn dein Herr Winter jemals wieder mehr als 'alle meine Entchen' herausbringen sollte, ist der Fall vielleicht eine gute Gelegenheit, dass du deine Einstellung zur Intensivstation überdenkst, Felix."

Für Valenta war die Sache klar – Winter hätte schon vor drei Tagen auf seine Intensivstation gehört. Eigentlich hatte sich Winter nach der Chemotherapie recht gut erholt und lag nur noch zur besseren Einstellung seines Zuckers bei meinen Chronikern. Gegen Weihnachten hatten wir auch den ziemlich im Griff, die Entlassung stand unmittelbar an. Sogar die Hauspflege und der fahrbare Mittagstisch waren organisiert, eine ziemliche Leistung zwischen den Feiertagen.

Ausgerechnet da hatte er sich, wohl doch noch als Folge der Chemotherapie, aber vielleicht auch bei der berühmten Patientenpolonäse am Heiligen Abend, einen bösen Infekt eingefangen. Zuerst sah es so aus, als würden unsere Antibiotika ihren Job erfüllen, doch dann stiegen die Temperaturen wieder an, der Zucker erst recht, und sein Blutdruck kräpelte irgendwo zwischen sechzig und siebzig herum: Langsam aber sicher rutschte uns der Patient in eine Sepsis.

Herbert Winter war zwar Jahrgang 1919, aber noch

vollkommen klar im Kopf. Er schrieb an einem Buch über den Luftkampf um England im Zweiten Weltkrieg, hatte weiterhin Freude am Leben, ein Abonnement für die Philharmonie und bis zur Chemotherapie nie eine Karte verfallen lassen. Deshalb hatten wir, Arzt und Patient gemeinsam, beschlossen, der Sache noch eine Chance zu geben. Winter bekam durchaus eine Intensivtherapie, mit Infusionspumpe und allem an Medikamenten, was gut und teuer (und manchmal sogar hilfreich) ist, aber nicht auf der Intensivstation, sondern in seinem Zimmer.

Da in seinem Fall der Aufwand an Technik überschaubar war, wollte ich ihm die Gesellschaft von maschinell beatmeten Dreiviertelleichen und die aufbauende Unterhaltung mit ein paar Wiederbelebungen pro Tag in den Nachbarbetten ersparen. Ich war in ähnlichen Fällen wiederholt so verfahren, immer mit deutlicher Kritik von Heinz Valenta, obgleich ein ähnlicher Zwischenfall mit der nicht mehr ganz modernen Technik auf unserer Station bisher nie vorgekommen war.

"Es war nur eine durchgebrannte Sicherung, Heinz!"

"Und genau davon rede ich, Felix. Sicherungen können durchbrennen. Auch bei uns auf der Intensivstation. Der Unterschied ist nur, wir merken es sofort. Was deinen Patienten betrifft, kann es gut sein, dass wir zur Zeit ein totes Hirn beatmen."

Frohes neues Jahr!

"Ich glaube nicht, dass er so lange weg war, dafür haben wir ihn zu schnell zurückbekommen. Schwester Renate hatte erst kurz vorher nach ihm geschaut."

Am anderen Ende der Leitung entstand eine kurze Pause.

"Schwester Renate?"

"Ja. Wir passen auch ein bisschen auf unsere Patienten auf."

Irgendetwas schien Valenta zu stören. Damals dachte ich, es wäre nur die Verärgerung, dass ich ihm meine Patienten immer zu spät auf die Intensivstation verlege. Jedenfalls war er plötzlich sehr kurz angebunden.

"Wie gesagt. Nachher versuchen wir ihn von der Beatmung abzunehmen. Dann werden wir ja sehen."

Er legte auf.

Ich gab Winter gute Chancen: Während meines Telefonats waren weder die Brötchen verbrannt noch der Kaffee über den Filter gelaufen. Ein gutes Omen. Eingedenk ihrer bösen

Aschenbecherbemerkung gurgelte ich kräftig mit Celines Mundwasser, packte das Frühstück auf ein Tablett und hoffte, Celine in gnädigerer Stimmung anzutreffen. Trotz der Kritik von Valenta war mir immer noch nach einem schönen Neujahrsmorgenbeischlaf. Und mit meinem Einsatz in der Küche hatte ich ihn mir auch verdient, schien mir.

Celine hatte kein Problem damit, sich von meinem Tablett zu bedienen. Zu der erwarteten Belohnung jedoch führte das nicht.

"Ich habe schreckliche Kopfschmerzen. Was mixt ihr da eigentlich zusammen für eure Feste?"

Nun war ich doch ein wenig sauer.

"Was immer es ist – bei Renate jedenfalls hat es phantastisch gewirkt."

Was man nicht so alles sagt, um ein paar lächerliche Punkte zu machen! Und welche Ironie: In einigen Monaten würde mir dieser Satz in Renates Wohnung wieder einfallen, und, wie recht ich gehabt hatte.

4

Eines war aus Erfahrung klar – mit Celine war bis zum frühen Nachmittag nichts anzufangen. Wollte ich nicht ausgerechnet den Neujahrstag mit einem Streit verschönern, ginge ich ihr vorerst am besten aus dem Weg. Also machte ich mich auf die Socken und besorgte die Neujahrszeitung. Es gab mir das gute Gefühl, zu sehen, dass auch andere Leute in der vergangenen Nacht arbeiten mussten.

Über der Lektüre von Meldungen, die ich schon aus dem Fernsehen kannte, und dem unerfreulichen Blick auf den Stand meiner Aktien im Börsenteil wurde es Mittag. Celine war nur kurz aufgetaucht, um gleich wieder mit Reiseteil und Feuilleton in meinem Schlafzimmer zu verschwinden, wahrscheinlich schlief sie schon wieder. Und auch mich überkam diese plötzliche Müdigkeit vom Nichtstun, die weitaus bleierner ist als die Müdigkeit von zu viel Arbeit. Innerhalb von Sekunden war ich auf der Couch eingeschlafen.

Dank meiner Wohnlage nicht für lange: Die Kinder aus der Umgebung hatten sich nach dem Mittagessen zu einer zweiten Runde Blindgängersuche aufgemacht. Und ihre Eltern hatten beschlossen, dass jetzt eine gute Zeit war, die in der Silvesternacht reichlich angefallenen Flaschen in den Glassammelcontainer zu entsorgen.

Celine, da war ich sicher, konnte dies alles nicht stören, ich hingegen saß wieder senkrecht auf meiner Couch. Aber hatte ich nicht ohnehin heute Morgen den Entschluss gefasst, endlich aktiv nach einer neuen Wohnung zu suchen? Schließlich war mein letzter Wohnplatzwechsel über fünfzehn Jahre her. Damals war ich vom Medizinalassistenten zum Vollassistenten aufgestiegen, von zwanzig Quadratmetern Studentenwohnheim zu meinen heutigen fünfundsechzig Quadratmetern Mietwohnung und einrichtungsmäßig von Jaffa zu Ikea.

Seitdem hatte sich an meinem Wohnumfeld nichts wesentlich geändert, sieht man davon ab, dass ich meiner Matratze, die ursprünglich auf dem Boden lag, vor einiger Zeit zur Belohnung für treue Dienste und schöne Stunden mit einem schicken Bettgestell belohnt habe.

Ich machte mir frischen Kaffee und studierte die Immobilienanzeigen. Unter "Vermietungen" fand sich nichts Überzeugendes, zumindest, wenn ich "verkehrsgünstige Lage" richtig mit anhaltendem Hupen und quietschenden Bremsen übersetzte und "kinderfreundlich" mit ständigem Streit um

Förmchen und Eimerchen direkt unter meinem Fenster. Doch eine Wohnung kaufen? Das stand im Widerspruch zu meiner Mentalität, nur nicht festlegen, und leider auch zu meiner Finanzlage. Trotzdem, die Anzeige hörte sich nicht schlecht an: drei Zimmer, hundertfünfzehn Quadratmeter, sonnig, Terrasse nach Südwesten, absolut ruhige Lage in Nikolassee. Eilverkauf, deshalb preisgünstig.

Ja, das Objekt sei wirklich ein Schnäppchen, versicherte mir der Makler, dessen Handynummer ich gewählt hatte. Und es wäre wirklich ein Eilverkauf. Wenn ich wolle, könnten wir uns in einer halben Stunde in der Wohnung treffen. Warum nicht – ich sagte zu. Celine schlief immer noch oder schon wieder, der Reiseteil lag wild um das Bett herum verstreut, das Feuilleton wohl zum Schutz gegen das Tageslicht auf dem Gesicht. Ich zog die Decke diskret über ihren appetitlichen Po und ließ sie schlafen.

"Hey, ich bin Manfred Marske, nennen Sie mich Fred."

Der Makler war mir auf Anhieb unsympathisch, die Wohnung hingegen sofort sympathisch. Trotz des trüben Januartages waren die Räume lichtdurchflutet und gut geschnitten, Badezimmer und Küche technisch auf aktuellem Stand, das gesamte Objekt machte einen sehr gepflegten Eindruck. Sogar die in der Annonce erwähnte Terrasse war nicht nur Abstellplatz für einen eingeklappten Liegestuhl. Einen Teil der Terrasse hatte man zu einem Wintergarten ausgebaut, der Blick ging auf einen wunderschönen Garten, von nirgends war Verkehr oder Kindergekreische zu hören. Zeit für meine Fangfrage.

"Gefällt mir, die Wohnung, gefällt mir wirklich. Das Problem könnte meine Tochter sein, zehn Jahre. Gibt es Kinder im Haus, mögliche Spielgefährten?"

Makler Manfred Fred Marske hatte eine Klippe zu umschiffen.

"Na, ja, soweit ich weiß, hier im Haus, nicht direkt ..."

Er zählte die drei weiteren Parteien auf, zwei ältere Ehepaare und eine alleinstehende Dame, alle ohne Kinder im Haus. Wunderbar.

"Und Sie sehen ja den Garten, der ist eigentlich nicht primär als Spielplatz angelegt. Aber, da kann man sich bestimmt einigen mit den anderen Bewohnern. Und – Freunde und Freundinnen findet Ihre Tochter doch sicher in der Schule ..."

Schön, auch diesen Test hatte die Wohnung bestanden.

Das konnte Fred nicht wissen, er legte noch nach.

"Ich kann mir nicht vorstellen, dass die anderen Bewohner etwas gegen ein Federballnetz oder einen Basketballkorb im Garten einzuwenden hätten ..."

Die anderen Bewohner vielleicht nicht. Aber der Makler wollte endlich weg von meiner angeblichen Tochter und zog mich wieder in die Wohnräume.

"Sie müssen sich das Objekt natürlich mit Ihren eigenen Möbeln vorstellen. Allerdings, wenn Ihnen das eine oder andere Stück gefällt, können Sie sich sicher mit der Verkäuferin einigen."

Makler Manfred schien in einer Welt voller Harmonie zu leben – ich würde den Garten unter dem Applaus meiner Mitbewohnern zu einem Fußballfeld umgestalten, mich über ein paar Möbel mit der Verkäuferin einigen. War dieser Makler noch nie auf einem geplatzten Scheck oder einer frisierten Bankbürgschaft sitzen geblieben?

Tatsächlich war die Wohnung noch fast vollständig möbliert, durchaus anspruchsvoll und solide, nur ein paar Stücke waren wohl schon weggeschafft worden. Den letzten großen Möbelkauf hatte die Verkäuferin offensichtlich Ende der sechziger, Anfang der siebziger Jahre gemacht. Und wo war sie jetzt? Im Altersheim? Tot? Es ging mich nichts an, und Makler Fred kam von selbst nicht darauf zu sprechen. Einige der Möbel gefielen mir wirklich, vielleicht würde ich sie übernehmen. Falls ich die Wohnung überhaupt kaufen würde beziehungsweise mir leisten könnte.

"Na, ja, es ist natürlich auch eine Sache des Preises."

Fred war sofort in vertrautem Fahrwasser.

"Ich sagte Ihnen schon am Telefon, es ist ein Eilverkauf. Deshalb der äußerst günstige Preis. Sie können mit diesem Objekt absolut keinen Fehler machen. Ich würde mit einer Wertsteigerung von mindestens zehn Prozent im Jahr rechnen. Bei dieser Lage! Das ist eine Geldanlage, weitaus sicherer als Aktien, das kann ich Ihnen garantieren!"

Da hatte er recht, aber genau das war mein Problem: Hätte mein Aktienpaket wenigstens das Kursniveau gehalten, auf dem Kollege Valenta mich seinerzeit zum Einstieg an der Börse überredet hatte, besäße ich fast die zwanzig Prozent Eigenkapital, ohne die es wohl kaum Sinn haben würde, bei meiner Bank wegen einer Eigentumswohnung vorzusprechen. Damals standen Aktien wirklich gut, das letzte Allzeit-Hoch. Und genau zu diesem Allzeit-Hoch hatte ich meine Aktien gekauft.

Wir verblieben damit, dass ich bei meiner Bank

nachfragen würde, vielleicht hätte man dort mehr Vertrauen in die Zukunft meines Aktienpakets als ich. Schließlich hatte man es mir ja in Hinblick auf sein enormes Wertsteigerungspotential verkauft. Aber ich bemerkte lieber noch, dass ich eventuell auch an einer Mietwohnung interessiert sei.

"Keine gute Lösung, aber auch kein Problem", antwortete Fred deutlich weniger enthusiastisch als bisher. "Ich versichere Ihnen, wie auch immer, wir finden die ideale Wohnung für Sie. Kommen Sie einfach morgen Abend in meinem Büro vorbei, dann sehen wir uns ein paar Objekte in meiner Angebotsmappe an."

Fred stieg in einen überdimensionierten Geländewagen, Typ einmal Sahara und zurück, ich war zu Fuß. Das gab ihm keine Gelegenheit, meine Finanzkraft abzuschätzen. Wäre ich mit meinem inzwischen sechzehn Jahren alten Golf vorgefahren, hätte er wahrscheinlich das Treffen für morgen auf der Stelle abgesagt.

Zu Hause hatte Celine mir eine Nachricht auf dem Anrufbeantworter hinterlassen. Sie habe noch Migräne und schliefe sich in ihrer Wohnung aus, am Abend würde es ihr sicher wieder gutgehen. Falls ich Lust hätte, solle ich mich melden.

Lust habe ich fast immer. Vorher aber erkundigte ich mich auf der Intensivstation nach dem aktuellen Stand bei meinem Patienten Winter und bekam den diensthabenden Doktor an den Apparat. Wie erwartet, war Doktor Valenta inzwischen nicht mehr in der Klinik. Das hatte ich abgewartet, denn falls die Sache nicht gut ausgegangen war, hatte ich momentan keine Lust, mich ihm gegenüber zu rechtfertigen.

"Alles im grünen Bereich, Felix. Wir haben ihn ab von der Beatmung, er schnauft ordentlich und unterhält uns prächtig. Im Moment fliegt er gerade einen Sturzangriff auf den Buckingham-Palast. Kannst du seine Luftbremsen hören?"

Ich war froh. Winter war noch durch den Wind, aber das war normal. Er würde es schaffen. Also hatte ich ein gutes Gefühl, als ich am Abend zu Celine ging. Und wurde tatsächlich voll entschädigt für meine Frustration heute morgen. Alles andere wäre auch verwunderlich gewesen, denn Celine ist den kostenlosen Freuden des Lebens mindestens ebenso zugetan wie ich.

5

Nichts Aufregendes in der Klinik am nächsten Tag. Herbert Winter lag immer noch auf der Intensivstation, flog aber nur noch zeitweise in seinem Stuka über London. Die anderen Patienten meiner Station für chronisch Kranke waren weniger dramatisch in das neue Jahr gekommen, zum Teil, ohne dass sie es gemerkt hätten, oder, ohne dass das Datum eine größere Rolle gespielt hatte. Bis auf die Frage, ob dies nun der letzte erlebte Jahreswechsel gewesen wäre.

Meine Station C4 umfasst knapp sechzig Betten und nimmt den gesamten Altbau ein. Sie ist das Ergebnis langer Verhandlungen mit dem Senat von Berlin über den Abbau von Krankenhausbetten, ein seit Jahren anhaltendes Dauerdrama, das zur Schließung ganzer Kliniken geführt hat. Durch einen Vorschlag von mir und dank dem Verhandlungsgeschick unserer Verwaltungsdirektorin Beate war die Klinik letztlich mit einem blauen Auge davongekommen: Von den dreihundertfünfundzwanzig Akutbetten der Humana-Klinik konnte Beate immerhin zweihundertzehn retten und sechzig – selbstverständlich bei erheblich gesenktem Tagessatz – als Betten für chronisch Kranke erhalten.

Natürlich waren alle Kollegen froh über die geretteten Betten und beglückwünschten mich zu meiner tollen Idee, aber keiner war allzu heiß darauf, die neu geschaffene geriatrische Abteilung zu übernehmen – eine Pflegestation für alte Menschen hört sich kaum nach einer Expressfahrkarte zum Medizin-Nobelpreis an. Und ehe ich mir das Gejammer meiner Kollegen anhören wollte, "warum ausgerechnet ich" und "wie soll ich auf der Geriatrie je meinen Facharzt bekommen?", blieb der Job wenigstens vorerst an mir hängen, da ich die Facharztanerkennung lange in der Tasche habe und der Verantwortliche für die Dienstpläne und die ärztliche Stationsbesetzung bin. Unausgesprochen fanden die Kollegen diese Lösung auch ganz richtig, denn, wie gesagt, war das mit der Chronikerstation doch sowieso Hoffmanns Idee gewesen. Manchmal bestraft die Geschichte eben auch den, der zuerst kommt.

Die ärztlichen Herausforderungen auf einer geriatrischen Abteilung sind begrenzt, andererseits hat die Arbeit mit den alten Menschen auch ihre Vorteile. Unter anderem geht es weniger hektisch zu, man kann besser über seine Zeit verfügen als auf den Akutstationen. So hatte ich zum Beispiel kein Problem, meine Verabredung mit dem Immobilienmakler Fred einzuhalten.

Auf meinem Schreibtisch lag zwar ein Memo von Verwaltungsdirektorin Beate, dass sie mich zu sprechen wünsche, aber ich hatte eine ziemlich gute Vorstellung, was sie bereden wollte. Deshalb war mir im Moment mein Neujahrsprojekt "Verbesserung der Wohnsituation Doktor Hoffmann" wichtiger.

Makler Fred residierte in der Knesebeckstraße, einer inzwischen wieder ziemlich eleganten Seitenstraße des Kurfürstendamms. Sein Büro gefiel mir nicht besonders, auf Neubauformat reduzierte Hepplewhite-Imitate sollten eine Seriosität vermitteln, die durch seine Rolex ohnehin konterkariert wurde. Ich gab ihm eine Kurzzusammenfassung meines Telefonats mit der Bank, die sich leider trotz des in ihrer Werbung verbreiteten Optimismus hinsichtlich der Zukunft auf dem Aktienmarkt im Allgemeinen und ihrer Fonds im Besonderen nicht in der Lage sah, mein Aktiendepot entsprechend dieser Einschätzung zu kreditieren. Immerhin, Fred bewahrte eine freundliche Miene.

"Natürlich fahren Sie mit Eigentum langfristig immer besser. Aber ohne Frage finden wir auch ein schönes Mietobjekt für Sie, bis sich der Aktienmarkt wieder erholt hat. Und bestimmt etwas, das zugleich den Wünschen Ihrer Tochter entgegenkommt, mit Spielplatz und anderen Kindern im Haus."

So etwas nennt man wohl ein Eigentor! Musste meine gestern erst geborene Tochter in naher Zukunft einem tödlichen Unfall zum Opfer fallen? Oder würde ich sie nur an ein Schweizer Internat verbannen?

Hinsichtlich seiner Hoffnungen für den Aktienmarkt war ich nicht so sicher, da schien mir aktuell sogar die Prognose meiner Patienten günstiger. Immerhin aber hatte sich Makler Fred vorerst mit der Aussicht auf zwei Monatsmieten Vermittlungsprovision abgefunden.

"Der Markt für Mietobjekte ist zur Zeit ganz günstig, speziell für etwas größere Objekte. Sie wissen selbst, was in Berlin alles für die Leute aus Bonn gebaut wurde, wie verrückt. Und nun stellt sich heraus, dass unsere Staatsdiener lieber ihr Wüstenrot-Häuschen mit Blick über den Rhein behalten und hier in einem Einzimmerappartement hausen, oder gleich bei ihrer Sekretärin, und wöchentlich auf unsere Kosten hin und her geflogen werden. Unsere Di-Do Beamten! So eine Arbeitszeit wünsche ich mir auch!"

Na, klar, ich bin auch neidisch auf Leute, die nur Dienstag, Mittwoch und Donnerstag arbeiten müssen. Aber wenn ich dadurch zu einer ruhig gelegenen Wohnung komme, sollte mir das im Moment recht sein. Makler Fred bat mich, einen Fragebogen auszufüllen: Meine Wünsche bezüglich Wohnungsgröße und Wohnungsumfeld, was ich dafür monatlich ausgeben könnte, mein Beruf, mein Gehalt.

"Sie sind also Arzt!"

Arzt fand er gut, verhieß das doch wenigstens für die Zukunft die Chance auf sechs Prozent Verkaufsprovision.

"Niedergelassen oder noch in der Klinik?"

"Ich arbeite an der Humana-Klinik."

Hatte Fred in der Humana-Klinik schlechte Erfahrungen als Patient gemacht? Einen Angehörigen verloren? Er machte keine entsprechende Bemerkung, aber irgendwie schien seine Haltung mir gegenüber verändert. Anders als angekündigt, legte er mir keine Angebote vor, keine Fotos, keine Adressen. Plötzlich hatte er es eilig, murmelte etwas von einem wichtigen Termin, den er fast vergessen hätte, und dass er sich melden würde, sobald er etwas Passendes für mich gefunden hätte. Wahrscheinlich arbeitete er lieber mit niedergelassenen Ärzten, einer in der Regel deutlich finanzkräftigeren Klientel als wir an der Klinik.

Am nächsten Vormittag rief ich nach der Visite im Büro unserer Verwaltungsleiterin an. Beate ließ mir mitteilen, ich könne gleich kommen.

Dienstliche Besprechungen mit Beate sind eine etwas zwiespältige Sache. Beate ist die beste Freundin von Celine, und seit unseren gemeinsamen Aktivitäten in Sachen "russische Spende" sind wir auch direkt befreundet. Aber in der Klinik ist sie, wenigstens in verwaltungstechnischen Angelegenheiten, meine Vorgesetzte. Es ist ihr Job, die Interessen der Klinik wahrzunehmen. Wobei die Interessen der Klinik nicht immer den Interessen der Ärzte entsprechen, oder denen der Patienten.

"Habe ich dir eigentlich schon ein frohes neues Jahr gewünscht?"

Beate erhob sich hinter ihrem Schreibtisch und dirigierte mich in die "gemütliche Ecke" ihres überdimensionierten Büros.

"Weiß nicht mehr genau – bei mir wurde es ja kurz nach Mitternacht etwas hektisch. Jedenfalls dankeschön, und dir auch ein frohes neues Jahr."

"Und – irgendwelche guten Vorsätze?"

"Ich suche mir eine neue Wohnung."

"Na, endlich! Wie groß denn?"

Beate blickte mich unschuldig an, doch ich hatte ihre

Frage verstanden.

"Nein, Celine und ich werden auch in Zukunft nicht zusammen wohnen – dafür liegt uns beiden zu viel an unserer Beziehung."

Tatsächlich befinden sich die Wohnungen von Celine und mir in derselben Straße und liegen fast unmittelbar einander gegenüber. So wohnen wir faktisch nicht weiter auseinander als manche Leute in einer größeren Villa, jedoch in dem Gefühl wechselseitiger Unabhängigkeit. Und es ist einfach netter, Celine zu besuchen, als in einer gemeinsamen Wohnung über ihre herumliegenden Klamotten zu stolpern.

Ich schaute mich in Beates Büro um. Es gab deutliche Veränderungen, seitdem hier nicht mehr Doktor Bredow beziehungsweise Professor Dohmke residierten, jedenfalls glaube ich nicht, dass das Büro der Verwaltungsleitung vorher jemals afrikanische Kunst gesehen hatte. Von den Wänden und aus den Regalen blickten nun holzgeschnitzte Masken mehr oder weniger drohend auf den Besucher, und auf dem mächtigen Schreibtisch tanzte eng umschlungen ein gut genährtes afrikanisches Pärchen. Ganz eindeutig zu identifizieren war es nicht, aber mir schien, dass die beiden mit der Zeugung von afrikanischem Nachwuchs beschäftigt waren. Stand Beate auf afrikanische Kunst oder, wie ich mit der Urangst des weißen Mannes überlegte, auf Negern? Sollten die schwarzen Krieger sie gegen uns, ihre vorwiegend männlichen Untergebenen, unterstützen? Uns einschüchtern?

Beate suchte nach einem Übergang zum dienstlichen Teil dieses Gespräches. Um ihn zu finden, musste sie etwas zurückgehen in unserer Unterhaltung.

"Na, ja, ich wollte dich sprechen, also, es geht um diese Hektik kurz nach Mitternacht zu Silvester."

Das hatte ich mir gedacht – sonst hätte ich schon gestern auf ihr Memo reagiert.

"Weißt du, natürlich will ich mich nicht in die medizinischen Entscheidungen einmischen ..."

"Der Patient hat überlebt. Es geht ihm gut."

"Er hat nur Glück gehabt, meint Doktor Valenta. Aber, wie gesagt, ich werde mich nicht in die medizinischen Diskussionen einmischen, das müßt ihr unter euch Doktors ausmachen."

Das stimmte. Im Gegensatz zu ihren Vorgängern in diesem Büro, die in der Regel genauso wenig über eine medizinische Ausbildung verfügten, hielt sich Beate tatsächlich aus diesen Fragen heraus. Deshalb war mir nur zu klar, in welche

Richtung sich unsere Unterhaltung entwickeln würde, und ich versuchte einen Entlastungsangriff.

"Beate. Es ist eine blöde Sicherung in der Infusionspumpe durchgebrannt. Dies Ding hier, Preis fünf Cent oder so."

Ich trug die durchgebrannte Sicherung immer noch mit mir herum, um Ersatz zu beschaffen.

"Und das hätten wir sofort gemerkt, wenn du endlich die Leitungen für einen zentralen Überwachungsmonitor auf meiner Station bewilligen würdest. Nur für ein paar Betten. Einen Kostenvoranschlag habe ich dir schon vor Monaten rübergegeben."

"Genau das ist der Punkt, Felix. Es geht um die Kosten. Das ist mein Job. Und deshalb muss ich dir sagen, dass ein intensivpflichtiger Patient auf die Intensivstation gehört. Es ist nicht die Frage, was uns ein paar neue Leitungen auf deiner Station kosten würden. Deine Station ist eine gehobene Pflegestation und nicht für die Behandlung von akuten Erkrankungen eingerichtet, das weißt du doch. Ihr sollt da ein bisschen Zucker einstellen, mit viel Geduld offene Beine wieder zukriegen, die alten Menschen jedenfalls soweit hinbekommen, dass sie zurück in ihr Altersheim oder zu Hause von einem Pflegedienst versorgt werden können. Was soll da ein zentraler Überwachungsmonitor?" Sie holt tief Luft. "Du weißt, welchen Tagessatz wir für deine Patienten auf der Geriatrie bekommen?"

Natürlich wusste ich das. Sechsundsiebzig Euro am Tag. Das reicht kaum für ein Hotelbett außerhalb des Autobahnrings von Berlin. Geschweige denn für eines mit Vollpension und medizinischem Vierundzwanzig-Stunden-Service.

"Das mag jetzt sehr nach Verwaltungsdirektor klingen. Aber ich habe mal die Arzneimittelkosten zusammengestellt, die uns dein Patient Winter seit Weihnachten verursacht hat. Fast dreihundert Euro täglich."

Das kam hin. Moderne Antibiotika waren durch die Umstellung auf Euro nicht billiger geworden. Kamen noch die Infusionslösungen hinzu, das Dopamin, das Insulin. Es läpperte sich.

"Das heißt", fuhr Beate fort, "allein an Medikamenten hat uns dein Patient rund zweihundertfünfundzwanzig Euro am Tag Verlust eingebracht. Mal abgesehen von Unterkunft, Verpflegung, Bettwäsche, Reinigung, der Arbeit der Schwestern, deiner Arbeit. Und Winter war schon der sechste Patient in diesem Quartal, der uns bei dir so teuer gekommen ist."

So gut war Beates Computerprogramm offensichtlich

doch nicht. Nach meiner Erinnerung waren es über zehn.

"Beate, du weißt, dass ich das nicht mache, weil ich mich ab und zu als Intensivdoktor aufspielen möchte oder Valenta nicht traue. Wenn es vertretbar ist, möchte ich aber meinen Leutchen einfach den Streß der Intensivstation ersparen. Wie würdest du dich auf der Intensivstation fühlen, wenn du biologisch sowieso bald fällig wärest? Ich will es dir sagen: Mindestens wie in der Vorhölle. Du würdest dich bedanken."

"Es bleibt deine ärztliche Entscheidung, ob und wann du bei deinen alten Leuten Intensivmedizin für angebracht hältst. Du bist der Doktor. Aber wenn, dann musst du sie auf die Intensivstation verlegen. Dafür haben wir die. Dann bekommen wir auch die Kosten von der Krankenkasse erstattet, zumindest, wenn wir Glück haben. Wie soll ich denn das Geld für eure Gehälter zusammenkratzen, wenn ihr es nicht erwirtschaftet, Felix?"

Sie brauchte es nicht auszusprechen, aber sie hatte mir gerade eine konkrete dienstliche Anweisung gegeben. Ihr Job als unsere Verwaltungsleiterin gab ihr das Recht dazu, und die Anweisung war letztlich auch vernünftig. Aber, es war das erstemal in unserer dienstlichen Beziehung, dass sie ihr Weisungsrecht in Anspruch genommen hatte. Es war erstaunlich: So wie Beate das Büro der Verwaltungsleitung radikaler als jeder ihrer Vorgänger verändert hatte, war sie selbst auch deutlich verändert. Ich hatte sie vor zwei Jahren als durchaus hübsche, aber doch irgendwie mausgraue Freundin von Celine kennengelernt, die nach einem Studium der Betriebswirtschaft in einem großen Steuerbüro arbeitete. Ich kann mich noch genau erinnern, dass sie bei unserem ersten Treffen in Luigis Restaurant ein auffällig buntes Sommerkleid trug und trotzdem irgendwie farblos wirkte. Inzwischen lief sie fast nur noch in dunkelblauen oder schwarzen Kostümen herum, Typ Lufthansa-Erste-Klasse-Frühmaschine Berlin-Frankfurt und wirkte alles andere als mausgrau. Und sie machte ihren Job als Verwaltungsleiterin gut.

Nun war ich gespannt, ob sie das Gespräch als Verwaltungsleiterin beenden würde oder als Freundin. Sie wählte die zweite Variante.

"Da wir beide nicht mehr sicher sind – stoßen wir noch auf das neue Jahr an? Der Bestechungschampus muss weg, bevor der nächste Vertreter kommt!"

Also verzichteten wir auf das Mittagessen in der Klinikcafeteria und leerten gemeinsam ein Fläschchen Veuve Clicquot, bevor ich mich wieder meiner ärztlichen Arbeit zuwenden würde. Demzufolge traf mich der erste wirkliche Hammer des Tages mit irgendwo zwischen 0,5 und 1,0 Promille im Blut.

Auf dem Rückweg zum Altbau ging ich in der technischen Abteilung vorbei, um Ersatz für die durchgebrannte Sicherung zu besorgen. Intensivstation hin, Intensivstation her, ein paar funktionstüchtige Infusionspumpen brauchten wir auch auf meiner Station.

"Wo ham se denn dat Dingens her, Dokta? So ne Sicherungen ham wa im janzen Haus nich!"

Kopfschüttelnd begutachtete Hauselektriker Willi meine Sicherung.

"Die ist aus einem Infusomaten. Von meiner Station."

"Kann nich sin, Dokta. Da müssn Se wat vawechseln. Die würde sofort durchbraten in nem Infusomaten. Müssn Se ausm Spielzeug ham oder sowas. Die Dinga sind alle gleich groß, aber eben nich gleich stark."

Sie war aber nicht aus einem Spielzeug. Sie war aus dem Infusomaten, der Winter in der Silvesternacht hatte am Leben erhalten sollen.

"Was heißt sofort? Wie lange würde es dauern, bis diese Sicherung in einem Infusomaten durchbrennt?"

"Na, ja, sofort nich. So fünf bis fünfzehn Minuten denk ick mal, aber dann is se hin, hundertpro!"

"Und dann, wie lange kann der Infusomat auf Akku laufen?"

"Ne jute Stunde, bei die neuen Modelle. Aber nich bei die alten Dinger bei Sie auf Station. Da reicht der Akku gerade mal, dass die Warndiode aufleuchtet. Mehr is nich. Wolln Se ne Richtiche mitnehmen, Dokta?"

Es dauerte einen Moment, bis ich auf seine Frage reagierte.

"Ja, sicher. Das wäre nett. Geben Sie mir ein oder zwei neue mit."

Willi kramte in einer seiner vielen Schubladen und gab mir zwei kleine blaue Sicherungen.

"Hier, Dokta. Blau, det sind die Richtichen. Deshalb ham die alle ne Farbe, dass man se nich vawechselt. Aber ick sach Se imma, rufn Se mich, wenn wat nich looft, und fummeln Se nich imma selba rum an die Geräte, Dokta. Dafür bin ick doch da."

Ziemlich bestürzt steckte ich die beiden blauen Sicherungen ein. Nach dem, was Willi mir eben gesagt hatte, war der Ausfall der lebenserhaltenden Infusion bei Winter kein Zufall oder technischer Defekt, sondern Ergebnis einer enormen Schlamperei. Oder aber einer bewussten Manipulation, wenn irgend jemand entgegen meinen Bemühungen entschieden hatte, dass Winter lange genug gelebt hat! Ich war froh, dass mir meine 0,5 bis 1,0 Promille halfen, diese Erkenntnis zu verdauen. Nur eine knappe halbe Stunde später wünschte ich allerdings, ich hätte zusätzlich Beates Champusration intus.

Elektriker Willi kennt sich gut aus, trotzdem kontrollierte ich, zurück auf meiner Station, selbst den Infusomaten. Und es stimmte: Auf der Rückseite der kleinen Plastikabdeckung, die man zum Auswechseln der Sicherung aufschrauben muss, stand es, klar und deutlich: "Achtung! Nur (blaue) Fünf-Ampere-Sicherungen verwenden!"

Da Winter nicht nur aus dem Vorzimmer des Todes, sondern inzwischen auch lebend von seinen Feindflügen über London zu uns heimgekehrt war, hatten wir ihn heute von der Intensivstation zurückbekommen. Ziemlich vergnügt saß er auf der Bettkante und arbeitete an den Notizen zu seinem Kriegstagebuch.

"Doktor Hoffmann! Da habe ich Ihnen ja ganz schöne Probleme gemacht! Ich kann mich zwar an nichts erinnern, aber ich danke Ihnen. Für alles, was Sie für mich getan haben."

Was ich für ihn getan hatte? Wenigstens teilte er nicht die Meinung des Kollegen Valenta, dass ich ihn fast umgebracht hätte, wobei die Umstände Valenta inzwischen recht gaben. Ich erzählte Winter nichts davon. Nichts vom Ausfall der Infusionspumpe und erst recht nichts von der falschen Sicherung. Ich glaube nicht, dass dies die Stabilisierung seines Gesundheitszustandes gefördert hätte.

Wie Winter so auf seinem Bett saß, ein freundlicher alter Herr, keine Bedrohung für niemanden, konnte ich mir nicht vorstellen, warum jemand versucht haben sollte, ihn umzubringen. Hatte man ihn verwechselt? Nur, mir fiel auch kein anderer Patient auf meiner geriatrischen Station als offensichtliches Opfer für einen Mordanschlag ein.

Wir wechselten einige Belanglosigkeiten, er dankte mir noch ein paarmal, ich sagte wiederholt "keine Ursache" und verabschiedete mich, denn es gab noch Arbeit.

Im Gegensatz zu dem hohen Patientendurchlauf in den Akutabteilungen unserer Klinik betreue ich meine Patienten so lange, dass ich kaum je ihre Unterlagen konsultieren muss. Ihre

Probleme sind mir bekannt, und in der Regel stehen in der Geriatrie die medizinischen Fragen ohnehin nicht im Vordergrund. Aber Winter war ein paar Tage nicht mein Patient gewesen, also musste ich mir seine Akte von der Intensivstation anschauen: Hatte Valenta die Medikation umgestellt? Wie waren seine aktuellen Blutzuckerwerte? Mussten irgendwelche Laborwerte kontrolliert werden? Solche Sachen eben.

Es lag an unserer Art von Bürokratie: Wenn die Intensivstation einen Patienten aufnimmt, ist es egal, ob der neu in unser Krankenhaus gekommen ist oder innerhalb des Hauses zu ihnen verlegt wurde, es wird in jedem Fall eine neue Akte angelegt, wieder mit Namen, Geburtsdatum, Adresse, Krankenversicherung und so weiter. Hier traf mich der zweite Hammer des Tages – diese Adresse hatte ich mir erst vor zwei Tagen beim Telefonieren auf den Rand der Neujahrszeitung notiert. Offensichtlich war mir am Neujahrstag in Nikolassee die Wohnung meines Patienten Herbert Winter zum Kauf angeboten worden!

Mein Thema für den Rest des Tages war klar: Was tun? Von Idee Nummer eins, die Polizei einzuschalten, kam ich schnell wieder ab. Die Indizienlage war noch etwas schwach: eine durchgebrannte falsche Sicherung (wahrscheinlich mit lediglich meinen Fingerabdrücken), eine zum Verkauf anstehende Wohnung, nicht einmal eine Leiche. Außerdem, Verwaltungsleiterin Beate würde im Sechseck springen: Polizei im Haus, schlecht für das Klinikimage. Schließlich hatten wir es auch während der gesamten Affäre um die "russische Spende" geschafft, die Polizei herauszuhalten.

Und Beate würde zu Recht im Sechseck springen – schließlich ging es um die Silvesternacht, und der Dienstplan für diese Nacht existierte nur formal, da wir sowieso alle in der Klinik feierten. Wer von uns war wo und wann für wen eingesprungen? Wer hatte es wem versprochen, im Lauf des Abends aber wieder getauscht? Waren die, die neben dem Feiern auch gearbeitet hatten, wirklich nüchtern gewesen? Tatsächlich stand unseren Kranken zu keiner anderen Nacht des Jahres eine so komplette Klinikmannschaft zur Verfügung, und doch würde ein entsprechender Zeitungsartikel wenigstens zwischen den Zeilen den Eindruck erwecken, dass unsere Patienten in der Silvesternacht hilflos in den Betten liegen, feigen Mordanschlägen wehrlos ausgeliefert, während sich das Klinikpersonal im alten Wirtschaftstrakt volllaufen lässt. Hinzu kam, dass man Winter vernehmen würde, und bis sich sein Zustand wirklich stabilisiert hatte, wollte ich ihn nicht mit einem eventuellen Anschlag auf sein Leben konfrontieren.

Mein letztes Argument gegen die Einschaltung der Polizei beruht auf eigener Erfahrung: Bei der Vorliebe von Polizei und Staatsanwaltschaft, sich im Zweifel an den ersten besten zu halten, vorzugsweise an den Kläger, wäre wahrscheinlich in kürzester Zeit ich ihr Hauptverdächtiger. "Wer, Doktor Hoffmann, ist denn letztlich für die Funktionsfähigkeit dieser Infusionspumpen auf Ihrer Station verantwortlich?" – "Wo waren Sie eigentlich, als diese Pumpe ausfiel?" – "Warum hatten Sie den Patienten in seinem kritischen Zustand nicht auf die Intensivstation verlegt? War das nicht sogar ein finanzieller Verlust für Ihre Klinik?" – "Wie kam es dazu, dass Sie schon am nächsten Tag die Wohnung des Opfers kaufen wollten?" Am Ende würden sie zwar nichts beweisen können, mir aber sicher wenigstens fahrlässige Körperverletzung anhängen.

Also gut, keine Polizei. Das bedeutete, dass die Ermittlungsarbeit erst einmal in der Verantwortung von Hilfsinspektor Doktor Hoffmann lag. Frage: Gibt es Verdächtige, Hilfsinspektor? Nun, ja. Da war Schwester Renate. Schon mal höchst verdächtig dadurch, dass sie einen attraktiven Kerl wie mich in der Silvesternacht hat stehen lassen. Wenig später hatte Schwester Käthe sie aus Winters Zimmer kommen sehen, und danach war sie von der Station verschwunden. Wer noch?

Ich würde mich diskret bei Winter erkundigen müssen, wer sich über sein Erbe freuen dürfte. Soweit ich wusste, schien ihm nicht viel an Familie geblieben zu sein. Seine Frau war vor Jahren verstorben, Kinder hatten sie nicht gehabt. Bisher hatte er nur eine Großnichte erwähnt, nach seinen Worten eine dynamische junge Geschäftsfrau, Vorstandsvorsitzende irgendeines erfolgreichen Startups. Es gab natürlich die Möglichkeit, Makler Fred zu fragen, mit wem er seine Verkaufsprovision von Winters Wohnung teilen müsse. Allerdings war ich inzwischen sicher, er würde es mir nicht sagen. Überhaupt hatte ich nicht das Gefühl, in nächster Zeit von Makler Marske zu hören.

Moment! Ich unterbrach meine wilden Spekulationen. Der Grund, warum ich wegen der falschen Sicherung von "enormer Schlamperei" zu "Anschlag auf Winters Leben" gewechselt war, lag hauptsächlich in der Tatsache, dass Makler Fred mir Winters Wohnung zum Kauf angeboten hatte. Wer aber sagt mir, dass nicht Winter selbst den Verkauf seiner Wohnung in

Auftrag gegeben hatte? Winter könnte nachgedacht haben und zu dem nicht unrealistischen Schluss gekommen sein, dass er diese Klinik eventuell nicht lebend verlassen würde oder wenn, dann in ein Pflegeheim müsse. Das könnte ich bestimmt klären, ohne die Sicherung zu erwähnen!

Unter dem Vorwand, die Medikation für die nächsten Tage mit ihm zu besprechen, besuchte ich am Nachmittag noch einmal Winter und erwähnte dabei am Rand, dass ich eine neue Wohnung suche, eventuell auch eine Eigentumswohnung. So um die hundert Quadratmeter, ruhige Wohnlage. Winter schaute mich an.

"Meine Wohnung in Nikolassee, die wäre ideal für Sie, Doktor. Tatsächlich habe ich auch schon überlegt, dass ich sie eigentlich verkaufen sollte, mich aber dagegen entschieden. Würde ich damit nicht zugeben, keine Hoffnung mehr zu haben, je wieder nach Hause zu kommen?"

Damit war das geklärt. Auf keinen Fall hatte mein Patient Winter den Makler Marske mit dem Verkauf seiner Wohnung beauftragt, sondern jemand, der so sicher von Winters Tod in der Silvesternacht ausgegangen war, dass er schon begonnen hatte, die Wohnung auszuräumen! Welche Chuzpe!

Die letzte Aktion des Kliniktages von Hilfsinspektor Hoffmann bestand darin, möglichst unauffällig Schwester Renate aufzulauern. Ich traf sie in der Teeküche.

"Renate – du hast ja gehört, dass wir in der Silvesternacht ein paar Probleme mit Herrn Winter hatten. War denn alles in Ordnung, als du bei ihm warst?"

"Ich bei Winter? Wann soll denn das gewesen sein, Felix?"

"Na, ich dachte, du warst so kurz vor zwölf bei ihm im Zimmer?"

"Ich? Nein, war ich nicht."

Sprach es und verschwand, wieder mit diesem ein- und ausdrucksvollen Schwung ihrer Hüften. Immerhin hatte sie sich mit dieser Antwort Anspruch auf Platz eins im Wettbewerb der Verdächtigen gesichert. In Ermangelung anderer Verdächtiger konnte ich ihr auch gleich Platz zwei und drei zuweisen.

Der wichtigsten Frage ging ich vorerst aus dem Weg: Was sollte ich mit Winter tun? Musste ich nicht annehmen, dass er sich weiterhin in Gefahr befand, dass – wer auch immer – einen zweiten Anschlag auf sein Leben versuchen könnte?

Gegen Feierabend beschloss ich, mir gleich morgen über

dieses Problem Gedanken zu machen, heute hatte ich noch einen Termin: bei meiner Tante Hilde. Kennt man meine Tante Hilde, und kennt man mich, dann kennt man die ganze Familie, mehr sind irgendwie nicht übrig geblieben. Tante Hilde wackelt auf die fünfundachtzig zu, nimmt mir übel, die Familie nicht biologisch fortgeführt zu haben, und ist schwerhörig. Deshalb ist es sinnlos, sich telefonisch nach ihrem Befinden zu erkundigen, man muss sie schon besuchen.

Unsere Unterhaltung konzentriert sich gewöhnlich auf drei Themen: "Ricarda", ihre dreimal die Woche Haushilfe aus Kroatien, "beklaut mich. Wie ist mein Blutdruck? Wann kann ich endlich sterben?" Vor ein paar Wochen hatte ich Hilde einen Adventskranz aus nicht entflammbarem Kunststoff mit elektrischen Kerzen vorbeigebracht, mich dann aber die ganze Weihnachtszeit nicht sehen lassen. Mit entsprechend schlechtem Gewissen suchte ich einen Parkplatz in der Taubertstraße.

Wegen ihrer Schwerhörigkeit brauchte man einen Schlüssel zu ihrer Wohnung, Klingeln zwecklos, da sie den hoch-modernen Hörapparat andauernd verstellte. Ich schloß ihre Wohnungstür auf und tastete nach dem Lichtschalter, aber der Flur blieb dunkel. Klar, schon vor Monaten hatte ich versprochen, den Schalter zu reparieren. Sofort umfing mich der vertraute Geruch nach altem Menschen und sofort auch meine übliche Angst – würde ich nur noch die Leiche meiner Tante finden? Und, wenn ja, wie ginge es dann weiter? Könnte ich als Arzt und Neffe eigentlich selbst ihren Totenschein ausfüllen?

"Tante Hilde! Ich bin es, Felix!"

Sie saß in ihrem Sessel, mit Brille und Lupe vertieft in die Tageszeitung. Vorsichtig tippte ich ihr an die Schulter, erschrocken drehte sie sich zu mir um.

"Ach, du bist es, Gustav!"

Gustav war ihr Bruder, mein Vater. Mit seinem Tod hatte sie den Namen auf mich übertragen. Abgesehen von solchen Kleinigkeiten war sie geistig ziemlich fit. Bis auf einige Realitäten, die sie einfach nicht zur Kenntnis nehmen wollte.

"Warum hast du nicht geklingelt?"

Ich suchte nach ihrem Hörapparat, stellte die Empfindlichkeit ein und fummelte ihn in ihre Ohrmuschel. Sofort begann sie, wieder an der Einstellung herumzudrehen. Wo ich schon mal dabei war, maß ich gleich noch ihren Blutdruck.

"145/90, nicht so schlecht. Übrigens – schönes neues Jahr!"

Ein ziemlich blöder Spruch gegenüber einem Menschen,

der darunter leidet, dass der Tod ihn bisher vergessen hatte.

"Ricarda hat mich wieder bestohlen, mir fehlen zwanzig Euro."

Wie gesagt, Hilde war geistig erstaunlich fit und hatte problemlos die Umstellung von Mark auf Euro mitbekommen. Da es immer um kleinere Beträge zwischen zehn und fünfzig Mark beziehungsweise jetzt um Euro ging, nahm ich an, dass Tante Hilde wahrscheinlich wirklich bestohlen wurde. Andererseits kam Ricarda zuverlässig dreimal die Woche, hielt die Wohnung sauber, erledigte alle Besorgungen. Ich konnte mir nicht vorstellen, adäquaten Ersatz zu finden. Also würde ich den Verlust wie üblich diskret in Hildes Portemonnaie ausgleichen.

Ich begann meine Routineinspektion der Wohnung auf laufende Wasserhähne, offene Gashähne, Bügeleisen unter Dauerstrom, die üblichen Sachen. Eine ausgesprochen schön geschnittene Wohnung, exzellente Lage, sonnig, ruhig. Makler Fred würde höchst interessiert sein. Tatsächlich hatte ich schon mit dem Gedanken gespielt, nach dem Tod meiner Tante einmal selbst hier einzuziehen.

Die Inspektion blieb weitgehend unauffällig, nur im Bett entdeckte ich ein Heizkissen auf Höchststufe. Gerade als ich es ausgestellt hatte, nahm ich unter der Bettdecke eine Bewegung war. Einen Moment lang erfüllte mich die Vorstellung, Hilde sei ein Bein abgefault, über das sich nun hunderte von Maden hermachten. Ich schlug die Bettdecke zurück, empört starrten mich zwei Knopfaugen an.

Natürlich, Trixi! Trixi war ein Hund vom Typ mutierte Ratte, von unbeschreiblicher Häßlichkeit und, wie gerade bewiesen, nicht einmal als kläffender Wachhund zu gebrauchen. Tante Hilde hatte ihn von ihrer Schwester, meiner Tante Ilse, nach deren Tod vor zwei Jahren übernommen, und erstaunlicherweise hatte sich Trixi auf das Leben bei Tante Hilde eingestellt. Nur drei- mal die Woche nahm Ricarda den Hund zu ihren Besorgungen mit auf die Straße, ansonsten verrichtete Fräulein Trixi ihre Notdurft auf dem mit Zeitungspapier ausgelegten Balkon und schien damit zufrieden. Jedenfalls zeigte sie keinerlei Begeisterung, mich zu sehen, obgleich sie doch wissen sollte, dass mein Erscheinen einen zusätzlichen Spaziergang bedeutete.

"Ich gehe mal mit Trixi in den Park", brüllte ich in Tante Hildes Hörapparat.

"Fein, da freut sich meine Trixi, was?"

Davon konnte keine Rede sein. Aber ich kannte keine Gnade. In der nächsten halben Stunde fühlte ich mich wie der

Held am Beginn von Tom Wolfes "Fegefeuer der Eitelkeiten", der den widerspenstigen Köter seiner Frau durch Manhattan schleift, nur um ungestört seine Freundin aus der Telefonzelle anzurufen. Fräulein Trixi stemmte ab Haustür alle vier Pfoten gegen die Laufrichtung, keuchte, als würde das Halsband sie erwürgen, und lahmte abwechselnd auf den Vorder- oder Hinterpfoten.

"Sehen Sie nicht, dass Sie den Hund quälen? Macht Ihnen das Spaß?"

Ich hatte keine Lust, mich von einem der in Berlin reichlich vorkommenden Hundefreunde steinigen zu lassen, und trat den Rückzug an. Tante Hilde konsultierte mich noch zu einigen Tips aus der Apothekerzeitung, zu denen ich nicht viel sagen konnte, und zur aktuellen Rechtslage bei Sterbehilfe, wo ich etwas mehr Kompetenz besitze. Nachdem wir gemeinsam ihre Herz- und Blutdruckmedikamente durchgegangen waren, überließ ich sie wieder ihrem Alter, ihrer Einsamkeit und Trixi.

6

In den nächsten Tagen bestand die Frage zwar weiterhin, aber eine Lösung bot sich nicht an: Was tun mit dem Patienten Winter? Angesichts meiner bisher einzigen Verdächtigen hätte es auch keinen Sinn gehabt, Winter in ein anderes Zimmer zu verlegen. Und die in Kriminalromanen beliebte Methode, das gerade noch gerettete Opfer einfach für tot zu erklären, um dann die weitere Entwicklung zu beobachten, funktioniert in einer Klinik erst recht nicht gut, allein schon wegen der Frage der Kostenerstattung.

Schließlich versuchte ich es doch bei Makler Fred. Vielleicht war ich ja nur voreingenommen wegen seines Geländewagens und der Rolex und er würde mir ohne Zögern den Verkäufer der Wohnung von Winter nennen. Ich rief in dem Immobilienbüro an. Herr Marske sei nicht im Haus, wurde mir nach einem "Moment bitte" mitgeteilt. Schade, antwortete ich, denn ich hätte jetzt doch die Finanzierung für den Kauf der neulich besichtigten Wohnung zusammenbekommen. Nach einem erneuten "Moment bitte" war die Stimme wieder am Apparat: Es tue ihr leid, aber die Wohnung stehe nicht mehr zum Verkauf.

"Wahrscheinlich mag der keine Ärzte", meinte Celine.

"Blödsinn. Nach landläufiger Meinung sind wir Ärzte steinreich, also solvente Käufer oder wenigstens zuverlässige Mietzahler."

"Ärzte bedeutet Drogen im Haus und jeden Tag eine neue Schwesternschülerin auf der Matratze."

"Sehe ich aus wie ein Drogenhändler?"

"Weiß Gott nicht", erwiderte Celine. "Die fahren wenigstens ein anständiges Auto. Aber nach einem deiner Nachtdienste siehst du tatsächlich aus wie ein Junkie auf der Suche nach seinem nächsten Schuss."

In den nächsten Tagen ergab sich erst einmal keine unauffällige Gelegenheit, Winter auf seine Erben anzusprechen. Außerdem hatte sein Infekt auf der Station gestreut, über die Hälfte meiner Patienten begrüßten mich mit Husten, hohem Fieber und drohenden Komplikationen, so dass sich in der zweiten Januarwoche meine sonst relativ ruhige geriatrische Abteilung sich in eine schniefende und krächzende Akutstation verwandelt hatte.

Besondere Sorgen machte mir Herr Kiesgruber, ehemaliger Eigner der bekannten gleichnamigen Firma. Bei Herrn Kiesgruber hatte der Infekt das Herz angegriffen, das mit bösen, potentiell lebensbedrohlichen Rhythmusstörungen reagierte. Im Prinzip gehörte Herr Kiesgruber hinüber auf die Intensivstation.

"Doktor Hoffmann – auf keinen Fall Intensivstation! Da bekommen Sie mich nicht hin. Lassen Sie mich bitte einfach sterben."

Natürlich hat ein Mensch nicht nur das Recht auf Leben, sondern auch auf seinen Tod. Und natürlich gibt es an jedem Krankenhaus passive Sterbehilfe. Schließlich sprach Kiesgruber andauernd davon, dass er sein Leben gelebt habe, sein Haus bestellt und dass es an der Zeit sei abzutreten. Nur, in den Zwischentönen erinnerte er mich sehr an Tante Hilde – bei solchen Gelegenheiten befragt, ob ich sie denn heute umbringen solle und ob mit einem Strick oder einer Spritze, war sie bisher stets eine klare Antwort schuldig geblieben. Außerdem hatten wir im Fall Kiesgruber mit einigem Probieren sogar ein Medikament gefunden, das, regelmäßig alle zwei Stunden gegeben, diese lebensbedrohlichen Rhythmusstörungen gut unter Kontrolle hatte. Also einigte ich mich mit ihm: keine Intensivstation, im Fall der Fälle keine Wiederbelebung, aber eine vernünftige konventionelle Therapie. Als ich vor Feierabend nach Kiesgruber schaute, war sein Zustand stabil, das Fieber rückläufig und seine Prognose nicht schlecht.

Erst nach dem zweiten Glas Wein und während einer Folge von Wer-wird-Millionär, bei der ich im Gegensatz zu dem dämlichen Kandidaten natürlich alle Antworten wusste, kam mir plötzlich in den Sinn, dass mir Kiesgruber schon häufiger von seiner schönen Wohnung erzählt hatte: über ihre tolle Lage, die schöne Aussicht und wie schade es war, dass nach dem Krebstod seiner Frau niemand diese herrliche Wohnung erben würde. Eine Weile versuchte ich noch, mit mehr Aufmerksamkeit wenigstens virtuell Millionär zu werden, gab aber schließlich auf und rief meine Station an.

"Hier ist Doktor Hoffmann. Ich brauche die Adresse von Herrn Kiesgruber."

"Die weiß ich nicht", antwortete mir eine Schwesternschülerin.

"Das glaube ich Ihnen. Aber seien Sie bitte so gut, und schauen Sie in seiner Akte nach."

"Ich muss noch die Medikamente für die Nacht stellen."

Die Zeiten, zu denen Krankenschwestern widerspruchslos die Anordnungen der Ärzte ausgeführt haben, ist längst vorbei, und im Prinzip unterstütze ich das Mitspracherecht, das sich die Schwestern erstritten haben. Im

Moment allerdings fehlte mir die Lust, mit einer Schwesternschülerin im ersten Lehrjahr zu diskutieren.

"Hören Sie zu. Ich gebe Ihnen jetzt eine dienstliche Anweisung. Sie suchen mir die Adresse von Herrn Kiesgruber heraus, dann stellen Sie die Medikamente für die Nacht. Und morgen können Sie sich bei der Pflegeleitung über mich beschweren."

Mit Hilfe des Stadtplans fand ich heraus, dass die Wiltinger Straße in Frohnau liegt. Ein wunderschöner Stadtteil, vor gut hundert Jahren als Gartenstadt angelegt, aber am anderen Ende von Berlin, mindestens eine halbe Stunde mit dem Auto, eher vierzig Minuten. Außerdem ist Frohnau ein Stadtteil, in dem ich mich regelmäßig verfahre, zumal in der Nacht.

Am Ende war es gar nicht so schwer, die Wiltinger Straße zu finden, wenn man erst einmal kapiert hatte, welcher der beiden nur durch eine S-Bahnbrücke getrennten Plätze der Zeltinger Platz und welches der Ludolfinger Platz ist. Trotzdem war es ziemlich spät, als ich Kiesgrubers Adresse gefunden hatte.

Kiesgruber hatte nicht übertrieben. Ich hielt vor einer großen Villa im Muthesius-Stil, irgendwann in einzelne Wohnungen unterteilt, fast alle mit Terrasse oder Wintergarten. Lage direkt am Wald, in den gepflasterte Straßen führten, Zeugen der geplanten und nie durchgeführten Erweiterung der Gartenstadt Frohnau. Was ich jedoch erwartet beziehungsweise gefürchtet hatte, den Galgen der Maklerfirma Manfred Marske mit dem Hinweis "Luxusappartement zu verkaufen", fand ich nicht. Natürlich fühlte ich mich erleichtert, aber auch ein bisschen paranoid. Von diesem nächtlichen Ausflug würde ich selbst Celine nichts erzählen.

So wie am nächsten Tag meine Station unverändert hustete, weiter unter Durchfall litt und allgemein schlecht drauf war, weilte auch Kiesgruber unverändert unter uns Lebenden. Sein EKG zeigte unter der neuen Medikation nur noch relativ harmlose Rhythmusstörungen, und das Fieber war auch nicht wieder angestiegen. Er wollte zwar weiterhin sterben, besprach aber gerade detailliert den Menüplan für die kommende Woche mit Schwester Käthe.

Deshalb erinnere ich mich noch genau: Für Montag hatte Kiesgruber nach langem hin und her "Curryhuhn auf Reis" bestellt – doch am folgenden Montag stand ich vor einem leeren, frisch bezogenen Bett. Im Stationsbuch erkannte ich die Handschrift von Schwester Renate: "1 Uhr 25, Patient Kiesgruber tot aufgefunden. Wegen Alter und Allgemeinzustand keine Reanimationsmaßnahmen eingeleitet." Meinetwegen würde ich mich ein zweites Mal zum Narren machen, aber nach Dienstschluss ordnete ich mich auf der Stadtautobahn erneut in Richtung Frohnau ein.

Heute war das blaue Schild am weißen Galgen nicht zu übersehen: "Exklusive Eigentumswohnung, ab sofort frei. Immobilien Marske, Telefon ..." Unten rechts schien Licht aus einem Küchenfenster, ich klingelte. Nachdem eine weibliche Stimme es letztlich geschafft hatte, mit Bitten, scharfen Befehlen und schließlich wüsten Drohungen ihren Kläffer zu beruhigen, öffnete eine ältere Dame die Tür einen Spalt, so weit es die vorgehängte Sicherungskette erlaubte.

"Seit wann dieses Schild hier hängt? Seit Mittwoch, glaube ich, oder Donnerstag."

Hilfsinspektor Hoffmann war keinen Zentimeter stolz, recht behalten zu haben. Ziemlich deprimiert trat ich den Heimweg an.

Ich ließ Kiesgrubers Leiche sezieren – da keine Angehörigen im Aufnahmebogen angegeben waren, brauchte ich niemanden um die Genehmigung zu bitten. Die Pathologen fanden nichts Verdächtiges: "Disseminierte chronisch-degenerative und akutentzündliche Veränderungen des Herzmuskels und des Endokards mit beginnender Beteiligung des Klappenapparates. Natürlicher Tod, finales Herz-Kreislaufversagen."

Es ist keine große Kunst, jemanden im Krankenhaus relativ unauffällig umzubringen. Es genügt ein kräftiger Schuss Insulin oder Kalium oder Digitalis zum Beispiel. Nicht weil so etwas nicht nachweisbar ist, sondern weil der Tod im Krankenhaus ein akzeptiertes, daher primär unverdächtiges Geschehen ist. Aber auch das Labor fand in Kiesgrubers Blut keine auffälligen Werte. Ich ließ mir trotzdem eine Serumprobe einfrieren. Die brachte ich gleich nach Dienstschluss zu meinem Freund Michael Thiel.

Michael war lange Jahre Arzt und später Oberarzt in unserem Kliniklabor gewesen, hatte inzwischen aber, nach einem kurzen Zwischenstopp in der pharmazeutischen Industrie, sein eigenes analytisches Untersuchungsinstitut aufgemacht. Hier führte er neben Routinekram für den Berliner Raum Spezialuntersuchungen durch, die sich in Häufigkeit und Aufwand für ein normales Kliniklabor nicht lohnen.

Ich gab ihm die Serumprobe von Kiesgruber.

"Und", fragte Michael, "was willst du wissen? Stinkt mal wieder etwas an der Humana-Klinik?"

"Ich will wissen, woran dieser Mann gestorben ist. Und zwar so fahrplanmäßig, dass jemand den Zeitpunkt mindestens einen Tag vorher gewusst hat. Unsere Pathologen haben nichts Auffälliges gefunden, unser Labor auch nicht. Nach den üblichen Dingen brauchst du also nicht zu suchen, aber dann wäre ich ja auch nicht zu dir gekommen."

Michael nahm die Serumprobe aus dem Transportbehälter, versah sie mit einer Nummer, steckte sie in eine seiner Kühltruhen und holte uns beiden ein Bier.

"Wie ich deine Spezialaufträge kenne, geht das hier nicht auf Rechnung, oder?"

Ich nickte.

"Kennst du die Geschichte, wo Moische seinen besten Freund Tovek trifft und ihn fragt, ob er ihm tausend Euro borgen könnte? Tovek plündert für den Freund sein Konto, bekommt aber nur neunhundert Euro zusammen. Moische steckt die neunhundert Euro ein und sagt: 'Vergiss aber nicht, Tovek, dass du mir noch hundert Euro schuldest.'"

Michael öffnete die Biere und goss uns ein.

"Na, dann Prost, mein lieber Moische Hoffmann. Lass mir noch eine Liste der Medikamente da, die dein Patient letzte Woche bekommen hat, damit ich weiß, was ich finden darf."

Ich hatte sie mitgebracht, und wir konnten uns in Ruhe unserem Bier und einem Gespräch unter Männern widmen. Über die Frauen.

Das erwartete Memo von Verwaltungsleiterin Beate, ich solle bitte die Kosten einer Sektion bedenken und die Tatsache, dass diese Kosten von keiner Krankenkasse oder Rentenversicherung übernommen würden, blieb vorerst aus. Gut so, denn es war noch zu früh, die Angelegenheit mit Beate zu besprechen. Ich hatte eine Reihe von Verdachtsmomenten, doch Beate würde konkrete Beweise fordern. Mit ihrer Ausbildung zum Steuerberater und Wirtschaftsprüfer zählen in ihrer Welt nur harte Fakten, Fakten, deren Addition ein unbestreitbares Resultat ergeben müssen.

Celine, studierte Mathematikerin und Teilzeitlehrerin am Gymnasium, sieht die Welt anders, selbst Zahlen sind für sie etwas Lebendiges.

"Nur in der Mathematik kannst du das Unmögliche denken, wird es zur Realität. Unendlichkeit, zehn Dimensionen oder auch hundert, das absolute Nichts. Das macht die

Mathematik so spannend." Außerdem vermutet Celine schon eine Verschwörung, wenn sie ihren Anschlusszug verpasst.

BSE hin, Jakob-Creutzfeldt her, gönnten wir uns mal wieder ein Gourmet-Dinner bei McDonald's. Zwischen Burger, Ketchup und Pommes Frites erzählte ich ihr die ganze Geschichte, schränkte aber auch ein.

"Andererseits finde ich es immer noch möglich, dass es eine einfache Erklärung ohne Mord und Totschlag gibt. Ich meine, wer würde wegen ein paar hundert Euro Vermittlungsprovision für eine Wohnung Leute umbringen?"

Klar, dass Celine das anders sah. Ein wenig Mitleid schwang in ihrer Stimme.

"Sag mal, Felix, leben wir in derselben Welt? In meiner Welt werden Leute umgebracht wegen zehn Mark auf dem Sparbuch oder im Streit um eine Parklücke."

Schön, man liest davon. Aber Celine brauchte meine Bestätigung nicht, schweigend widmete sie sich den Pommes Frites auf ihrem Pappteller und mahlte mit dem letzten Stäbchen ein Muster in die Ketchupmatsche. Dann blickte sie unvermittelt auf.

"Wie lange, denkst du, läuft das schon bei euch? Ist es nicht etwas blauäugig anzunehmen, dass die Sache erst Silvester angefangen hat? Das hört sich doch eher nach einem eingespielten System an."

Zur Besprechung dieses Aspekts leisteten wir uns noch ein paar Chicken MacNuggets. Heute ließen wir kein Risiko aus, auch nicht gepresste Hühnerabfälle.

"Wenn das stimmt, wird es schwierig für uns. Ich kann nicht gut alle Todesfälle der letzten Jahre aufrollen! Immerhin haben wir es auf meiner Station mit sehr alten Menschen zu tun, die überdies krank sind. Von 'plötzlich und unerwartet' kann da kaum die Rede sein."

"Felix! Genau darauf spekuliert unser Mörder!"

Bei Celine ging es also schon um "unseren" Mörder! Ich versuchte, ihren Enthusiasmus zu dämpfen.

"Paß auf, Celine. Nehmen wir einmal an, ich besorge mir die Krankenakten von allen Patienten, die im vergangenen Jahr auf meiner Station verstorben sind. Auch wenn ich den Krankheitsverlauf Seite für Seite durcharbeite, werde ich höchstwahrscheinlich auf nichts Ungewöhnliches stoßen. Ebensowenig, wie ich in den Unterlagen von Winter und Kiesgruber irgend etwas Verdächtiges gefunden habe."

Celine gönnte mir ihr Mona-Lisa-Lächeln.

"Vielleicht nicht in den Akten. Aber es könnte doch ein Muster geben."

Sie erklärte es mir mit der Geduld einer erfahrenen Lehrerin und dem professionellen Optimismus, dass bei ausreichend einfacher Erklärung auch einer ihrer etwas schwächeren Schüler den Lösungsweg am Schluss verstehen würde.

Sie teilte meine Meinung, dass ich bei dem Alter meiner Klientel in den Krankenakten wahrscheinlich kaum überzeugende Spuren unerwarteter Todesfälle oder auffälliger Todesumstände finden würde. Ich sollte mich vielmehr mit den Aufnahmebögen beschäftigen, in denen die Klinik Adresse, Familienstand und so weiter festhält. Leider fehlt zwar die Rubrik: schöne Wohnung, bei Tod freiwerdend, aber man kann dem Aufnahmebogen natürlich entnehmen, ob die Adresse des Patienten mit der des zu informierenden Angehörigen übereinstimmt.

"Wir suchen uns also nur jene Todesfälle heraus", schlug Celine vor, bei denen dies nicht der Fall war. Und ganz besondere Beachtung schenken wir den Toten, die in einer schönen Gegend gewohnt haben."

Während ich noch überlegte, wie ich die Damen im Patientenarchiv dazu bekäme, die Akten aller Todesfälle aus dem letzten Jahr herauszusuchen, klaute mir Celine den letzten Riegel zwangsernährtes Presshuhn.

"Mach dich an die Arbeit, Felix!"

Am nächsten Morgen fiel mir ein, dass ich das Archiv gar nicht brauchen würde – schließlich leben wir im Zeitalter der elektronischen Datenverarbeitung! Da ich mich ein wenig mit unserer Klinik-EDV auskenne, kam ich ziemlich rasch an meine Toten. Immerhin, hundertvier Patienten waren im vergangenen Jahr auf meiner Station verstorben, im Durchschnitt zwei pro Woche. Der Todestag wird zwar unter "Datum der Entlassung" erfaßt, aber es folgt die Rubrik "Verbleib nach Entlassung: a) häusliche Umgebung b) Verlegung (wohin?) c) Exitus." Die Rubrik "hat gleich vor dem Krankenhaus seine Krücken weggeworfen, ist direkt zum Flughafen gefahren und nach Florida/Südamerika/Tibet geflogen, lebt seitdem dort glücklich und zufrieden" ist nicht vorgesehen. Ist leider auch noch nicht vorgekommen.

Die EDV kennt auch Namen und Adresse der "im Notfall zu informierenden Angehörigen", die ich mit der letzten Adresse der verstorbenen Patienten verglich. Das Patientenarchiv musste ich vorerst nur um die Suche nach etwa zwanzig Akten bitten, in denen sich unter "Verbleib nach Entlassung" kein Eintrag fand. Diese Patienten konnten ebenso gut verstorben wie mit dem Verjubeln ihrer Rente beschäftigt sein. Vielleicht wird angenommen, als behandelnder Arzt solle ich mich wenigstens an meine Todesfälle erinnern. Aber ein Arztgehirn funktioniert auch nicht anders als das seiner Mitmenschen und erinnert sich weit besser an seine Erfolge als an seine Mißerfolge, wirklich sicher war ich mir nur in drei Fällen. Also – auf zum Archiv!

Bei einem unbestechlichen Doktor wie mir ist der Schrank zu jeder Jahreszeit gut gefüllt mit Konfekt, Wein und Sekt von Patienten, die damit auf ein bisschen Extramotivation für ihren Stationsarzt spekulieren. Mit Hilfe einer kleinen Auswahl aus diesem Sortiment dauerte es nur eine knappe Woche, bis ich die Akten ohne die Angabe "Verbleib nach Entlassung" in den Händen hielt. Zusammen mit den über die EDV geklärten Fällen kam ich damit schließlich auf sechsunddreißig Tote, die das Kriterium "keine Angehörige unter derselben Adresse" erfüllten.

Es war Freitag, gegen sechs Uhr abends, als ich meine Liste mit den sechsunddreißig Namen fertig hatte. Eine gute Zeit, schien mir, es gleich einmal unter der ersten Telefonnummer zu versuchen, bei der Tochter einer Patientin, die Anfang letzten Jahres bei uns gestorben war. Ich wollte fragen, ob sich damals jemand gemeldet hätte, um sie hilfreich in Sachen Wohnung ihrer verstorbenen Mutter zu unterstützen. Zum Ablauf des Telefonats hatte ich mir keinen besonderen Plan gemacht, und es stellte sich schnell heraus, dass dies auch überflüssig gewesen wäre.

"Doktor Hoffmann? Natürlich weiß ich, wer sie sind. Sie sind dieser Arzt, der uns erzählt hat, es handle sich bei unserer Mutti nur um eine Krise! Und sie wäre fast schon über den Berg! Das haben Sie am selben Tag gesagt, an dem unsere Mutti gestorben ist. Wahrscheinlich finden Sie diese Art besonders mitfühlend!"

Muttis Tochter schien schon länger darauf gewartet zu haben, mal wieder jemanden richtig wegzuputzen, vorzugsweise aus moralisch überlegener Position.

"Wenigstens hat uns Ihr Kollege die Wahrheit gesagt."

"Mein Kollege?"

"Oder war es eine Ärztin? Oder eine Schwester? Weiß ich nicht mehr so genau. Jedenfalls hatte jemand auf Ihrer Station den Anstand, uns mitzuteilen, wie schlecht es wirklich um Mutti steht. Und dass sie sehr bald sterben würde. Also, Herr Doktor Hoffmann, entweder verstehen Sie nichts von Medizin, oder Sie sind ein gottverdammter Feigling."

Es war nicht herauszubekommen, mit wem sie gesprochen hatte.

"Ich hoffe, Sie werden doch wenigstens wissen, mit wem Sie zusammenarbeiten, Herr Doktor."

Es wurde aufgelegt.

Immerhin, zwei Sachen hatte ich erfahren. Erstens, dies war eventuell der falsche Weg, um in der Frage Wohnungsvermittlung weiterzukommen. Aber zweitens, dass es tatsächlich jemanden in unserer Klinik gab, der ziemlich genau wusste, wann meine Patienten sterben würden.

Andererseits war ich nach diesem unerfreulichen Telefonat erst einmal ziemlich ratlos, wie ich in der Sache weiterkommen sollte.

"Wie *wir* in der Sache weiterkommen sollen", korrigierte mich Celine am selben Abend. "Außerdem sind wir doch ein ganzes Stück weitergekommen – unser Verdacht hat sich bestätigt. Ist doch toll!"

Celine hatte ihre Arme von hinten eng um mich geschlungen, ihre Schenkel fest an meine gepresst, und ich spürte ihren heißen Atem am Hals.

"Schneller, Sklave, schneller. Komm schon!"

Ein tolles Gefühl, dieses fast widerstandslose Gleiten. Doch wie immer war es zu schnell vorbei, und wie immer war es natürlich meine Schuld.

"Pass auf!" rief Celine noch aufgeregt, aber da war es schon passiert. Ich konnte nicht mehr halten, Kopf über stürzten wir in den Schnee am Ende des Rodelhügels. Wir klopften uns gegenseitig den Schnee aus den Klamotten, zogen den Schlitten wieder zur Imbissbude und gaben ihn der Mutter zurück, die sich eine Pause und den Kindern eine Bratwurst gönnte. Es hatte den ganzen Tag über geschneit, und tatsächlich, ungewöhnlich für Berlin, war der Schnee liegen geblieben. Unter Vollmond und sternenklarem Himmel hatte sich der Hügel von Onkel Tom's Hütte zu einem abendlichen Wintersportzentrum gewandelt, um die Imbissbude herum waren sogar Fackeln aufgestellt. Wir entschieden uns für Currywurst mit Glühwein.

Nach dem zweiten Glühwein entwickelte Celine innerhalb nur weniger Minuten einen neuen Plan. Und ich gebe zu, ihr Plan war nicht ohne Charme. Besonders, weil er mir weitere Telefonate mit Vorwürfen von enttäuschten Hinterbliebenen ersparen würde. Wer lässt sich schon gerne

Inkompetenz beziehungsweise Feigheit vorwerfen oder einen Lügner nennen? Um den Plan zu verstehen, muss man allerdings wissen, dass Celine nicht nur, wie erwähnt, Mathematikerin ist und einen Teil ihres Lebensunterhalts mit einer Halbtagsstelle als Mathematiklehrerin bestreitet. Wesentlich besser verdient sie damit, dass sie ein, zwei Tage in der Woche nachmittags oder abends Versicherungen verkauft. Über diese Nebentätigkeit haben wir uns kennengelernt, die näheren Umstände habe ich an anderer Stelle beschrieben und möchte sie hier nicht wiederholen, da ein Gespräch über die Details bei unserem Kennenlernen und deren zeitliche Abfolge regelmäßig zum Streit führt. Aber jetzt sollte ihre Nebentätigkeit wieder ins Spiel kommen: Als Versicherungsmaklerin würde sie sich bei den neuen Mietern oder Eigentümern bei den von mir ausgesuchten Adressen Zugang verschaffen und dabei vielleicht nebenher herausfinden, wie diese Leute an die neue Wohnung gekommen waren.

Durch den knirschenden Schnee waren wir inzwischen zurück zu mir gestapft, mit glühenden Wangen vom Punsch und voller Übermut von der vielen frischen Luft. Ohne die Schnee-stiefel auszuziehen, bestand Celine auf einer zweiten Schlittenfahrt, diesmal war ich der Schlitten. Und nachdem wir uns von dieser Berg-und-Talfahrt erholt hatten, musste Celine als Schlitten herhalten. Einmal meinte ich sogar, Schlittenglöckchen zu hören.

Am folgenden Morgen gab ich Celine meine Liste mit den sechsunddreißig Toten. Das Wochenende stehe vor der Tür, meinte sie, eine gute Zeit, ihr mieses Gehalt als Teilzeitlehrerin aufzubessern und sich mal wieder als Versicherungsmaklerin auf die Socken zu machen.

Als ich nun überlegte, wie mein Wochenende ohne Klinik und ohne Celine sinnvoll zu gestalten sei, ob mit dem Diktieren von Abschlussberichten an die Hausärzte, dem Studium der aktuellen Fachjournale oder ausführlicher Beschäftigung mit der TV-Fernbedienung, wusste ich nicht, dass es auch für mich noch eine Kleinigkeit in petto hatte.

7

Als der Anruf am frühen Sonntagmorgen kam, dachte ich zuerst an einen von diesen Stöhnern, der sich sowohl in der Telefonnummer wie auch in der Tageszeit geirrt hatte. Aber dann brach das ohnehin ziemlich schwache Stöhnen plötzlich ab, ich vernahm ein dumpfes Poltern, ohne dass aufgelegt wurde.

Nach einer Weile fiel der Groschen: Tante Hilde! Ich hatte für den Notfall meine Nummer in ihr Telefon programmiert. Das schien mir zuverlässiger als diese Geschichten von Hunden, die Herrchen oder Frauchen das Leben gerettet hatten, weil die Nachbarschaft endlich der Ursache für das Kläffen in der Nachbarwohnung auf den Grund gehen beziehungsweise in Wirklichkeit dem Dauerkläffer den Hals umdrehen wollte. Tante Hildes Hund ist zwar auch ein ausgezeichneter Kläffer, aber ihre Nachbarin mindestens ebenso taub wie sie selbst und an sein impertinentes Kläffen gewöhnt. Unrasiert stürzte ich aus dem Haus.

Tante Hilde lag neben dem Telefon, die Augen offen, aber zu schwach zum Sprechen. Das rechte Bein stand in einem unnatürlichen Winkel zu ihrem dürren Körper, der sich kantig unter ihrem Nachthemd abzeichnete. Oberschenkelhalsfraktur, der typische Knochenbruch alter Menschen. Ein kurzes Stolpern, ein Sturz, und schon bricht der Kopf vom osteoporosemorschen Oberschenkelknochen ab.

Ich schob ihr Nachthemd zum Becken hoch und betrachtete mir die Bescherung: Sie hatte Glück gehabt, der Oberschenkel war nur wenig geschwollen, wenigstens also keine Einblutung, kein größeres Gefäß schien verletzt. Aber die Haut fühlte sich an, als hätte meine Tante die Nacht in der Tiefkühltruhe verbracht, und zeigte daneben alle Zeichen der fortgeschrittenen Austrocknung. Wahrscheinlich war Tante Hilde in der Küche gestürzt oder im Flur, dank des von mir immer noch nicht reparierten Lichtschalters. Vielleicht aber auch im Bad, dann träfe mich keine Schuld. Wo auch immer sie hingeschlagen war, hatte sie sicher Stunden gebraucht, um sich bis an ihr Bett zum Telefon zu robben. Vielleicht lag sie hier schon seit gestern. Ihre liebe Trixi sah keinen besonderen Grund zur Aufregung. Offensichtlich zufrieden, endlich über die gesamte Lagerstatt zu verfügen, verfolgte der Wauwau meine Aktivitäten mit müde gelangweilten Hundeaugen von Hildes Bett aus.

Ich konnte nicht viel mehr tun, als Hilde unter ein paar Decken vor weiterer Auskühlung zu schützen und einen

Krankenwagen zu rufen. Während ich darauf achtete, dass die engagierten Helfer vom Roten Kreuz beim Umlagern auf die Trage das Bein nicht noch weiter verdrehten, kündigte ich unser Kommen in der Klinik an.

Wir erreichten die Humana-Klinik ohne Stau oder Verkehrsunfall und mit Tante Hilde in einem Stück. Valenta erwartete uns bereits auf der Intensivstation. Diesmal waren wir uns einig: Natürlich müsste man den Bruch schnellstmöglich operieren, aber erst einmal musste Hilde in einen operationsfähigen Zustand kommen.

Es gibt zwei Möglichkeiten, wenn man als Arzt einen Angehörigen in der eigenen Klinik hat: Man kümmert sich um alles selbst und lässt sonst niemanden an seinen Angehörigen heran, oder man kümmert sich um nichts und hält, außer zu den offiziellen Besuchszeiten, einen Mindestabstand von fünfzig Metern zum Familienmitglied ein. Es bedarf keiner besonderen Betonung, dass ich mich instinktsicher für Möglichkeit Nummer drei entschied.

"Vergesst nicht, die Infusionen vorzuwärmen!"

"Denkt daran, rechtzeitig Blut zu bestellen!"

"Macht dem Labor Dampf!"

"Seid bloß vorsichtig beim Umlagern!"

"Und dann ..."

Eine Pranke fiel auf meine Schulter, Valenta.

"Felix, wie wäre es, du wäschst dich schon mal für die OP – sicher willst du da doch auch mithelfen. Oder willst du lieber gleich selbst operieren?"

Valenta hatte Tante Hilde sorgfältig untersucht und sich dann wieder in sein Dienstzimmer zurückgezogen. Seelenruhig surfte er weiter im Internet. Über "Onvista.de" informierte er sich über den Stand seiner Aktien, Anleihen und Optionen, im Chatroom von "Aktien.de" verfolgte er die aktuellen Gerüchte zu geplanten Fusionen oder bevorstehenden Gewinnwarnungen. Ich wusste, Valenta hatte seine Station im Griff, eine unterkühlte Patientin zur OP vorzubereiten bedeutete hier absolute Routine, bei seinen exzellent ausgebildeten Mitarbeitern war Tante Hilde in besten Händen. Trotzdem war ich nervös und hörte kaum auf seine neuesten Mitteilungen aus der Welt der Wirtschaft.

"Sieht nicht schlecht aus für deine ABS-Aktien, Felix. Es heißt, irgendeine holländische Firma will fünfunddreißig Prozent von ABS kaufen. Jedenfalls ist ABS um vierzehn Prozent gestiegen seit gestern!"

In der Tat betraf der rapide Wertverfall meines ohnehin

bescheidenen Aktiendepots weniger die Werte, deren Kauf mir Valenta empfohlen hatte. Dazu gehörte auch ABS, Advanced Biotechnology Systems. Soweit ich wusste, stellte ABS Analyse-Automaten für die Pharmaindustrie her. "Setz bloß nicht auf die bahnbrechende Pille gegen AIDS oder die Gentherapie, die den Krebs endgültig ausrottet. Wenn Gold gefunden wird, stecke dein Geld nicht in irgendwelche Claims. Kaufe lieber Schaufeln und Hacken – die verkaufst du dann den Goldsuchern. Viel geringeres Risiko!" Das war Valentas Devise für Börsengeschäfte, und deshalb war ich bei ABS eingestiegen.

Im Augenblick fehlte mir das Interesse an der Entwicklung auf dem Aktienmarkt. Ich glaube zwar, Valenta wollte mich nur beruhigen, vom Problem Tante Hilde ablenken, aber es gelang ihm nicht. Ich ließ ihn stehen und trottete rüber zur Chirurgie, wo ich mich erkundigte, wer operieren würde und, wichtiger noch, welcher Anästhesist im Dienst war. Der Chirurg baut ein künstliches Hüftgelenk ein, für ihn eine Routineoperation. Aber es ist der Anästhesist, der den Patienten dabei am Leben halten muss, egal, wie lange der Operateur für sein Handwerk braucht.

"Valenta wärmt sie gerade auf und stabilisiert sie für euch. Aber paßt auf. Sie hat ziemliche Probleme mit dem Blutdruck, und außerdem miese Herzkranzgefäße."

"Schon mal einen Infarkt gehabt?"

"Nein, aber deshalb informiere ich euch."

"Und wie alt ist deine Tante?"

"Zweiundachtzig, glaube ich, oder etwas mehr."

Bernd von der Anästhesie legte mir die Hand auf die Schulter.

"Ich weiß nicht, wie es bei dir auf der Geriatrie aussieht, Felix. Aber wir haben noch nie einer Zweiundachtzigjährigen ein neues Hüftgelenk eingeschraubt, bei der nicht auch Probleme mit dem Blutdruck, miesen Herzkranzgefäßen, einem entgleisten Zucker oder Schlimmeres zu beachten waren. Ich garantiere dir, du bekommst deine Tante von uns so gut wie neu zurück. Allerdings nur, wenn du uns nicht weiter störst."

Natürlich hatten meine Kollegen recht. Ich rief mich zur Ordnung und beschloss, sie endlich in Ruhe ihre Arbeit machen zu lassen.

"Felix, wenn du wieder nach deiner Tante schaust, erinnere doch bitte Valenta daran, mich anzurufen. Er wollte mir sagen, ob ich Infineon nun verkaufen soll oder nicht."

"Mach ich."

Valenta war inzwischen als Aktienberater in der Klinik mindestens ebenso unentbehrlich wie als leitender Intensivarzt.

Zurück auf der Intensivstation fand ich Hilde an ihrem vorgewärmten Tropf, der Monitor über ihrem Bett registrierte Blutdruck und Puls in einem akzeptablen Bereich. Mit Mühe widerstand ich der Versuchung, mir die inzwischen eingetroffenen Laborergebnisse anzuschauen. Immerhin zeigte Hilde schon eine bessere Farbe und wieder etwas Glanz in den Augen. Ich nahm ihre Hand und wünschte ihr alles Gute für die Operation.

"Was für eine Operation? Was redest du für ein dummes Zeug?"

"Du hast dir den Oberschenkel gebrochen, Tante Hilde. Das muss unbedingt operiert werden."

"Wie kommst du denn auf so was, Gustav? Ich habe mir nichts gebrochen, ich will nach Hause."

"Das wird noch ein paar Tage dauern. Erst muss dein Bein wieder in Ordnung kommen."

Mit sanftem Druck schoben mich zwei Schwestern zur Seite und rollten das Bett mit meiner protestierenden Tante an Bord hinüber zum Operationstrakt.

Es war inzwischen Sonntagmittag, aber nun ohnehin in der Klinik, beschloss ich, auf meiner Station vorbeizuschauen. Irgendwo musste ich schließlich mein angestautes Helfer-Adrenalin abbauen. Eine Idee, die sich schnell als Fehler erwies. Schon im Treppenhaus schlug mir dieses eigenartige Geräusch entgegen. Irgendwie schien es mir bekannt, ich konnte es allerdings nicht gleich einordnen. Dann fiel es mir ein: Ich kannte den Lärm aus US-Filmen mit Handlungsort Alcatraz oder St. Quentin, wenn wütende Häftlinge im Speisesaal mit Besteck und Blechgeschirr demonstrieren. Es war exakt das gleiche Geklapper, wenn auch nicht ganz so aggressiv. Und es kam aus dem Speisesaal auf meiner Station.

Dort bot sich mir ein ziemlich grotesker Anblick. Meine Patienten saßen vor ihren vollen Tellern an den Vier-Personen-Tischchen und klopften mit ihrem Besteck im Takt auf die Tischplatte, besonders kräftig meine Alzheimer-Jungs und -Mädchen. Es schien ihnen zu gefallen.

"Da sind Sie ja, Doktor. Stecken Sie hinter diesem Anschlag?" fragte Dauerpatient Schmitz, der immer prompt einen neuen Harnwegsinfekt bekommt, wenn ich ihn entlassen will.

"Was für ein Anschlag? Was ist hier überhaupt los?"

"Haben Sie keine Augen im Kopf, Doktor? Oder wollen Sie nichts sehen?"

Angestrengt ließ ich meinen Blick durch den Raum schweifen. Das gemeinsame Essen im Speisesaal für alle Patienten, die nicht bettlägerig waren, klappte gut. Es gab meinen Schutzbefohlenen etwas mehr Würde als das Löffeln und Schlürfen an der Bettkante, und es entlastete das Personal. Wir baten die Patienten auch, sich zum gemeinsamen Essen etwas Ordentliches anzuziehen, ebenfalls um die Moral zu heben, doch diese Empfehlung wurde nicht von allen befolgt. Sicher also, mich störte der Anblick von offenen Bademänteln, spindeldürren Männerbeinen und schlaffen Brüsten am Mittagstisch, aber den Grund für den kollektiven Aufstand konnte ich nicht finden.

Schmitz hielt seine Gabel hoch, am Ende ein für Krankenhausbegriffe ziemlich lecker gebratenes Steak.

"Für Sie auch eine schöne Portion BSE, Doktor?"

Ich war platt. Die Verkaufszahlen für Rindfleisch hatten sich vollkommen erholt, die BSE-Hysterie in Deutschland war lange vorüber. Nicht aber, so schien es, auf der Chronikerstation C4.

"Mit uns könnt ihr es ja machen!"

Schmitz kam in seiner Position als Rädelsführer langsam in Fahrt. Immer noch fuchtelte er mir mit seiner Gabel vor der Nase herum.

"Ist bestimmt billiger, als das Zeug ordnungsgemäß zu entsorgen."

Beifallheischend schaute er sich im Speisesaal um und bereitete das übliche Totschlagargument vor.

"Wie ist das mit den Privatpatienten? Bekommen die heute auch ihre Portion BSE?"

"Ich habe keine Ahnung."

Das war die Wahrheit. Außerdem war mir die Sache zu lächerlich. Sicher, weder Deutschland noch die EU hatten so prompt reagiert wie die Produzenten von Haustierfutter, die bereits seit Anfang der neunziger Jahre kein Rindfleisch aus England in ihre Dosen abfüllten. Und als man Ende 2000 endlich anfing, auch unsere Rinder auf BSE zu testen, hatte sich zur Überraschung der amtlichen Stellen auch Deutschland als BSE-betroffen erwiesen. Inzwischen aber wurde längst auch jedes für uns Menschen zum Verzehr vorgesehene Schlachtrind auf BSE untersucht, außerdem hat BSE, beziehungsweise die Jakob-Creutzfeldt-Variante, eine Inkubationszeit von Jahren bis Jahrzehnten. Kaum denkbar, dass einer dieser Leute in den offenen Bademänteln und bekleckerten Nachthemden ihren Ausbruch erleben würden, selbst wenn man sie kiloweise mit Prionen fütterte. Eher konnte ich mir schon vorstellen, dass es sich bei ein paar meiner Alzheimer-Patienten in Wirklichkeit um Jakob-Creutzfeldt handelte.

Freundlich lächelnd schob mir Frau Konrad ihren Teller entgegen.

"Kennen wir uns nicht aus Biarritz? Small world!"

Dieser Sonntag stand mir inzwischen bis zum Hals, ich drohte, in der allgemeinen Dankbarkeit zu ertrinken: Tante Hilde hatte ich vor dem Erfrierungstod bewahrt und mich ihretwegen meinen Kollegen gegenüber zum Narren gemacht, sie aber war sauer, dass ich sie überhaupt in die Klinik geschleppt hatte. Und nun probte auch noch mein Altersheim den BSE-Aufstand!

"Kein Problem. Dann gibt es heute eben kein Mittag. Die meisten von euch sind sowieso zu fett."

Großartig, eine tolle Ansprache! Ich hatte gegen meine Prinzipien verstoßen, hatte meine alten Leute wie unmündige Kinder behandelt, ihre Würde missachtet. Natürlich, manchmal verhielten sie sich wirklich kindisch, so wie heute. Das mit der Altersweisheit ist eine Mär, alte Leute sind nicht weise. In der Regel sind sie kindisch, rechthaberisch, egoistisch. Aber trotzdem, sie verdienten einen besseren Arzt. Einen Arzt, der ihre Würde respektiert.

Während meine Patienten ungläubig mein Gesicht studierten oder wie ausgescholtene Kinder auf ihre Teller starrten und ich mich nach Hause sehnte oder noch weiter weg, ging plötzlich hinter mir die Tür auf.

"Milchreis für alle!"

Auftritt von Schwester Käthe mit einer großen Schüssel dampfendem Milchreis, im Schlepptau eine Schwesternschülerin mit gekochtem Mischobst und neuen Tellern. Sofort nahmen selbst meine Alzheimer-Patienten wieder ihre Plätze ein, zufriedene Gesichter überall. Schwester Käthe ist unersetzlich!

Noch immer sauer, war ich drauf und dran, demonstrativ Frau Konrads Steak zu verputzen. Aber Käthe stellte auch mir einen Teller Milchreis mit Backobst vor die Nase, und ich langte zu, mit Genuss. Erinnerung an fröhliche Kindergeburtstage! Wieder friedlich und zufrieden saßen wir zusammen und löffelten brav unsern Milchreis, die große Familie der geriatrischen Abteilung.

Trotzdem, Schmitz würde ich bei der nächsten Gelegenheit entlassen!

Sonntagabend ist ein fester Termin – gemeinsames Kochen und Essen mit Celine. Auch der Ort dieser Veranstaltung steht fest, gekocht und gegessen wird bei Celine. Da ich in der Regel den Einkauf und das Kochen übernehme, bleibt für Celine der Abwasch. Das ist keine sexistische Regelung, sondern eine pragmatische. Kochen gehört einfach nicht zu Celines Stärken.

Aber als ich gegen sieben mit meinen frischen Seezungenfilets, Crème Fraîche, Dijonsenf, Petersilie, Knoblauch und dem Chardonnay aus Südafrika vor Celines Tür stand, musste ich mir die Wohnung selbst aufschließen. Sie meldete sich telefonisch, während ich gerade den Knoblauch und die Petersilie hackte und berichtete, dass sie gerade "einen dicken Fisch an der Angel" hätte, aber noch Zeit bräuchte, "die Leine einzuholen".

Richtig, Celine war heute als Versicherungsagentin unterwegs. Eigentlich, um die Verbindung zwischen meiner Klinik und dem Makler Manfred Marske zu ermitteln. Um so besser, wenn auch noch ein paar Aufträge für sie heraussprängen. Jedenfalls, ein dicker Fisch und eine lange Leine, also kein Dinner heute. Petersilie und Knoblauch kamen in den Abfall, die Seezungenfilets in die Tiefkühltruhe. Letztlich kam mir das nicht ganz ungelegen, hatte ich mir doch heute Mittag eine ziemlich kräftige Portion Milchreis mit Backobst gegönnt.

Den Wein nahm ich zur Strafe wieder mit nach Hause. Kurz danach meldete sich die Klinik. Keine Komplikation bei der Operation von Tante Hilde, sie läge jetzt wieder auf der Intensivstation, aber wohl nur bis morgen früh, wenn weiterhin alles gut laufen würde. Ich holte mir den Chardonnay aus dem Kühlschrank und genehmigte mir einen ruhigen Fernsehabend. In einer Ecke meines Schädels wollte mich eine leise Stimme an irgendetwas erinnern, das unbedingt noch zu erledigen sei. Aber wir kamen beide nicht darauf, um was es da ging.

Es fiel mir erst am Montag ein. Auf dem Weg zur Klinik sprang mir ein Hund vor den Wagen, allein meine Vollbremsung rettete ihm das Leben. O Gott – was war mit Hildes abartigem Kläffer? Ich hatte ihn gestern total vergessen, nun saß die liebe Trixi schon über vierundzwanzig Stunden allein in der Wohnung.

Ich zähle mich zu den glücklichen Menschen, die ohne Handy leben dürfen. Aber heute Morgen musste ich deshalb eine Telefonzelle suchen, und auch noch ein inzwischen fast exotisches Exemplar, das mit Münzen funktionierte. Kurz erklärte ich Schwester Renate, dass ich mich verspäten würde. Kein Problem, meinte sie, alles ruhig an der Front.

Ich schloß Tante Hildes Wohnungstür auf. Zu hören war nichts. Was erwartete mich? Über die ganze Wohnung verteilte nasse Flecken und Exkremente, frische und angetrocknete? Ein verdursteter Hund? Oder eine durch Hunger und Angst in den Wahnsinn getriebene Bestie? Nichts von alledem. Trixi schlief gemütlich in Hildes Bett. Als sie mich hörte, schoß sie allerdings sofort hoch und rannte in Richtung Balkontür. Auch gut, sollte sie doch wie üblich auf den Balkon pinkeln. Wir waren in Eile.

Trixi schien nicht besonders angetan von der Idee, mit mir zu kommen. Immerhin zeigte sie sich clever genug, die Schnauze zu halten, als ich sie, versteckt in einer großen Aldi-Tüte, vorbei an dem Schild "Keine Haustiere auf dem Krankenhausgelände!" in die Klinik schleppte. Ich legte ein paar alte Laken aus dem Sack für abgezogene Bettwäsche unter meinen Schreibtisch und befahl: "Keine Bewegung! Keinen Mucks!"

Trixi schien zu verstehen und rollte sich in die Laken ein, während ich mit der Visite begann. Es gab nichts Dramatisches, aber doch kleine Schwierigkeiten an allen Ecken und Enden. Der Grund lag auf der Hand, Schwester Käthe hatte heute ihren Urlaub angetreten. Schwester Renate ist zwar deutlich jünger und viel hübscher als Käthe, aber bei weitem nicht so effektiv im Management der Station.

Nach der Visite kümmerte ich mich um den einzigen Neuzugang des Tages: Tante Hilde, nun auch meine Patientin. Die Nacht auf der Intensivstation war ereignislos verlaufen, also kam sie zur Nachbehandlung zu uns, denn auf meiner Station bestehen dafür die besten Voraussetzungen: Engagierte Physio- und Bewegungstherapeuten, Schwestern mit viel Geduld, sogar ein Schwimmbecken im Keller, das Beate allerdings aus Kostengründen gerne stilllegen würde. Alle würden sich Mühe geben. Die Frage war nur, ob auch Tante Hilde.

Als ich sie in ihrem Bett liegen sah, Augen an die Decke geheftet, verstärkten sich meine Zweifel. Sie schien deutlich geschwächt von der Operation, und die Statistik sprach gegen sie. Ihr ganzes Leben war sie bisher weder im Krankenhaus noch ernsthaft oder längerfristig krank gewesen. Schön, in den letzten Jahren hatten sich ein hoher Blutdruck und mäßige Angina pectoris eingestellt, aber beides war mit preisgünstigen Tabletten gut unter Kontrolle.

Das heißt, ihre Gesundheit hatte der Gemeinschaft der Versicherten bis gestern keine größeren Kosten verursacht. Somit wurde die Rechnung ganz einfach: Statistisch fallen achtzig

Prozent aller Krankheitskosten eines Menschen in seinen letzten zwei Lebensjahren an, und diese Stoppuhr tickte nun auch für meine Tante Hilde, in Gang gesetzt wahrscheinlich durch das Stolpern über eine Türschwelle. Lohnte sich der Aufwand für zwei Jahre? Ich glaube, die Antwort auf diese Frage hängt vom eigenen Alter ab. Und vom Vertrauen in die Statistik, die im ungünstigen Fall sowieso nur für die anderen gilt.

Hilde wandte sich mir zu.

"Gustav, schön dass du mich besuchen kommst."

"Das werde ich jetzt öfter tun. Du bist nämlich Patientin auf meiner Station."

"Du bist mein Arzt?"

"Stimmt. Du bist mir ausgeliefert und wirst schön machen, was ich dir sage. Oder was die Schwestern dir sagen."

"Aber – es gibt doch sicher auch einen Oberarzt?"

Weder heiße ich Gustav wie mein Vater, noch bin ich der Gerade-mal-Abiturient, den sie wahrscheinlich in mir sieht. Warum sollte ich sie mit der Wahrheit erschrecken, dass ich in dieser Abteilung die höchste Instanz bin?

"Wir haben sogar einen Chefarzt, Hilde. Und auch der wird sich um dich kümmern."

Eine Lüge, aber Tante Hilde schien ein wenig beruhigt. Sie konnte nicht wissen, dass wir nach Aufdeckung der "russischen Spende" mit der ehemaligen Klinikstruktur auch das Chefarztsystem abgeschafft hatten. Käme sie darauf zurück, könnte ich ihr zum Beispiel Valenta mit seinen eindrucksvollen hundertfünfzehn Kilo als Chefarzt vorführen.

"Wann kann ich nach Hause?"

"Das kommt entscheidend auf dich an, ob du tüchtig mitmachst. Wenn du fleißig übst mit deiner neuen Hüfte sind es nur ein paar Wochen."

Sie hakte nicht weiter nach. Wahrscheinlich hatte sie beschlossen, wichtiges lieber direkt mit dem Chefarzt zu besprechen.

"Ich bin müde."

"Sicher bist du das. Heute erholst du dich noch ordentlich von der Operation. Aber morgen wird aufgestanden. Und geübt."

Ich schrieb meine Verordnungen in das Stationsbuch und nahm mir vor, gleich morgen mit der Bewegungstherapeutin zu sprechen. Es würde schwer werden, Tante Hilde zur Mitarbeit zu motivieren. Gegenwärtig machte mir allerdings etwas anderes Sorgen – Hilde hatte mich nicht nach Trixi gefragt. Ich hoffte, es handelte sich nur um einen vorübergehenden Anästhesie-Schaden.

Auf dem Stationsflur hielt mich Schwester Renate aufgeregt an. Sie machte einen etwas verstörten Eindruck.

"Felix. In deinem Arztzimmer ..., da sitzt eine riesige Ratte unter deinem Schreibtisch. Riesig, sage ich dir. Die hat sich sogar dreckige Laken besorgt."

"Ach das – das ist nur Trixi."

Schwester Renate starrte mich fassungslos an. Sollte sie doch glauben, ich hielte mir jetzt Ratten im Arztzimmer. Oder sollte ich ihr sagen, Trixi wäre nur ein vollgesogener Blutegel, ein Experiment von mir, weil ich vorhabe, wieder Blutegel in die Therapie einzuführen? Statt dessen fragte ich sie etwas anderes.

"Sag mal, Renate. Kennst du einen Immobilienmakler Marske, Manfred Marske?"

"Nee, nie gehört. Warum?"

"Ich wollte es nur wissen", war meine nicht allzu intelligente Antwort.

Wahrscheinlich war schon die Frage zu diesem Zeitpunkt nicht sehr intelligent gewesen. Ich verbarrikadierte mich in meinem Arztzimmer, beladen mit einem der gestern verschmähten Steaks aus dem Kühlschrank in der Teeküche. Trixi kaute begeistert darauf herum, während ich ein paar Tierpensionen anrief. Aber kein Glück, anscheinend hatte zur Zeit ganz Berlin seinen Hunden einen Urlaub in einer Tierpension spendiert.

"Ich kann dich immer noch bei den Versuchstieren abgeben. Da kannst du was für die Menschheit tun, wirst ein Held. Würde dir das gefallen?"

Ich möchte Trixis Ausdruck als freudig erregt bezeichnen. Aber vielleicht bezog sich das mehr auf das BSE-Steak als auf eine mögliche Karriere in der Wissenschaft. Außerdem ist die Humana-Klinik kein Universitätskrankenhaus, wir haben gar kein Tierlabor. Also nahm ich diesen Hundeverschnitt am Abend erst einmal mit nach Hause.

Die ganze Woche hörte ich nichts von Celine, die weiter mit meiner Adressenliste um die Häuser zog. Freitag Abend tauchte sie unangekündigt auf, ließ sich auf meine Couch fallen und warf mit einem kräftigen Schwung ihre Schuhe in die Gegend.

"Ich habe mir ein Lob verdient. Und mindestens zwei Essen in einem Ristorante meiner Wahl!"

"Wofür?"

"Zwei Einladungen in ein Restaurant meiner Wahl, abgemacht?"

"Celine, wenn du nicht mit der Sprache herausrückst, kommt noch heute Abend eine weitere Wohnung auf den Markt, ganz hier in der Nähe. Was hast du gefunden?"

"Unter anderem einen ganz süßen Kunden. Heribert. Stell dir vor. Möchtest du Heribert heißen? Ist das nicht schrecklich?"

Natürlich wollte ich nicht Heribert heißen. Noch weniger aber wollte ich von einem Heribert hören. Und am wenigsten von einem ganz süßen Heribert.

"Celine, ich interessiere mich für den Immobilienmakler Manfred Marske. Nicht für Heriberts."

"Solltest du aber. Du könntest einiges von ihm lernen."

Celine kannte keine Gnade. Heribert war offensichtlich der dicke Fisch vom letzten Sonntag und der Grund, weshalb sie unser traditionelles Dinner abgesagt hatte. Heribert machte irgendetwas Tolles in der Werbebranche, Heribert sah gut aus, Heribert war der Charme in Person. Vielleicht war es doch keine so gute Idee gewesen, Celine mit meiner Adressenliste durch die Gegend zu schicken.

"Wir waren zweimal Essen. Und jedesmal habe ich ihm ein paar Versicherungen verkauft. Er hat jetzt eine private Haftpflicht, eine Hausratversicherung, eine fette Lebensversicherung ... Und er hat auch noch für unsere Aktion 'kein Mensch ist illegal' gespendet."

Ich begann, Celine zu würgen. Wie würde ich die Leiche entsorgen? Zusammen mit dem Leichnam meiner Tochter?

"Moment noch", keuchte sie lachend unter meinem Würgegriff. "Heribert war auch der erste auf unserer Liste, der seine Wohnung über diesen Marske bekommen hat!"

Endlich rückte sie ihre Aufstellung heraus. Mit sechsunddreißig Adressen hatte ich sie losgeschickt. Bei sechs Adressen hatte sie bisher keinen Kontakt bekommen, unter sieben weiteren Adressen wohnte entgegen unseren Auswahlkriterien doch ein Hinterbliebener unserer Toten, der im Aufnahmebogen einfach nicht als Kontaktperson für den Notfall angegeben worden war. Blieben dreiundzwanzig neu vermietete oder verkaufte Wohnungen. Und davon hatte sechzehnmal Manfred Marske das Geschäft gemacht.

"Bei allen sechzehn Wohnungen, die dieser Marske vermittelt hat, handelt es sich um Eigentumswohnungen. Alle in ausgezeichneter Wohnlage und ziemlich groß. Mit popeligen

Mietwohnungen in Moabit oder Prenzelberg gibt sich unser Manfred nicht ab."

Celine wäre nicht Celine, hätte sie nicht gleich ein paar Berechnungen angestellt.

"Also pass auf. Wir bewegen uns hier im oberen Preissegment. Einige Leute haben mir den Kaufpreis verraten, wegen der Hausratversicherung. Minimum dreihunderttausend Euro. Nehmen wir nur diese dreihunderttausend Euro pro Wohnung an, macht das im letzten Jahr bei sechzehn Wohnungen immerhin einen Umsatz von 4,8 Millionen Euro für Freund Marske, um die zehn Millionen in guten alten D-Mark. Macht bei sechs Prozent Maklerprovision einen Gewinn von rund dreihunderttausend Euro."

Oder, rechnete ich mir aus, achtundvierzigtausend Euro im Jahr für Schwester Renate, wenn Marske ihr zum Beispiel ein Prozent von seinen sechs Prozent abgibt. Mehr als ein zusätzliches Jahresgehalt für eine Krankenschwester, und auch noch steuerfrei. Celine hatte recht – Verbrechen wurden schon für weitaus geringere Beträge begangen.

Immerhin fand sich auch Celines Urlaubskasse dank meiner Liste und der Versicherungspolicen, die sie nicht nur Freund Heribert aufgeschwatzt hatte, aufgebessert. Um rund fünftausend Euro, gab sie zu. So gesehen war es eher an ihr, mich zu einem Luxusmenü einzuladen. Wir einigten uns schnell: Heute Abend würde ich sie zu Luigi einladen, unserem Stammitaliener. Und nächsten Sonntag würde sie mich einladen. Die eingefrorenen Seezungenfilets müssten noch etwas weiter frieren. So überlebte Celine diesen Freitag Abend doch noch.

8

Die Verbindung des Immobilienmaklers Marske zur Humana-Klinik war nun bewiesen, es schien mir an der Zeit, unsere Verwaltungsleiterin Beate zu informieren. Celine aber hatte an ihrer investigativen Tätigkeit Geschmack gefunden. Sie wollte erst noch den Schuldigen in meiner Klinik festnageln und fragte mich nach meiner aktuellen Theorie.

"Mir fällt unverändert nur Schwester Renate ein. Marske hat mir Winters Wohnung angeboten, nachdem jemand eine falsche Sicherung in Winters Infusionspumpe eingeschraubt hatte. Schwester Käthe hat die gute Renate kurz vorher aus Winters Zimmer kommen sehen, und, noch verdächtiger, Renate bestreitet das. Auch der Patient mit der schicken Wohnung in Frohnau, Kiesgruber, ist während Renates Nachtdienst gestorben. Ein Motiv haben wir auch. Wie du immer sagst – Geld oder Liebe. Hier ist es wieder einmal Geld."

Mir war inzwischen klar geworden, dass Celine in der Silvesternacht Zeuge des nicht ganz unschuldigen Kusses zwischen mir und Renate geworden war, also konnte sie mit Renate als Komplizin von Marske gut leben. Trotzdem meldete sich ihr analytischer Verstand.

"Ist Schwester Käthe wirklich sicher, dass sie Renate gesehen hat?"

"Ich glaube schon. Aber ich kann sie noch einmal fragen, wenn sie aus dem Urlaub zurück ist."

"Und was sagt dieser Patient dazu?"

"Du meinst Winter?"

"Ja, der mit der falschen Sicherung."

"Er weiß von der ganzen Sache nichts, und das ist besser so. Für ihn und für die Klinik. Überlege nur mal, was er für einen Aufstand machen könnte. Außerdem, es ging ihm in der Silvesternacht richtig schlecht, er hatte hohes Fieber. Was immer er gesehen haben mag, muss nicht real gewesen sein. Vielleicht hat er auch geschlafen und gar nichts gesehen."

Celine bat mich, Beate noch nicht zu informieren, und präsentierte statt dessen eine neue Idee: Nachdem der Makler Manfred Marske entweder mit mir im besonderen oder mit Ärzten im allgemeinen nichts zu tun haben wollte, würde sich jetzt Celine als neue Kundin bei ihm vorstellen, während ich in der Klinik Ausschau nach weiteren potentiellen Opfern halten sollte.

"Nun ist doch klar, warum Marske dir keine Wohnung

mehr angeboten hat, nachdem er wusste, dass du an der Humana-Klinik arbeitest. Aber ich bin vollkommen unverdächtig, und ...", fügte sie maliziös lächelnd hinzu, "... eine sehr charmante junge Frau."

Celine ist Weltmeisterin darin, das Praktische mit dem Angenehmen zu verbinden, siehe den großen Fisch Heribert. Mir blieb nur, gute Miene zum bösen Spiel zu machen, wie man so sagt. Denn ich war sicher, dass sie beim Makler Marske mehr Erfolg haben würde als ich. Schließlich ist sie in der Tat eine sehr charmante junge Frau. Wenn sie will.

Mit Tante Hilde lief es inzwischen, wie ich es befürchtet hatte – es lief gar nicht. Vor jeder Sitzung mit der Bewegungstherapeutin gab ich ihr eine Schmerzspritze, aber alles Bitten, Betteln, Schmeicheln, Versprechen oder strenges Befehlen konnte sie nicht dazu bewegen, mit ihrer neuen Hüfte zu üben. Trotz Massagen und Elektrotherapie zeigte das Bein auf Grund der ständigen Schonhaltung schon jetzt eine Fehlstellung, eine Beugekontraktur. Lange hatte ich mein schwerstes Geschütz zurückgehalten.

"Wenn du nicht laufen lernst, kann ich dich nicht nach Hause entlassen. Dann musst du ins Heim."

"Natürlich kann ich laufen. Tue ich andauernd. Aber warum soll ich das machen, wenn es euch passt? Lasst mich einfach nach Hause. Außerdem, was soll die ganze Veranstaltung? Ich bin zweiundachtzig Jahre! Gib mir einfach eine ordentliche Spritze und Schluss! Ein Heim kommt jedenfalls nicht in Frage."

Neuerdings hatte sich etwas Fieber eingestellt, Ursache unklar. Aber damit mussten wir unsere Bemühungen um ihre Mobilisation sowieso vorerst aufgeben. War Tante Hilde wirklich der Meinung, sie könne laufen? Ich war mir nicht sicher, denn unsere nächste Diskussion zeigte sie wieder bei erstaunlich klarem Verstand. Ich hatte ihr berichtet, dass Trixi im Moment bei mir wohnte.

"Das ist nett von dir. Weißt du, bring sie morgen doch einmal mit. Trixi wird sich sicher freuen, mich zu sehen!"

"Tante Hilde, das ist hier ein Krankenhaus. Am Eingang weist ein dickes fettes Schild ausdrücklich darauf hin, dass keine Haustiere mitgebracht werden dürfen."

"Wirklich Gustav? Was seid ihr denn für ein altmodischer Verein? Es ist bewiesen, dass Tiere den Heilungs-prozess beim Menschen fördern. Wisst ihr das hier nicht? Im Ausland gibt es Krankenhäuser, die sich das längst zu Nutze machen. Mal ganz abgesehen von verhaltensgestörten Kindern, die zum Schwimmen mit Delphinen nach Florida fliegen oder an das Rote Meer."

Bei ihr zu Hause hätte sie jetzt die entsprechenden Zeitungsausschnitte hervorgekramt. Man konnte bei Hilde also kaum von mangelnder intellektueller Kompetenz oder gar geistiger Verwirrung sprechen – eher schon bei mir: Ich blieb Hilde eine Antwort schuldig, denn mit ihrem Wunsch nach einem Besuchsrecht für Trixi hatte sie mich daran erinnert, dass dieser dämliche Hund heute schon fast zwölf Stunden allein in meiner Wohnung saß. Bisher hatte sich Celine um die Mittagszeit seiner erbarmt, heute verbrachte sie den ganzen Tag irgendwo mit ihren Pro-Asyl-Leuten, um das weitere Vorgehen bei von ihnen betreuten Asylanten zu besprechen, deren Asylanträge abgelehnt worden waren. Hatte ich vergessen. Inzwischen war es fast sieben Uhr – also schleunigst ab nach Hause.

Mit einem gewissen Sinn für Ausgeglichenheit und Symmetrie hatte Trixi ihre Notdurft nicht auf einen Platz oder ein Zimmer beschränkt, sondern relativ gleichmäßig über die Wohnung verteilt. Auch meine Couch hatte ihren gerechten Anteil abbekommen. Ich möchte über meine erzieherischen Maßnahmen an diesem Abend nicht näher berichten, aber ich war stocksauer. Schließlich konnte der Hund deutlich mehr als zwölf Stunden aushalten, das hatte er neulich in Tante Hildes Wohnung bewiesen. Warum dann bei mir so eine Schweinerei? Pünktlich, nachdem ich mit Wasser und Seife den Teppich, die Couch und die Auslegeware im Flur bearbeitet, mit dem Hund ein paar Blocks gemacht und ihn schließlich gegen seinen massiven Widerstand unter die Dusche gezerrt hatte, tauchte Celine auf.

"Hast du dir mal überlegt, dass dieses kleine Wesen nur schreckliche Angst gehabt hat? Dieser mit Zeitungspapier ausgelegte Balkon und das Bett deiner Tante, das war seine Welt. Nun ist sein Alpha-Tier verschwunden, er sitzt den ganzen Tag alleine in einer fremden Wohnung und grübelt wahrscheinlich, was er falsch gemacht haben könnte!"

Schönen Dank!

"Er ist übrigens eine sie. Vielleicht erklärt das die Sauerei!"

Tierpsychologische Ratschläge waren genau das, was ich im Moment brauchte.

Ich fühlte mich schuldig. Schuldig und schlecht. Schuldig gegenüber diesem schrecklichen Hund, der meines Erachtens etwas mehr Dankbarkeit zeigen könnte, und gegenüber Tante Hilde, die davon ausging, dass ich ihr Herzstück fürsorglich und verständnisvoll behandelte.

Immerhin, Trixi bewies Verstand. Als ich die Bestie in der schon neulich zum selben Anlass benutzten Aldi-Tüte in die Klinik schmuggelte, machte sie keinen Mucks. Ich ging mit der Tüte direkt zu Tante Hilde und setzte ihr Trixi auf die Bettdecke. Die beiden feierten ein herzzerreißendes Wiedersehen.

"Hilde! Das hier wird mich nicht meine Stelle kosten, aber es könnte Ärger geben. Lass bloß die anderen Patienten nichts merken. Und wenn eine Schwester auftaucht, verschwindet Trixi unter der Bettdecke!"

"Mach dir keine Sorgen, Gustav. Die Schwestern wissen schon Bescheid. Die sind ein ganzes Stück moderner als ihr Ärzte."

Schon wieder setzte Tante Hilde mich in Erstaunen. Sie hatte es sogar geschafft, die Schwestern auf ihre Seite zu ziehen! Ihr Fieber hingegen hatten weder sie noch wir in den Griff bekommen. Es war erneut etwas angestiegen, und sie wirkte noch stärker eingefallen als gestern. Vielleicht war das heute mit Trixi ein letzter Dienst, den ich ihr tun konnte.

"Ich komme gegen Mittag vorbei, dass Trixi zum Pinkeln hinauskommt."

"Lass dir Zeit. Unsere Trixi kann einen ganzen Tag dicht halten, nicht wahr, Trixi?"

Mit strengem Blick erinnerte ich Trixi an unser Abkommen: kein Wort von mir über die Sauerei in meiner Wohnung gestern Abend, wenn sie die Schnauze über meine Erziehungsmaßnahmen halten würde.

Wie heißt es immer – die Mühlen mahlen langsam? Jedenfalls rief mich Verwaltungsleiterin Beate doch noch wegen der Sektion des Patienten Kiesgruber an. Wahrscheinlich hatte sie den Posten gerade erst in der klinikinternen Abrechnung gefunden. "Zeitgemäßes Controlling" nannte sie das. Ich sagte, dass ich die Sache lieber persönlich mit ihr besprechen wollte.

"Kein Problem. Komm einfach rüber in mein Büro."

Zur Rechtfertigung der Sektion und der aufwendigen Laboruntersuchungen berichtete ich Beate von meinem Ausflug zu Kiesgrubers Wohnung am Abend nach seinem Tod, von meiner Selektion der Toten des letzten Jahres und von Celines Besuchen bei deren ehemaligen Adressen. Beate wurde ziemlich blaß, obgleich ich die Sache mit Winter und der falschen

Sicherung erst einmal unerwähnt ließ.

"Stimmt das auch wirklich?"

Sie spielte auf Celines stark ausgeprägte Neigung an, in relativ normalen Dingen internationale Verschwörungen und globale Komplotte zu vermuten.

"Ich glaube, man kann es auch bei wohlwollendster Interpretation nicht als Zufall bezeichnen, dass dieser Makler im letzten Jahr sechzehn Wohnungen unserer Toten verhökert und dabei einen Umsatz von fast fünf Millionen Euro gemacht hat."

Beate schien das auf ihrem Schreibtisch kopulierende afrikanische Pärchen zu konsultieren, dann die Holzmasken auf den Regalen.

"Schön. Wir werden erst einmal bei allen diesen sechzehn Fällen die Todesumstände untersuchen. Dann sehen wir weiter."

"Mach ich. Ich habe die Akten sowieso noch nicht ins Archiv zurückgegeben."

"Tut mir leid, Felix. Nicht du. Du bist voreingenommen. Bringe mir bitte einfach die Akten vorbei."

Dann bemerkte sie wahrscheinlich meinen Gesichtsausdruck.

"Kein Misstrauen dir gegenüber, das weißt du. Aber du warst in diesen Fällen der behandelnde Arzt, und du vermutest ein Komplott. Also ist es doch besser, wenn sich ein Kollege, der mit dem allem nichts zu tun hat, der Akten annimmt. Findest du nicht?"

Fand ich nicht, aber nun hatte ich sie mehr oder weniger offiziell informiert, sie mit in die Verantwortung genommen, also musste sie entscheiden. Und an ihrer Stelle hätte ich genauso entschieden. Das hatte sie nun. Typisch Managerin war für sie die Angelegenheit damit vorerst erledigt. Wir kamen zum nächsten Thema.

"Sag mal, Felix. Wo ich dich gerade bei mir habe – hast du einen Moment Zeit?"

Oh, Gott! Würde sie mir wieder irgendeinen Pickel zeigen, auf dem Oberschenkel, auf der Brust: "Du bist doch Arzt, ist das Krebs?" Seit Beate in unserer Klinik hautnah die Ungerechtigkeit des Schicksals miterlebte, neigte sie zu extremer Sorge bei Husten, Seitenstichen oder Pickeln. Doch Brust und Oberschenkel blieben heute bedeckt, dafür deutete sie auf ein ansehnliches Aktenpaket, ordentlich auf einem dieser Rollwagen zum Aktentransport gestapelt.

"Du hast im letzten Monat dein Medikamentenbudget

auf der Station um 8,3 Prozent überschritten. Können wir ein paar dieser Fälle durchgehen?"

Das war natürlich eine rein rhetorische Frage. Wie gesagt, seit den Ermittlungen zur "russischen Spende" sind Beate und ich befreundet, aber in der Wahrnehmung ihrer Funktion als Verwaltungsleiterin unterscheidet sie sich kaum vom seligen Doktor Bredow. Konnte sie wohl auch nicht, denn die Finanzsituation ist für die Krankenhäuser inzwischen sogar noch schwieriger geworden.

Resigniert setzte ich mich. Bei aller Freundschaft stand uns ein zähes Ringen bevor. Was Beate von mir verlangen würde, war klar. Patienten mit teuren Medikamenten oder hohen Kosten durch zum Beispiel drei Sitzungen an der künstlichen Niere pro Woche sollte ich entweder in ein anderes Krankenhaus verlegen oder früher in die Hausarztbehandlung abschieben. Das St.-Florians-Prinzip gilt inzwischen nicht mehr nur für Atomkraftwerke, Müllverbrennungsanlagen oder Asylantenheime.

Immerhin gelangten wir am Ende zu einem Kompromiss: Beate untersagte nicht generell spezielle Behandlungen auf meiner Station und überließ es mir, wie ich von meinen 8,3 Prozent Budgetüberschreitung herunterkommen würde. Darüber hinaus gab sie mir sogar drei Monate Zeit dafür. Als ich mich dann schnell verabschieden wollte, bevor sie es sich anders überlegen konnte, kam schließlich doch noch die Verwaltungsleiterin zu Vorschein.

"Übrigens, Felix. Wenn sich auf deiner Station weitere Merkwürdigkeiten ereignen, möchte ich in Zukunft bitte früher informiert werden. Einverstanden?"

Ich nickte unverbindlich und schob ab.

Durch meine Konferenz mit Beate war die Stationsarbeit in Verzug geraten. Die Schwestern lieben es nicht, wenn die Visite erst kurz vor dem Mittagessen beginnt, die Patienten auch nicht. Sie meinten wahrscheinlich, ihr verehrter Doktor Hoffmann habe verschlafen, den Vormittag im KaDeWe verbummelt oder mit seiner Freundin Celine. Genauso wenig ahnten sie, dass auf meinem Schreibtisch schon wieder Anfragen der Krankenkassen betreffs weiterer Übernahme der Behandlungskosten für fast die Hälfte von ihnen auf Beantwortung warteten. Aus der Presse ist bekannt, dass die Krankenkasse anstandslos auch für längst verstorbene Patienten zahlt.

Liegt ein Patient aber eine Stunde länger in der Humana-Klinik, als laut Tabelle bei seiner Erkrankung vorgesehen, flattert dem Klinikarzt prompt eine "Anfrage" auf den Tisch, letztlich ein Drohbrief: Könnte ich die Notwendigkeit für die weitere stationäre Behandlung, wenn auch nur zu dem lächerlich niedrigen Tagessatz meiner Station für chronisch Kranke, nicht überzeugend begründen, würde irgendeine namenlose Sachbearbeiterin die Zahlungen an die Klinik stoppen und mir eine neue Konferenz mit Beate bescheren.

So wurde es später Nachmittag, bis ich mich um Tante Hilde und Trixi kümmern konnte. Ich ging in ihr Zimmer – ihr Bett war leer! Einen Moment stieg Panik in mir auf. Trotz allem Zureden hatten wir bisher Hilde noch nie aus dem Bett bekommen. Mit unheilvollen Vorahnungen irrte ich über die Station.

Zufrieden lächelnd fand ich Hilde im Aufenthaltsraum. Sie hatte sich in einen Rollstuhl setzen lassen und genoß sichtlich ihre Position als Mittelpunkt der allgemeinen Aufmerksamkeit. Trixi lag beim Englandflieger Winter auf dem Schoß.

"Sie haben ja eine ganz reizende Tante, Doktor Hoffmann", sagte der, während er Trixi hinter den Ohren kraulte.

Ganz in ihrem Element, hielt Hilde gerade einen Vortrag über die Vorteile von Haustieren für alte Menschen. Weniger Krankheiten, weniger Depressionen, die ganze Liste. Morgen durfte ich mir wahrscheinlich den Weg durch eine Station voller Hunde, Hamster und Katzen bahnen.

Als habe sie noch nicht genug Schaden angerichtet, wechselte Hilde jetzt das Thema und schwadronierte über ihre herrliche Wohnung. Spitzenlage, den ganzen Tag Sonne, und wie günstig sie die Eigentumswohnung damals gekauft habe. Ich traute meinen Ohren nicht.

"Da kann sich jemand sehr freuen, wenn ich einmal nicht mehr bin!"

Winter schaute mich an, als überlege er, ob ich Hildes Wohnung im Geist schon nach meinem Geschmack einrichtete. Ich griff mir Trixi und den Rollstuhl und karrte Hilde in ihr Zimmer zurück.

"Hatten wir nicht vereinbart, dass Trixis Krankenbesuch unter uns bleibt? Kannst du dir vorstellen, in welche Schwierigkeiten mich das bringt?"

Tante Hilde schaute mich aus seit Tagen erstmals fröhlichen Augen an.

"Manchmal verstehe ich dich nicht, Gustav. Es haben sich doch alle sehr gefreut!"

Auch meine vorsichtigen Ermahnungen, ihre Wohnung

in Zukunft nicht mehr öffentlich anzupreisen, ließen sie kalt.

"Sicher wird mich niemand wegen meiner Wohnung umbringen."

Sie hatte den Nagel auf den Kopf getroffen! Ich aber argumentierte, dass sie nicht vergessen solle, wie im Gegensatz zu ihr viele ihrer Zuhörer in einem Altersheim leben müssten.

"Da ist es nicht fair, hier von deiner schönen Wohnung zu prahlen. Das macht die anderen Patienten traurig."

Das verstand sie und gelobte Besserung. Dann zog sie stolz ihr Fieberthermometer hervor. Es war unglaublich, aber auch meine misstrauische Nachmessung ergab 37,2 Grad Celsius. Ich gönnte Trixi und ihr eine ergreifende Verabschiedung, dann verschwand der Hund wieder in meiner Aldi-Tüte, und wir fuhren nach Hause. Vielleicht, ging mir durch den Kopf, könnte ich Beate einen Weg zu erheblichen Einsparungen bei den Medikamentenkosten vorschlagen.

Beate hatte mit ihrer Freundin Celine gesprochen, meiner Chefermittlerin. Nun endgültig davon überzeugt, dass sich irgendjemand in der Klinik mit der Vermittlung von gut gelegenen Eigentumswohnungen ein nicht unerhebliches Zubrot verdiente, wollte sie das Thema auf der nächsten Personalvollversammlung ansprechen.

Unsere Personalvollversammlungen sind ein Kind der Umstrukturierung der Humana-Klinik nach ihrer Bekanntschaft mit dem organisierten Verbrechen. Unser Idealmodell, eine Klinik im Besitz und in voller Verantwortung ihrer Mitarbeiter, hatte sich allerdings bedeutende Abstriche fallen lassen müssen. Es gab kein juristisches Vorbild, auch die "volkseigenen" Betriebe in der DDR hatten nicht wirklich den dort Beschäftigten gehört oder dem Volk. Und unsere Krankenschwestern, Ärzte und Verwaltungsleute wollten zwar gerne mitreden, aber weniger gerne die Konsequenzen von kollektiven Entscheidungen mittragen.

Sie fühlten sich zu Recht sicherer mit einem festen Gehalt als mit möglichen Gewinnanteilen an einer Klinik, die im dauernden Kampf gegen die Finanzierungslücken des vom Gesundheitsministerium und der dort gerade aktuellen Ministerin favorisierten Verteilungsmodells stand. So arbeiten wir zur Zeit auf Basis einer Mischkonstruktion, die Beate ausgearbeitet hatte und die leidlich funktioniert.

Schauplatz unserer Personalvollversammlungen ist der ehemalige Versorgungstrakt, in dem wir neulich Silvester gefeiert hatten, nur hier gibt es genug Platz für das gesamte Personal. Genug Platz, aber nicht genug Sitzmöglichkeiten. Also beobachtete ich von meinem Schreibtisch aus den Gänsemarsch der Mitarbeiter, die sich, einen Stuhl unter den Arm geklemmt, in Richtung ehemaliger Versorgungstrakt bewegten. Es wurde Zeit, mich der Prozession anzuschließen.

Unbezahlte Überstunden, Suche nach preisgünstigen Alternativen bei Medikamenten und "sorgfältigste Indikationsstellung" für technische Untersuchungen: Beates Appelle an unsere Sparsamkeit unterschieden sich inhaltlich kaum von denen ihres Vorgängers, Verwaltungsleiter Doktor Bredow, wenn auch im Ton konzilianter vorgetragen. Natürlich forderte sie uns nicht auf, eine schlechtere Medizin zu machen, aber in der Konsequenz würde es irgendwann dazu kommen. "Den Mangel verwalten" hieß der gängige Leitsatz dazu.

"Dann ist da noch eine andere Sache. Es bestehen deutliche Hinweise, dass aus unserer Klinik heraus Wohnungen vermittelt beziehungsweise an eine Maklerfirma weitergegeben werden, und zwar Wohnungen von Patienten mit eindeutig finaler Prognose. Ich bin mir nicht sicher, vielleicht ist eine solche Aktivität juristisch nicht einmal angreifbar, aber moralisch ist das nicht in Ordnung. Und wenn so etwas publik wird, können Sie sich alle die Konsequenzen für die Klinik ausmalen. Jedenfalls muss das sofort aufhören. Und ich bitte den- oder diejenige, die hinter dieser Sache steckt, in den nächsten Tagen in meinem Büro vorbeizukommen, dass wir die Angelegenheit ganz unter uns und diskret aus der Welt schaffen können."

Mit guten Wünschen für das neue Jahr, einem erneuten Aufruf zur Sparsamkeit und der Verpflichtung zur absoluten Verschwiegenheit über die Geschichte mit der Wohnungs-vermittlung beendete Beate die Vollversammlung.

Wenigstens innerhalb der Klinik konnte von Verschwiegenheit keine Rede sein, noch mit seinem Stuhl unter dem Arm raunzte mich Intensivarzt Valenta an.

"Das kommt doch von dir, das mit der Maklerfirma und unseren Patienten, oder nicht?"

Ich gab es zu.

"Dann bist du es auch, dem ich die Akten von diesen toten Patienten zu verdanken habe, was?"

"Stimmt."

"Wahrscheinlich meint ihr, ich sei auf der Intensivstation nicht ausgelastet. Schönen Dank. Jedenfalls, ich bin jetzt durch mit den Akten, und ich kann dir versichern, diese Leute sind alle nur aus einem Grund gestorben: weil sie alt waren und sterbenskrank. Da brauchte niemand nachzuhelfen, falls du Beate auch noch diesen Floh ins Ohr gesetzt hast."

"Freut mich zu hören, dass die Leute auf meiner Station wenigstens nicht umgebracht werden."

Wie gesagt, ich hatte Beate bisher nichts vom Patienten Winter und der falschen Sicherung erzählt.

"Eine Gemeinsamkeit verbindet diese Toten allerdings", fuhr Kollege Valenta fort. "Sie hatten alle mit dem Leben abgeschlossen, keinen Willen, keine Lust mehr. Von einigen ist sogar in den Akten dokumentiert, dass sie um Sterbehilfe gebeten hatten. Haben sie natürlich nicht bekommen."

Irgendwie schien Valenta mir die Sache übel zu nehmen, ganz, als betriebe ich selbst diesen schwunghaften Wohnungshandel, oder hätte ich ihn zur Kontrolle der Akten verdonnert. Jedenfalls drehte er sich im Gehen noch einmal zu mir um.

"Natürlich, Felix, einige dieser Patienten von dir hätte man bei rechtzeitiger Verlegung auf die Intensivstation retten können. Zu diesem Ergebnis würde jedenfalls eine unabhängige Untersuchung kommen, glaube ich."

War er einfach nur sauer über die Mehrarbeit, deren Verursacher er in mir sah, oder was meinte er mit diesem Hinweis auf eine unabhängige Untersuchung und deren Ergebnis für mich?

Am Abend rief Michael Thiel an. Er hatte endlich das Blut von Herrn Kiesgruber durch seine Analyseautomaten laufen lassen.

"Tut mir leid, Felix, dass es so lange gedauert hat. Aber ohne Bezahlung konnte ich dein Serum immer nur bei anderen Aufträgen mitlaufen lassen. Hier das Ergebnis: nichts! Keine Überdosis, kein exotisches Gift, nada. Scheint alles sauber an deiner Klinik."

Nichts in den Akten, nichts in Kiesgrubers Blut! Hatte ich mich in dieser Sache total verrannt? Und was war mit der falschen Sicherung bei Herrn Winter?

9

Tatsächlich blieb bei Tante Hilde das Fieber, durch Trixis Besuch so wundersam auf Normalwert gesenkt, verschwunden. Aber leider blieb auch sonst alles beim Alten. Standhaft verweigerte sie weiterhin jede Art von aktivem Training. Sie komme doch toll mit dem Rollstuhl zurecht, und erst einmal zu Hause, würde sie fleißig üben.

"Das wirst du auch müssen, Tante Hilde. Denn mit diesem Rollstuhl kommst du in der Wohnung nicht über die Schwellen."

Einen Moment schien sie ernsthaft die Aufnahme von Gehübungen zu erwägen, aber die Lösung war schnell gefunden.

"Kannst du mir doch wegmachen, die Schwellen!"

Na, klar, wer denn sonst.

Ich erzählte Celine von meinen Schwierigkeiten mit Tante Hilde, von ihrer fehlenden Einsicht und dass sie auch nicht damit aufhörte, der ganzen Station von ihrer schönen Wohnung zu erzählen.

"Ist doch gar nicht so schlecht. Wenn du schön aufpaßt, kommen wir über deine Tante vielleicht an unseren Täter."

Das gab den Ausschlag. Ginge etwas schief, würde ich mir ewig vorwerfen, meine eigene Tante als Köder mißbraucht zu haben.

Schon in der folgenden Nacht schlug ich in Hildes Wohnung die Schwellen weg, statt mit Celine ins Kino zu gehen. Und am nächsten Montag entließ ich Tante Hilde nach Hause. Inzwischen war die Kontraktur in ihrem rechten Knie so verfestigt, dass Gehübungen sowieso keinen Sinn mehr machten. Ich musste es einsehen, ich hatte mich doch nicht genug um meine Tante gekümmert.

Vor Einführung der Pflegeversicherung gestaltete sich die Entlassung eines hilfsbedürftigen Menschen problematisch bis unmöglich, das wenigstens hatte sich geändert. Ambulante Pflegedienste waren mit dem neuen Gesetz wie Pilze aus dem Boden geschossen und inzwischen in der Regel ohne längere Vorwarnzeit einsatzbereit.

Ich arbeitete fast immer mit dem "Hauspflegedienst Süd" zusammen, einer Gründung von Margitta Seeger, vorher lange Jahre Schwester bei uns. Als ich dort anrief, war zwar Margitta nicht zu sprechen, aber die Frau, die meinen Anruf entgegennahm, machte einen kompetenten Eindruck und wusste, wovon ich sprach. "Bluthochdruck", "Angina pectoris" und

"Beugekontraktur nach Hüftprothese" waren ihr keine Fremdwörter.

"Geht in Ordnung, Herr Doktor Hoffmann. Habe ich alles notiert. Wir fangen am nächsten Montag an, Taubertstraße 12. Die Medikamente für die ersten Tage geben Sie mit, wegen des Wohnungsschlüssels koordinieren wir uns mit den Leuten vom Krankentransport, das ist kein Problem. Sie brauchen nur anzurufen, falls sich am Entlassungstermin Ihrer Patientin etwas ändert."

Alles war organisiert. Ich brauchte nur noch die Formulare für die Pflegeversicherung auszufüllen. Am Montag schafften wir Tante Hilde mitsamt Rollstuhl in den Krankenwagen. Am Abend brachte ich ihr den Hund vorbei. Er durfte zurück in das warme Bett seines Alpha-Tiers und zu dem mit Zeitungspapier ausgelegten Balkon. Nicht, das mir dieser hässliche Kläffköter ans Herz gewachsen wäre. Trotzdem schien mir meine Wohnung bei meiner Rückkehr seltsam unbewohnt.

Seit Kiesgrubers Tod hatte es nun schon über zwei Wochen keinen Sterbefall mehr auf meiner Station gegeben – Zufall oder Folge von Beates Warnung auf der Vollversammlung? Ich erkundigte mich bei Beate, es hatte noch niemand sein Gewissen bei ihr erleichtert. Auf meiner geheimen Liste der Verdächtigen hielt weiterhin Schwester Renate Platz eins mit Makler Marske als Profiteur ohne direkte Beteiligung, Rest unbesetzt.

Ein paar Tage nach Tante Hildes Entlassung sprach mich Renate darauf an. Vorausgegangen war ein Gespräch zwischen Valenta und mir am selben Tag in der Kantine. Da Schwester Käthe endlich aus ihrem Urlaub zurückgekehrt war, lief die Station wieder problemlos, und ich konnte mir zu Mittag erneut den Luxus der Personalcafeteria leisten.

Bei diesem Mittagessen nun hatte mich Valenta so ausdauernd wegen meiner Theorie zur Verbindung zwischen Krankenhaus und Makler Manfred aufgezogen, dass ich ihm andeutungsweise von der Silvesternacht bei Winter erzählte. Keine Details, nur dass es Hinweise gebe, dass der Fast-Tod von Winter gewollt herbeigeführt worden und dass Schwester Renate als letzte in seinem Zimmer gewesen sei, dies aber abstritte.

Über sein halb leergegessenes Tablett starrte mich Valenta ungläubig an.

"Wer sagt das?"

"Wer sagt was?"

"Dass Renate kurz vor eurer Wiederbelebung bei Winter

im Zimmer war."

Vielleicht verhielt ich mich übervorsichtig, trotzdem schien es mir im Moment ratsam, meinen Kronzeugen nicht preiszugeben.

"Renate ist gesehen worden, wie sie gegen Viertel vor zwölf aus Winters Zimmer gekommen ist."

Valenta richtete die Gabel, mit der er gerade eine halbe Kartoffel aufgespießt hatte, gegen mich.

"Das glaube ich nicht, mein lieber Holmes, das kann gar nicht sein. Total unmöglich. Such dir einen neuen Täter. Besser noch, hör endlich auf, immer wieder Unruhe in die Klinik zu bringen."

Wütend stand Valenta auf und knallte sein Tablett auf das Förderband zum Abwasch. Wieder einmal war der Überbringer schuld an den schlechten Nachrichten! Warum war Valenta so erbost? Deckte er Renate? Lief da etwas zwischen den beiden, eine Mésalliance zwischen unser anerkannt hübschesten Schwester und einem verheirateten Arzt von hundertfünfzehn Kilo? Oder schlimmer noch, war auch Doktor Valenta mit seiner Intensivstation in den Immobilienhandel verstrickt und hatte deshalb selbstverständlich keine Auffälligkeiten in den von mir angeforderten Krankenakten gefunden?

Noch während ich, zurück in meinem Arztzimmer, versuchte, mir einen Reim auf Valentas Verhalten zu machen, platzte Schwester Renate, sichtlich aufgebracht, herein.

"Ich höre, du bist der Meinung, ich hätte versucht, deinen Patienten Winter umzubringen? Wie, lieber Felix, soll ich das denn gemacht haben?"

"Wenn du es warst, könntest du zum Beispiel seine Infusionspumpe manipuliert haben."

"Ich habe was?"

"Zum Beispiel seine Infusionspumpe manipuliert."

Ganz Mr. Holmes hielt ich mich bewusst vage. Aber Renate faselte nichts über eine ihr unbekannte Sicherung oder wie man nachts deren Farben verwechseln könne. Sie stemmte nur ihre Hände in die Hüften.

"Wenn du das meinst, mein Lieber, musst du es mir auch beweisen."

Dann stürmte sie aus meinem Arztzimmer. Ich blieb sitzen. Und musste abwarten, was Celine bei Makler Manfred erreichen würde.

Der Gutachter hatte tatsächlich Pflegestufe 3 bewilligt, der fahrbare Mittagstisch brachte das Essen pünktlich und sogar noch lauwarm, und Tante Hilde hielt sich nicht mehr in der Gefahrenzone auf, die meine Station offensichtlich für ältere Menschen mit attraktiver Wohnung bedeutete. Doch Hüftoperation, Krankenhaus und Rollstuhl hatten ihr endgültig den Lebenswillen genommen.

Ich sah etwa zweimal die Woche bei ihr nach dem Rechten. Ich wusste, zu welchen Zeiten die Schwestern von der Hauspflege kamen, und richtete es so ein, nicht mit ihnen zusammenzutreffen. Natürlich hatte ich meine Tante in der Klinik öfter als genug auf dem Nachttopf gesehen oder wie sie im Bett gewaschen wurde, aber zu Hause war das noch einmal etwas anderes. Dort wenigstens wollte ich ihr den eigenen Neffe als Zeugen ihrer Hilflosigkeit und Entwürdigung ersparen.

Im Prinzip hätte sie ganz gut zurechtkommen können. Die Türschwellen waren entfernt, die Türblätter hatte ich ausgehängt, unnötiges Mobiliar in den Keller geschleppt. Aber der Rollstuhl stand unbenutzt in der Ecke, und Laufübungen fanden sowieso nicht statt.

Früher hatte ich Tante Hilde immer mit der Bitte aufmuntern können, mir von den alten Zeiten zu erzählen. Im damals eleganten Berliner Vorort Friedrichhagen am Müggelsee aufgewachsen, war ihre eigene Tante noch mit Kutscher und Kutsche zum Besuch vorgefahren, und Hilde selbst konnte sich als junges Mädchen den Tee von einem Diener servieren lassen, der zwar hauptamtlich im Garten arbeitete, sich aber zum Servieren des Tees schnell weiße Handschuhe überzog. Und immerhin hatte Hilde zwei Weltkriege überstanden. 1944 ausgebombt, hatte sie mit einem Bollerwagen ihren Umzug alleine bewerkstelligt, von Hand.

Meine Lieblingsgeschichte handelte von ihrem Termin bei der Gestapo. Angezeigt vom Volksgenossen Blockwart wegen des "Abhörens von Feindsendern" muss sie diese Gestapo-Typen in den Wahnsinn getrieben haben. Sie erschien gutlaunig zwei Stunden nach dem befohlenen Termin in der Prinz-Albrecht-Straße, weil sie auf dem Weg beim Kaufhaus Wertheim vorbeigekommen sei, das hätte nicht nur gerade geöffnet gehabt, eine Seltenheit bei den Tagangriffen der Engländer, sondern auch Kochtöpfe im freien Verkauf angeboten. Und da habe sie gedacht, die Gestapo laufe ihr nicht weg, die Kochtöpfe hingegen schon. Und was Radiosender angehe, richte sie sich nur nach dem Musikprogramm und habe keine Ahnung, welcher Sender gerade ihre Lieblingsmusik spiele. Musik könne doch wohl keine feindliche Propaganda sein.

Aber nun funktionierten auch die alten Geschichten nicht mehr.

"Gustav, gib mir endlich etwas. Eine hohe Dosis Insulin zum Beispiel. Schließlich bist du Arzt."

Sie fühle sich wie ein angefaultes Stück Knochen, vom Tod als ungenießbar verschmäht, also müsse ich ihr helfen. Wenn nicht als Arzt, dann als ihr Neffe. Ihren dreiundachtzigsten Geburtstag wolle sie auf keinen Fall mehr erleben.

Ich setzte mich auf ihre Bettkante, Trixi rückte unwillig ein Stück zur Seite.

"Tante Hilde, du weißt, dass ich das nicht machen kann. Das ist strafbar."

"Strafbar ist es, wenn es herauskommt. Du kannst doch selbst den Totenschein schreiben."

Ich versuchte es mit Humor, passend oder nicht.

"Ich bin dein Alleinerbe, hoffe ich wenigstens. Und verwandt sind wir auch. Sähe ein von mir unterschriebener Totenschein nicht verdächtig aus? Wahrscheinlich darf ich den Totenschein bei einem Angehörigen sowieso gar nicht selbst ausstellen."

Ich wusste es wirklich nicht, sollte mich aber erkundigen. Die Chancen standen nicht schlecht, dass sich das Problem eines Tages stellen würde.

Hilde ließ nicht locker. Bei meinem nächsten Abendbesuch argumentierte sie weiter.

"Du könntest mit mir nach Holland fahren."

"Auch in Holland könnte man dir nicht helfen."

"Doch. Holland ist fortschrittlich. In Holland ist Sterbehilfe erlaubt."

"Stimmt. Aber du hast keine unheilbare Krankheit."

Mit ihren ausgemergelten Fingern griff sie nach meiner Hand.

"Doch, habe ich. Das Alter."

Ich schaute auf die knochigen Finger, die in meiner Hand lagen. Ein alter Mensch, für den der Tod einfach noch keine Zeit gefunden hatte. Bestimmt war er wieder bis über beide Ohren mit einem Völkermord beschäftigt, mit irgendeinem Massaker oder wenigstens mit Kollateralschäden. Und auch wir Mediziner mit unseren tollen Fortschritten spielen in diesem unsinnigen Drama eine Rolle.

Bevor ich Tante Hilde verließ, versicherte ich mich trotzdem, dass ihre Medikamente griffbereit am Bett standen, denn mittlerweile waren ihre Beine so steif und atrophiert, dass die Schwestern vom Pflegedienst sie nicht einmal mehr zum Waschen aus dem Bett nahmen. Jetzt würde sie wieder fast bis zum Mittag des kommenden Tages alleine sein – sie hatte mit dem Pflegedienst ausgemacht, dass sie frühestens am späten Vormittag zu wecken sei.

Das Dauerthema Sterbehilfe und die Tatsache, dass sie offensichtlich immer mehr den Kontakt zur Realität verlor, ließ den Abstand meiner Besuche bei Tante Hilde größer werden. Lange schon hatte ich mich daran gewöhnt, von ihr "Gustav" genannt zu werden. Aber nun hatte sie ihre fixe Idee, bestohlen zu werden, ausgebaut und auf den Hauspflegedienst erweitert.

Nicht nur, dass die Mitarbeiter vom Pflegedienst sie ausraubten, wollten sie angeblich auch an ihre Rente und an ihr Bankkonto. Auch die Post wolle man ihr vorenthalten. Nett wäre nur Schwester Käthe – offensichtlich war ihr zeitweise nicht klar, dass sie nicht mehr bei uns im Krankenhaus lag.

Kurz und gut, ich wünschte ihr den Tod. Bald und schnell. Aber als Celines Anruf mich kurz vor meiner Abfahrt in die Klinik erreichte, war ich trotzdem geschockt. Celine keuchte vor Aufregung.

"Felix. Dieser Makler hat mich gerade angerufen. Ich könne mir in den nächsten Tagen eine Spitzenwohnung ansehen. In der Taubertstraße 12!"

Ich sprang in meinen Golf und raste in die Taubertstraße 12. Zu Tante Hilde.

Als ich ihr Bett erreichte, war Tante Hilde noch am Leben. Sie wirkte tief komatös, aber als ich sie ansprach, öffnete sie noch einmal die Augen. Dann stöhnte sie kurz auf und war tot. Einbildung oder nicht, sie schien mit ihrem Tod auf diesen Abschied, so kurz er auch war, gewartet zu haben.

Ich rief bei der Polizei an. Sicher sind wir Mediziner selbst nicht ganz schuldlos an dem weitverbreiteten Volksglauben, ein Arzt wisse auf jede Frage zwischen Geburt und Tod eine Antwort. Ich wenigstens wusste im Augenblick nicht, was nun zu tun war.

"Auf jeden Fall brauchen Sie einen Arzt, der den Tod bestätigt", erklärte mir eine beruhigende Stimme am anderen Ende der Leitung, offensichtlich ein erfolgreicher Teilnehmer des polizeiinternen Deeskalationstrainings, obgleich ich mich nicht besonders aufgeregt fühlte.

"Ich bin selber Arzt."

"Und wo ist dann das Problem, Herr Doktor?"

Die beruhigende Stimme klang einen Hauch ungehalten, der Erfolg des Deeskalationstrainings schien schon jetzt auf die Probe gestellt.

"Ich bin mit der Toten verwandt. Sie war meine Tante."

"Ihre Tante. Verstehe. Also eine Verwandte dritten Grades. Moment bitte."

Die Sprechmuschel wurde zugehalten, ich konnte die polizeirevierinterne Konferenz zum Problem "tote Tante dritten Grades" nicht verfolgen.

Eine andere Stimme meldete sich.

"Ist außer Ihnen sonst noch jemand vor Ort?"

Richtig. Wo war eigentlich Trixi?

"Nein. Nur ich und der Hund der Toten."

"Ich verstehe. Moment bitte."

Nach ein paar Minuten hatte man sich geeinigt.

"Bitte bleiben Sie, wo Sie sind. Wir schicken gleich zwei Kollegen vorbei."

Ich fand Trixi schließlich unter der Bettdecke, eingerollt zwischen den Beinen meiner toten Tante. Vom Tod des Frauchens schien sie noch nichts mitbekommen zu haben, wahrscheinlich begann auch Trixis Tag erst gegen Mittag mit dem Erscheinen der Hauspflege.

Gegen seinen starken Protest zerrte ich den Hund aus dem Bett und sperrte ihn in die Küche. Dann rief ich bei der Hauspflege an, die in gut einer Stunde fällig gewesen wäre, und bestellte sie ab. Nach meiner Erfahrung als Doktor auf dem Notarztwagen würden schon bald genug Leute hier herumtanzen.

Es war etwa halb zehn Uhr am Vormittag, als die beiden angekündigten Polizisten an der Wohnungstür klingelten – und erst zehn Stunden später sollten sie wieder abrücken. Und zwar ohne das ich Makler Marske oder Celines Anruf erwähnt hätte, für sie war es ein Routinetodesfall!

Geschult und erfahren, versicherten mir die Beamten erst einmal mit ernster Miene ihr Beileid. Ich beruhigte sie mit dem Hinweis auf das Alter meiner Tante und die Tatsache, dass sie schon seit Monaten sterben wollte. Dann setzte sich der Amtsschimmel in Trab. Sagen wir lieber, er setzte sich in Gang.

Die Polizisten überzeugten sich, dass Hilde wirklich tot war. Das Problem bestand weiterhin in dem Leichenschauschein.

"Hatte Ihre Frau Tante einen Hausarzt?"

"Keinen außer mir, soweit ich weiß. Ich habe ihr die Medikamente besorgt, die sie brauchte."

"Dann müssen wir auf den Polizeiarzt warten."

Der Polizeiarzt tauchte so gegen zwei Uhr nachmittags auf. Wie sich herausstellte, war es kein Polizeiarzt, sondern ein älterer niedergelassener Kollege, der mit dieser Nebentätigkeit in der Mittagspause den miesen Punktwert seiner Kassenpatienten auszugleichen suchte. Vom Vorgehen bei einer ordentlichen Leichenschau schien er noch nie etwas gehört zu haben, und wenn, fehlte ihm die Lust, das Gehörte anzuwenden. Zu zeitaufwendig.

Aber ich hatte noch ein Anliegen. Dieser Doktor schien mir nicht der Aufmerksamste, also trug ich etwas dicker auf.

"Ich habe heute auch noch was zu tun, Herr Kollege. Und hatte inzwischen genug Zeit, mich selbst zu überzeugen. Natürlicher Tod, finales Kreislaufversagen. Das sieht man doch. Oder haben Sie ein Messer im Rücken gefunden? Machen Sie uns bitte den Leichenschauschein fertig, damit es hier endlich weitergeht."

Ich hatte ihn richtig eingeschätzt, er gehörte zu jener Sorte Ärzte, die sich von niemandem in ihre geheimnisvolle Tätigkeit hineinreden lassen, schon gar nicht von einem jüngeren Kollegen. Er gönnte mir einen bösen Blick, kreuzte auf dem Leichenschauschein ohne Kommentar "Todesursache ungeklärt" an und machte sich auf den Weg. Ein beleidigter Kollege, aber ich hatte mein Ziel erreicht: Jetzt würde Tante Hilde gerichtsmedizinisch untersucht werden, ohne dass ich von Makler Marske erzählen musste.

"Todesursache ungeklärt" bedeutete jedoch auch, dass wir die nächsten drei Stunden auf die Kriminalpolizei warteten. Die beiden Polizisten zeigten entgegen meiner Erwartung keine Zeichen der Verärgerung und vertrieben sich die Zeit mit den Kriminalromanen, die ich Tante Hilde in den letzten Wochen mitgebracht hatte. Zwischendurch unterhielten sie sich über ihre Aktien, ich spitzte die Ohren. Auch zu ihnen hatten sich die Gerüchte über den Kauf von Advanced Biotechnology Systems durch die Holländer herumgesprochen. Irgendwann holte einer der beiden uns etwas zu essen. Ich gab ihm Trixi mit für eine Runde durch den Park und kochte Kaffee.

"Der Hund geht nicht so gerne spazieren, was? Ich meine, es ist doch ein Hund, oder?"

Jedenfalls würde er dieses Wesen nicht noch einmal irgendwohin mitnehmen, meinte ein sichtlich genervter Polizist, als er mit Fastfood und Kuchen für uns zurück gekommen war und wir gemeinsam in Hildes Küche das Mitgebrachte vertilgten.

"Na, klar ist Trixi ein Hund. Passen Sie auf!"

Ich bot Trixi einen Rest Bulette in der rechten und ein Stück Kuchen in der linken Hand an, Trixi wählte sofort den Kuchen.

Als die Kriminalpolizei eintraf, wurden nicht etwa die Zimmer durchsucht, Spuren gesichert oder Fingerabdrücke genommen. Es verhält sich wohl so, dass nur die Kriminalpolizei eine Leiche beschlagnahmen darf, nicht meine beiden einfachen Polizisten. Die Leute von der Kripo schauten sich meine Tante Hilde allerdings etwas gründlicher an als mein Herr Kollege und kamen immerhin auf die Idee, sie wenigstens umzudrehen. Es steckte tatsächlich kein Messer im Rücken.

Auch die Kriminalbeamten hatten mir ihr Beileid ausgesprochen, ich mit meinem Sprüchlein, war alt und wollte sterben, geantwortet. Konversation beendet. Keine Frage, warum ich eigentlich heute morgen nach Tante Hilde geschaut hätte ("das mache ich jeden morgen, bevor der Pflegedienst kommt"), dementsprechend auch keine Nachfrage dazu bei den Nachbarn ("den Neffen? Den sehen wir hier nur ganz selten, und morgens nie"). Nichts dergleichen. Irgendein blöder Arzt hatte bei einer über 80jährigen Frau "Todesursache ungeklärt" angekreuzt, das war alles. Entsprechend den Vorschriften wurde Tante Hildes Leiche hochoffiziell beschlagnahmt.

Neben einer gerichtsmedizinischen Obduktion hatte ich mir von der Beschlagnahme auch die einfache Lösung der Frage, wohin mit der Leiche von Tante Hilde, versprochen. Man kennt das doch aus dem Fernsehen: Der Inspektor kommt, die Leute von der Spurensicherung kommen, der Arzt kommt – und dann nickt der Inspektor oder der Arzt, und es treten diese Leute im grauen Kittel auf, die Leiche verschwindet in einer Zinkwanne, Deckel zu, Abmarsch.

Weit gefehlt. Die Kripo drückte mir einen Vordruck in die Hand, "für den Bestatter", und zog ab. Ich musste mir ein Bestattungsinstitut aus dem Telefonbuch suchen und noch einmal zwei Stunden warten. Ein letztes herzliches Beileid für heute, dann waren endlich Hilde, der Sarg und der Vordruck über die Beschlagnahme der Leiche verschwunden.

Inzwischen war es halb acht Uhr abends. Die beiden Polizisten verkündeten, ihr Dienst sei jetzt vorbei. Meiner auch. Ich befreite die jaulende Trixi aus der Küche, legte ihr das Halsband um und schleifte sie ungeachtet ihrer massiven Gegenwehr zu meinem Auto.

Natürlich wollte Celine noch am selben Abend genau wissen, was ich der Kriminalpolizei gesagt hatte und was die Kriminalpolizei sonst so unternommen hätte. Gar nichts, war die eine, und: nicht viel, meine zweite Antwort. Danach hatten wir den besten Sex seit langem. Wahrscheinlich war es so etwas wie früher der Leichenschmaus, eine gegenseitige Bestätigung, dass wenigstens wir noch am Leben waren.

10

Nach dem Tod von Tante Hilde und dessen Ankündigung durch Makler Marske mussten wir unsere Theorie erweitern. Neben der Verbindung zwischen Krankenhaus und Makler bestand offensichtlich auch eine Verbindung zwischen der Hauspflege und dem Makler. Sollten wir nicht endlich die Polizei informieren?

"Viel Vergnügen, Felix", meinte Celine. "Unser Maklerfreund wird behaupten, natürlich sei der Tod voraussehbar gewesen, oder er argumentiert mit Vorsehung, Schicksal, Karma. Wir haben keine Beweise für eine aktive Tötung, richtig? Also müssten wir mit Töten per Woodoo oder so was kommen. Die Polizei wäre begeistert!"

Aber als überzeugte Vertreterin des positiven Denkens rückte Celine auch gleich mit einem Alternativvorschlag heraus: ein Einbruch bei unserem Maklerfreund oder im Büro der Hauspflege, am besten bei beiden. Ich hatte unseren letzten Einbruch, damals wenigstens in der eigenen Klinik, noch in lebhafter Erinnerung.

"Kommt nicht in Frage."

"Angsthase. Also gut, nächste Möglichkeit. Du fälscht mir ein paar Zeugnisse aus der Krankenpflegeschule, und ich lasse mich von diesem Hauspflegedienst als Schwester anstellen. Dann bekomme ich sicher die Verbindung zur Klinik heraus und was überhaupt so läuft."

Wenn es um investigativen Einsatz geht, ist Celine nicht zu stoppen. Vielleicht hat sie recht, vielleicht ist ihre Nase wirklich zu groß. Mit ihrem dritten Vorschlag schließlich konnte ich mich anfreunden, er schien mir von überschaubarem Risiko: Wir würden die Mülltonnen bei der Hauspflege durchforschen. Laut Celine eine alte FBI-Methode und häufig aufschlussreicher als eine Haussuchung. An die Polizei könne ich mich immer noch wenden, wenn bei Hildes Sektion etwas Verdächtiges ans Licht kommen sollte.

Hildes Sektion! Ich hatte mich inzwischen erkundigt. Eine von der Kripo beschlagnahmte Leiche wird nicht automatisch seziert, vielmehr entscheidet ein Staatsanwalt "nach Aktenlage" – das heißt danach, ob Polizei oder Kripo wegen verdächtiger Umstände eine Sektion empfehlen. Ich hatte mich in Hildes Wohnung gegenüber Polizei und Kripo nach meinem Dafürhalten nicht besonders verdächtig benommen, und Celine hatte gerade die Schwäche unserer Indizien dargestellt, also würde Hildes Leiche eventuell schon in wenigen Tagen ohne Sektion verbrannt sein!

Ich löste das Problem durch wiederholte Anrufe bei der Polizei und bei dem zuständigen Staatsanwalt. Mehrmals täglich wies ich eindringlich darauf hin, dass meine Tante Hilde auf keinen Fall seziert werden dürfe, das hätte sie nie gewollt, und ich, Arzt oder nicht, wollte es auch nicht. Es dauerte fast eine Woche, bis der Staatsanwalt endlich die Sektion anordnete, und weitere drei Tage, bis das Ergebnis feststand: natürlicher Tod, keine Hinweise auf Fremdverschulden.

Unser grundlegendes Problem blieb ungelöst: Wir hatten mehrere Tote, wir hatten ein Motiv, aber wir hatten keine Beweise für aktive Tötung. Und noch etwas anderes stimmte an der Geschichte nicht. Wir gingen davon aus, dass irgend jemand an der Klinik geeignete Todeskandidaten an den Immobilienmakler Manfred Marske meldet. Wie nach Tante Hildes Tod klar geworden war, offensichtlich jemand, der nebenbei auch als Teilzeitkraft für die Hauspflege arbeitet und so das Angebot möglicher Kandidaten erweiterte. Sehr wahrscheinlich also eine Krankenschwester oder ein Arzt.

Aber es gab Ungereimtheiten: Zugegeben, es war nicht vorauszusehen gewesen, dass ich im Fall von Herrn Winter die falsche Sicherung finden würde. Wahrscheinlich hatte der Täter oder die Täterin geplant, den toten Winter selbst zu entdecken und dabei die Sicherung wieder auszuwechseln. Auch dass man im Fall Kiesgruber dessen Wohnung in Frohnau schon vor seinem Tod angeboten hatte, schien mir noch ein lässlicher Fehler zu sein, vielleicht ein Irrtum, ein Missverständnis in der Kommunikation der Beteiligten. Aber dass jemand, der in meiner Klinik arbeitete und dort fast drei Wochen Tante Hilde als meine Patientin erlebt hatte, jetzt ausgerechnet die Tante des Doktors als Opfer auswählen würde, war mehr als unwahrscheinlich.

Ich hatte mir eigentlich vorgenommen, bei Tante Hilde aufzuräumen beziehungsweise zu sortieren: Was wollte ich als Erinnerung behalten, was könnte man verschenken oder sogar verkaufen, was bliebe für eine dieser Entrümpelungsfirmen. Keine Tätigkeit, auf die ich besonders scharf war, und so passte es mir ganz gut, dass Celine am nächsten Abend auf der "Aktion Papiercontainer" bestand.

Bedingt durch den glücklichen Umstand, dass die Hauspflege nicht in einem Hochhaus, sondern in einem Altberliner Mietshaus in Friedenau residierte, gab es nur einen

Papiercontainer zu inspizieren. Selbstverständlich begann, kaum dass wir uns durch angematschte Kartons, alte Zeitungen und eine Tonne Werbebroschüren wühlten, ein ekliger Schneeregen. Ebenso selbstverständlich trug ich meine alten Tennisschuhe, fast augenblicklich zog die nasse Kälte meine Socken hinauf. Hinsichtlich unserer eigentlichen Aufgabe war ich besser vorbereitet und hatte ein paar große Mülltüten aus der Klinik mitgebracht, in die wir alles stopften, was nicht nach Karton, Zeitung oder zersägter Frauenleiche aussah.

Ganz sicher konnten wir nicht sein, denn es war dunkel, und ich hatte zwar an eine Taschenlampe gedacht, aber nicht daran, deren Batterien zu überprüfen. Immerhin, nach knapp zehn Minuten war der Papiercontainer durchgewühlt, und im Vertrauen auf die Tatsache, dass Abfalltrennung in Deutschland ein Volkssport ist, hielt ich unsere Mission für beendet. Gerade rechtzeitig, denn in diesem Moment ging die Alarmanlage los. Hastig packte ich nach unseren Tüten, während Celine die Ruhe selbst blieb.

"Hast du schon einmal von Mülltonnen mit Alarmanlage gehört?" fragte sie. "Speziell von einer Mülltonnen-Alarmanlage, die hupt?"

Stimmt. Bei den dauernden Fehlalarmen kümmert sich kein Mensch heute noch um eine hupende Autodiebstahls-sicherung. Trotzdem, mit meinem chronisch schlechten Gewissen beziehe ich jede Alarmanlage oder Polizeisirene auf mich. Erbe meiner Kindheit. Und zumal man sich als Deutscher sowieso immer schuldig fühlt.

"Also stell deine Tüte wieder ab", meinte Celine, im eigenen Haushalt eher großzügig in puncto Abfalltrennung, "wenigstens einen Blick sollten wir auch in die anderen Container werfen."

Sie hatte recht. Das war unsere Chance, die Freunde von der Hauspflege endlich eines wirklichen Kapitalverbrechens zu überführen. Hatten die ihren Papierabfall vorschriftswidrig in den grauen Restmüll-Container entsorgt oder vielleicht sogar in die gelbe Verpackungstonne? Auch die Biotonne müsse inspiziert werden, beharrte Celine. Wenigstens bedienten wir uns dazu der Hilfe einer herumliegenden Astgabel. Meinen Geruchssinn versuchte ich zu ignorieren.

"Was machen Sie denn da?"

Ein drohendes Knurren unterstrich die Frage. In Berlin, Hauptstadt des wiedervereinigten Deutschland und aller Hunderassen, ist es unmöglich, nicht zu jeder Tages- und

Nachtzeit und unabhängig vom aktuellen Wetter auf gassigehende Hundebesitzer zu treffen. Eine Tatsache, die erstaunlicherweise nicht zu einer niedrigen Kriminalitätsrate führt, wohl aber zu permanentem Hundekot unter den Schuhsohlen.

"Wir suchen meinen Ehering – kann nur noch irgendwo hier im Müll sein", behauptete Celine.

Das wäre als plausible Erklärung für unser Rumgewühle in den Müllcontainern durchgegangen, hätte ich nicht gleichzeitig versucht, den Hundebesitzer moralisch ins Unrecht zu setzen und behauptet, wir suchten nach warmer Kleidung für die Nacht. Nun erwartete ich jede Sekunde ein "Harro, fass!", zumal der Hundebesitzer Unterstützung bekommen hatte. Wir sahen uns inzwischen einem Schäferhund und einer Dobermann-Dalmatiner-Mischung gegenüber, mal ganz abgesehen von deren Herrchen.

Wie immer vertraute ich der Wirksamkeit einer Gegenoffensive und der Überzeugungskraft des Legalitätsprinzips. Schließlich gibt es auch in Berlin eine Kampfhundeverordnung!

"Sagen Sie mal, wie groß ist ihr Hund eigentlich? Muss der nicht einen Maulkorb tragen?"

Celine war vernünftiger. Sie drückte mir zwei meiner Müllsäcke in die Hand, nahm selbst den dritten, und wir verschwanden in der Nacht und im Schneematsch. Vielleicht, überlegte ich, hätten wir doch Kampfhund Trixi zu diesem Abenteuer mitnehmen sollen.

Selbstredend wurde unsere nicht ganz geruchsneutrale Beute nicht etwa bei Celine gelagert. Trotzdem musste ich ihr versprechen, mich keinesfalls ohne sie an die Auswertung möglicher Spuren zu machen.

"Dazu fehlt dir die kriminalistische Ader, Felix. Du würdest bestimmt wichtige Hinweise übersehen", warnte mich Celine, die auf dem Weg nach Frankfurt zu einer Großdemonstration gegen die Abschiebepraxis der Bundesregierung war. "Bis ich zurück bin, kannst du ja die Wohnung deiner Tante auflösen und nach möglichen Hinweisen auf den Täter untersuchen. Dort kennst du dich ohnehin besser aus."

Sprach's, und ließ mich mit den Mülltüten sitzen.

Es gab einen gewissen Widerstand, als ich bei Tante Hilde die Wohnungstür öffnete, zumindest werbetechnisch war ihr Leben noch längst nicht beendet. Unverdrossen wurde sie zu einer Busfahrt an die schöne Ostsee ("mit gemütlichem Mittagessen sowie tollen Sonderangeboten!") eingeladen, sollte unbedingt zu mehreren Räumungs- und Schlussverkäufen kommen und natürlich unbedingt heute noch antworten, denn "Sie haben gewonnen!".

Wenigstens wurde auch bestätigt, dass ich neulich ihre Zeitschriften abbestellt hatte:

"Sehr geehrte Frau Hoffmann, mit großem Bedauern nehmen wir zur Kenntnis, dass Sie Ihr Abonnement wegen verstorben gekündigt haben. Sollten Sie sich in Zukunft erneut zu einem Abonnement entscheiden, werden wir uns sehr freuen. PS: Bitte bedenken Sie, dass ein Abonnement unserer Zeitschrift auch immer ein willkommenes Geburtstags- oder Weihnachtsgeschenk ist."

Nachdem die Post entsorgt war, begann ich meine Entrümpelungsaktion. Ich fing mit der Küche an, das war einfach. Hilde hatte sie in den letzten Jahren kaum noch benutzt, und überhaupt nicht mehr, nachdem Sturz, Operation und fehlgeschlagene Rehabilitation sie vollkommen ans Bett gefesselt hatten.

Ordentlich aufgereiht begrüßten mich Geschirr, Töpfe und Pfannen, die ich geschlossen der Entrümpelungsfirma überließ. In der Speisekammer fand ich einen ansehnlichen Vorrat an Fertiggerichten, ein Bestand, der trotz fahrbarem Mittagstisch immer wieder von Ricarda aufgefüllt worden war, man könne ja nie wissen. Bei vielen war das Ablaufdatum noch lange nicht erreicht, trotzdem kamen sie zum Müll, gemeinsam mit der lange ungenutzten Reserve an Mehl, Zucker und den anderen Grundnahrungsmitteln. Irgendwie gibt es wohl eine Sperre, sich über geplante Essen eines Toten herzumachen. Wenigstens die Dosen mit dem Luxushundefutter aus der Fernsehwerbung packte ich für Trixi ein, als kleine Abwechslung vom Aldi-Billigfutter bei mir. Vielleicht würde sie es sich einmal verdienen.

Nach der Küche nahm ich mir das ehemalige Gästezimmer vor, das schon lange zur Abstellkammer mutiert war. Anfangs öffnete ich noch Schränke und Kartons und besah mir die materiellen Zeugen eines beendeten Lebens. Manche Dinge lösten Erinnerungen in mir aus, viele sagten mir nichts. In einem kleinen Handbuch hatte Hilde bis zu ihrem Sturz alle Ausgaben akribisch notiert, auch die kleinen Diebstähle von Ricarda. Ich überprüfte ein paar Seiten, die Addition war ohne Fehler, also stimmte es wohl. Oder hatte Hilde einfach alle Gedächtnislücken als "Diebstahl von Ricarda" aufgefüllt?

Länger verweilte ich bei einer holzgeschnitzten Kassette mit Fotos. Viele waren Fotos eines Mädchens, das ich nie kennengelernt hatte. Ich kannte nur Tante Hilde, die Erwachsene, die zu Geburtstag und Weihnachten mit ihren Geschenken erwartet wurde, und Tante Hilde, die alte Frau, die meiner Hilfe bedurfte und sie viel zu selten bekommen hatte. Wie viele Pläne mochte dieses Mädchen gehabt, von wie viel möglichen Leben geträumt haben? Gibt es parallele Universen, in denen wir unsere alternativen Leben leben? Ich brachte es nicht über das Herz, diese Fotos zu sortieren, und stellte die Kassette zu den Dingen, die ich mitnehmen wollte. Wahrscheinlich würde ich sie nie wieder öffnen, und irgendwann würde jemand anderes sie unter meinem Nachlass finden, sich vielleicht kurz wundern und die Kassette endgültig wegwerfen.

Nach gut drei Stunden stand mir noch weit mehr als die Hälfte der Wohnung bevor, außerdem deprimierte mich zunehmend, wie wenig Greifbares von einem langen Leben übrig blieb. Ich änderte mein Vorgehen und suchte nur noch gezielt nach Dingen, die ich als Erinnerung an Hilde beziehungsweise unsere Familie behalten wollte. Es war nicht viel, und zum Schluss sah ich auch keinen Sinn darin, den Schmuck der Großmutter oder die Orden meines Großvaters weiterhin aufzuheben. Aber vielleicht hätte Celine wenigstens Interesse an den Halsketten.

Das ehemalige Wohnzimmer, auf dessen vierundzwanzig Quadratmeter ihr Leben am Ende beschränkt gewesen war und in das ich erst neulich mit Celines Hilfe das verstellbare Krankenbett geschleppt hatte, stand als letzter Raum auf meinem Entrümpelungsplan. Hier hatte ich sie sterbend aufgefunden. Als Arzt mehr als vertraut mit dem Sterben, stellte sich doch ein Unterschied heraus zwischen dem Tod, den ich in der Klinik erlebte, und der Inventur eines vergangenen Lebens in seiner alltäglichen Umgebung.

Ich saß auf Tante Hildes inzwischen abgezogenem Bett. Das Telefon, das auf dem Nachttisch stand, müsse noch abgemeldet werden, dachte ich gerade, als es mir auffiel: Der Nachttisch stand gute eineinhalb Meter vom Bett entfernt. In dieser Position waren für Tante Hilde weder das Telefon noch ihre Medikamente auf dem Nachttisch erreichbar gewesen. Ich durchforstete meine Erinnerung – es hatte am Tag ihres Todes genug Gelegenheiten gegeben, den Nachttisch zu verschieben: die beiden Polizisten, die sich anfangs von Hildes Tod überzeugt hatten, der niedergelassene Kollege mit seiner gewissenhaften

Leichenschau, die Beamten von der Kripo, die Sargträger, als sie Hilde eingebettet hatten. Aber es gibt Bilder, die sich stark in unser Gedächtnis einprägen, und ein solches Bild war der Morgen, als ich nach Celines Anruf hierher gerast war, um Hilde gerade noch bei ihrem letzten Atemzug beizustehen. Und auf diesem Bild befand sich der Nachttisch genau dort, wo er jetzt auch stand, nämlich direkt neben dem Gummibaum und gut eineinhalb Meter vom Bett entfernt. Konnte ich mich täuschen? Oder war das die Lösung auch der Todesfälle in der Klinik? Ich rief sofort Michael Thiel an. Es war zwar schon halb elf, aber er meinte nur, klar könne ich vorbeikommen. Er sei noch im Labor.

Ich ließ Hildes Wohnung in völliger Unordnung zurück und machte mich sofort auf den Weg.

"Was gibt's Neues, Felix?"

Michael empfing mich mit seiner üblichen Begrüßungsformel. Auf seinem Schreibtisch stand ein Bier, daneben lag ein aufgeschlagenes Börsenmagazin. Im Hintergrund summten und knackten mehrere Analyseautomaten geschäftig.

"Ich dachte, die Nachtdienste in der Klinik waren mit ein Grund dafür, dein eigenes Labor aufzumachen? Nun sitzt du hier aber auch bis tief in die Nacht, oder?"

"Kommt vor. Wir hatten einen Defekt in der Elektronik, also müssen die Analyseautomaten ein paar Überstunden machen. Ich sitze hier nur herum und passe auf, dass sie nicht plötzlich stehenbleiben. Der Unterschied zur Klinik ist, dass es dort morgen eben keine Laborergebnisse geben würde. Das kannst du dir in der freien Wirtschaft nicht erlauben."

Außerdem gelten Nachtdienste in der Klinik nach dem Gesetz als Ruhezeit, nicht als Arbeitszeit. Nur so kann die Vorschrift über einzuhaltende Ruhezeiten nach der normalen Arbeitszeit umgangen werden. Aber das war heute nicht mein Thema – mein Thema war das Serum vom toten Herrn Kiesgruber aus Frohnau.

"Nein, tut mir leid, Felix. Das Serum von deinem Herrn Kiesgruber ist längst entsorgt. Ich bin nicht die Gerichtsmedizin, sondern ein Privatlabor, in dem die Tiefkühltruhen ohnehin überlaufen. Aber du kannst dich beruhigen. Ich habe das Serum vorher noch gegen ein neues Testkit, das ich sowieso ausprobieren wollte, gegen alle möglichen exotischen Sachen laufen lassen. Das Ergebnis blieb das gleiche: kein Gift, keine Überdosierung."

"Ich suche kein Gift mehr, Michael!"

Für einen kurzen Moment war ich maßlos enttäuscht: alles umsonst! Dann fiel mir ein, dass wir das Serum gar nicht brauchten, wenn mein Freund sauber gearbeitet hatte.

"Hast du noch den Ausdruck der Analyse?"

"Na, klar hab ich den."

Michael erhob sich, fand den entsprechenden Ordner und gab mir den Ausdruck. Er hatte das Serum vom toten Herrn Kiesgruber wirklich außerordentlich gründlich untersucht. Ich fand ziemlich schnell die Stelle, um die es mir jetzt ging: Mexiletin: 0,2 Nanogramm pro Milliliter.

"Ist das viel oder wenig, Michael?"

"0,2 Nanogramm pro Milliliter? Das ist so gut wie nichts, knapp oberhalb der Nachweisgrenze."

Ich wurde ziemlich aufgeregt.

"Warum hast du mir nichts davon gesagt?"

"Dir wovon nichts gesagt, Felix?"

War mein Freund Michael begriffsstutzig? Hatte er sich das Hirn weggetrunken?

"Du hast mir nichts davon gesagt, dass mein Patient von einem für ihn absolut lebenswichtigem Medikament nicht mehr als ein paar Moleküle im Blut hatte, jedenfalls keinen wirksamen Spiegel."

"Moment, Felix, nun beruhige dich mal wieder. Also, paß auf: Du hast mir dieses Serum vorbeigebracht, und ich sollte es für dich untersuchen. Auf Gifte, auf Überdosierung irgendwelcher Medikamente, auf Tod und Teufel. Habe ich gemacht. Und weil ich dich danach gefragt habe, hast du mir eine Liste gegeben, welche Medikamente ihr in den letzten sechs Tagen in deinen Patienten hineingeschüttet habt. Ich erinnere mich, da stand unter anderem auch Mexiletin darauf. Aber ich hatte keine Liste, welche Tabletten, Kapseln, Zäpfchen oder Infusionen dein Patient wann bekommen hat und unter welcher aktuellen Medikation er gestorben war. Also habe ich unter anderem Mexiletin gefunden, deine Liste gecheckt, stimmte, Mexiletin durfte ich finden. Aber woher sollte ich wissen, ob Mexiletin nicht ein paar Tage vor seinem Tod abgesetzt worden war? Bei einem richtig kranken Patienten ändert ihr doch andauernd die Medikation! Reg dich nicht auf, und nimm dir lieber ein Bier."

Das war eine der Sachen, die ich an Michael bewunderte. Er hatte kostenlos dieses Blut für mich untersucht, ich hatte ihn vollkommen ungerechtfertigt angeschrien, und er bot mir ein Bier an! Ich hätte mich wahrscheinlich hinausgeworfen!

"Tut mir leid, Michael. Beantwortest du mir trotzdem noch eine Frage?"

"Schieß los!"

"Bei dem Mexiletin-Spiegel von 0,2 Nanogramm pro Milliliter, den du gefunden hast, wann etwa hat Kiesgruber sein letztes Mexiletin bekommen?"

Michael stand auf und konsultierte eine spezielle Datei auf seinem Rechner.

"Wie viel habt ihr ihm gegeben?"

"Zweihundert Milligramm alle sechs Stunden, achthundert Milligramm am Tag."

"Das ist 'ne Menge, oder?"

"Oberer Bereich. Sollten jedenfalls mehr als 0,2 Nanogramm pro Milliliter im Blut ankommen."

Michael hatte inzwischen die Werte gefunden.

"Wenn wir die mittlere Halbwertzeit zu Grunde legen, hat dein Patient eine ganze Weile sein Mexiletin nicht bekommen."

Endlich wurde klar, warum die Sektion keine unnatürliche Todesursache an den Tag gebracht hatte. Die Patienten starben weder an einem mysteriösen Gift noch einer massiven Überdosis, sondern weil man ihnen lebenswichtige Medikamente einfach nicht gab. Oder, wie bei Tante Hilde, sie unerreichbar machte. Ich nahm das Bier, das Michael mir angeboten hatte.

"Sag mal, Michael. Du hast vorhin die Gerichtsmedizin erwähnt, und dass dort die Proben lange aufgehoben werden. Woher weißt du das?"

"Das weiß ich, weil mein ausgezeichnetes Laboratorium gelegentlich für die Gerichtsmediziner arbeitet. Es gibt ein paar Sachen, die mit den Geräten dort nicht bestimmt werden können, die schicken sie zu mir."

"Das heißt, du kennst dort jemanden?"

"Wenigstens die Leute im gerichtsmedizinischen Labor kenne ich ganz gut, klar. Das bedeutet aber noch lange nicht, dass wir dort einbrechen können und eine Leiche klauen, falls es das ist, was du im Sinn hast."

Hatte ich nicht. Ich hatte Tante Hildes Blut im Sinn. Aus dem Gedächtnis schrieb ich die Medikamente auf, die ich Hilde für ihr Herz, gegen ihren Bluthochdruck und gegen ihre Angina pectoris verordnet hatte und gab Michael den Zettel. Er versprach, sich gleich morgen darum zu kümmern.

Auf der Heimfahrt drückte ich auf die Tube – mich plagte die Frage, ob meine Hausgenossin Trixi während der Entrümpelungsaktion bei ihrem ehemaligen Frauchen und meinem Besuch bei Michael dicht gehalten hatte. Hatte sie. Ich hingegen hatte vergessen, die Tür zu meinem Schlafzimmer ordentlich zu verschließen und fand Fräulein Trixi genußvoll in meine Bettdecke vergraben. Hieß das, dass ich als ihr neues Alpha-Tier akzeptiert war?

Mit einer Dose von dem Luxusfutter aus der Fernsehwerbung, das ich bei Tante Hilde gefunden hatte, lockte ich sie aus den Federn. Nach unserem Marsch um das Karree hielt ich meine Schlafzimmertür verschlossen. Auch als Alpha-Tier legte ich keinen Wert auf einen Hund in meinem Bett.

11

Michael hatte bei seinem Versprechen, sich "gleich morgen" um Tante Hildes Serum in der Gerichtsmedizin zu kümmern, vergessen, dass ein Wochenende vor der Tür stand. Ich würde mich in dieser Frage folglich noch gedulden müssen, genauso wie mit dem Papiermüll von der Hauspflege, versprochen ist versprochen, und Celine war noch bis Sonntag Nachmittag in Frankfurt. Schon lange hatte ich sie nicht mehr so aufgekratzt wie vor dieser Demonstration erlebt. Fühlte ich mich nur ausgeschlossen von einem Teil ihres Lebens, oder machte ich mir zu Recht Gedanken über meine mehr als zehn Jahre jüngere Freundin in einem Zeltlager mit Gleichgesinnten und Gleichaltrigen? Mein Angebot, ihr ein Hotel in Frankfurt zu bezahlen, hatte sie empört abgelehnt.

"Manchmal kannst du wirklich unerhört spießig sein, Felix!"

Ein Wochenende ohne Celine und ohne das Studium des von uns beschlagnahmten Mülls hieß nicht, dass ich bis Sonntag Abend von akuter Langeweile bedroht war: Unsere Verwaltungsleiterin Beate hatte mich inzwischen wiederholt auf den Rückstand meiner Station bezüglich unser Leistungsstatistik hingewiesen, und der Samstag war so gut wie jeder andere Tag, diese Sache in Ordnung zu bringen.

Die Sache mit der Leistungsstatistik ist keine Gemeinheit von Beate, sondern eine Forderung der Krankenkassen und des Gesundheitsministeriums. Angefangen hatte es damit, dass gegenüber den Krankenkassen die Diagnosen der Patienten verschlüsselt werden mussten, nach dem "ICD 10". ICD steht für "International Classification Diseases" und die Zahl zehn dafür, dass diese Klassifikation mittlerweile neunmal geändert worden ist und sicher irgendwo längst am ICD 11 gearbeitet wurde. Unter dem Schlagwort "Qualitätssicherung" waren als nächstes der "OPS" eingeführt worden, der "Operations- und Prozedurenschlüssel", in dem jede Blutentnahme, jede Spritze, jeder Verbandswechsel mit der entsprechenden Codeziffer festgehalten werden. Damit es nicht zu einfach wird und sich der eine oder andere doch die wichtigsten Zahlen merken könnte, bereitete man als nächste Stufe des Chaos die Einführung sogenannter "diagnosebezogener Fallpauschalen" vor. Diese würden sich natürlich nicht nach dem oben erwähnten "ICD 10" richten, sondern – im Ernst! – nach den DRGs, den

"Diagnosis Related Groups".

Kurz gesagt mangelte es mir auch neben den Pflicht-wanderungen mit Trixi nicht an Wochenendbeschäftigung, bis sich Celine am frühen Sonntagabend zum gemeinsamen Kochen einfand, beziehungsweise um mir beim Kochen zuzusehen und von ihrem Ausflug nach Frankfurt zu erzählen. Ich kochte geschmorte Ente mit acht Kostbarkeiten im Wok, ersetzte den Teelöffel Reiswein durch trockenen Sherry, die Wasserkastanien durch Maronen und hörte einer begeisterten Celine zu.

"Auch bei dem miesen Wetter, es war eine tolle Stimmung! Du musst dir das mal vorstellen – fast noch Winter, wir alle in Zelten, dieser kalte Nieselregen, überall Schlamm und Pfützen – trotzdem gab es keinen Streit, kein böses Wort, im Gegenteil."

Ich hackte weiter den Sellerie und den Ingwer zu gleichmäßigen kleinen Würfeln, Kantenlänge drei mal drei Millimeter, und spülte meine Frage, was ich mir in einem Zeltlager unter Gleichgesinnten unter dem Gegenteil von einem Streit vorstellen durfte, mit einem Glas Chardonnay hinunter. Relativ häufig tauchte in Celines Bericht ein gewisser Heiner auf, offensichtlich eine Kreuzung zwischen Mahatma Gandhi und Prinz Eisenherz mit einer "wahnsinnig positiven Ausstrahlung". An dieser Stelle wären Ente und acht Kostbarkeiten fast den Bach beziehungsweise den Wok hinuntergegangen, denn während Celines Hymne auf Prinz Mahatma Heiner war ich gerade beim Würzen.

"Und die Demo selbst? War die auch ein Erfolg?"

"He – bist du sauer, oder was ist los?"

Irgendwie hatte ich wohl zwischen Zuhören, Mir-die-Situation-Ausmalen und Salzen nicht die richtige Tonlage gefunden.

"Sollte ich sauer sein?"

"Warum denn?"

"Eben. Ich bin nur interessiert, was mit der Demonstration war."

Celine schenkte mir ihren bekannten Blick, ehe sie antwortete.

"Schwer zu sagen. Immerhin waren eine Menge Presse-fritzen da, das Fernsehen auch. Und in ein paar Gesprächen schien mir, dass wir die Piloten der Lufthansa auf unserer Seite haben."

Die deutsche Lufthansa ist offiziell privatisiert, aber irgendwie vertraglich verpflichtet, abgelehnte Asylbewerber auszufliegen. Wahrscheinlich, weil trotz 'Privatisierung' noch über die Hälfte der Aktien von der Bundesregierung gehalten werden.

"Jedenfalls", fuhr Celine fort, "werden die Piloten in Zukunft einfach nicht starten, wenn sie die Sicherheit auch nur im mindesten gefährdet sehen. Zum Beispiel, weil der abgelehnte Asylbewerber nicht ordentlich angeschnallt sitzt, sondern steht oder liegt oder tobt. Wenn wir weiter aktiv bleiben, wird die Lufthansa über kurz oder lang ein Imageproblem bekommen, und das wird dem Management nicht gefallen."

Trotz des Schummels mit dem Reiswein und den Wasserkastanien und meiner Irritation beim Abschmecken wurde es ein gutes Chinagericht, meinte auch Celine. Zum Nachtisch gab es Papiermüll vom Hauspflegedienst Süd. Da wir nicht sicher sein konnten, wie streng im Hauspflegedienst Süd auf sortenreine Abfalltrennung geachtet wird, schütteten wir zwei der Müllbeutel auf dem Fliesenboden in der Küche aus, den dritten im Badezimmer und saßen mit unserem Weißwein und Einmalhandschuhen aus der Klinik inmitten unserer Beute.

Celine hat mir nie erzählt, ob Einmalhandschuhe bei ihr zu besonders aufregenden Phantasien führen, aber plötzlich war sie über mir und nästelte an meinen Hosen herum. Ich war ihr nur zu gerne behilflich, und das Altpapier wurden zu unserem Heuhaufen. Dachte ich dabei an den tollen Heiner von der Flughafendemo? Wahrscheinlich ja. Dachte Celine auch an ihn? Ich habe sie nicht gefragt.

"Übrigens, ich habe dir etwas mitgebracht."

Ich öffnete den Umschlag und war erstaunt.

"Du schenkst mir eine Flughafen-Aktie?"

Celine versteckte ihre Nase hinter einer Zeitung.

"Siehst du, jetzt bist du Miteigentümer vom Flughafen Frankfurt und damit an seinem Image interessiert. Und natürlich mit verantwortlich für alles, was dort passiert."

Das schien mir die Grundgesetzformel "Eigentum verpflichtet" etwas sehr zu strapazieren. Aber ich fand es nett, dass Celine in ihrem Zeltlager an mich gedacht hatte. Oder war das Mitbringsel doch Ausdruck eines schlechten Gewissens?

Nachdem wir uns etwas erholt und den umgeschütteten Wein aufgewischt hatten, ging es endgültig an die Arbeit. Was wir zu finden gehofft hatten, fanden wir nicht. Wir entdeckten keine Personalliste oder Lohnbuchhaltung vom Hauspflegedienst Süd, die uns die gesuchte Teilzeitschwester aus der Klinik verraten hätte. Wir förderten auch keine Korrespondenz vom

Makler Manfred mit dem Hauspflegedienst Süd zu Tage, zum Beispiel eine Provisionsabrechnung "Betreff: Freisetzung einer Eigentumswohnung". Schade.

Allerdings fanden wir etwas Eigenartiges: Eine stattliche Anzahl ungeöffneter Briefumschläge, adressiert an ganz verschiedene Leute, mit quer über die Stadt verteilten Adressen, vorwiegend hier im Süden Berlins. Diese Adressen hatte jemand durchgestrichen und durch die Adresse vom Hauspflegedienst Süd in Friedenau ersetzt – was hatte das zu bedeuten? Wir öffneten die Kuverts und fanden die Art von Briefen, die ich auch weggeworfen hätte, allerdings erst nach dem Öffnen, denn von außen war ihr Inhalt nicht erkenntlich: Einladungen zur Weihnachtsfeier des Nachbarschaftsheimes, Neujahrsgrüße von der Bank, solche Sachen. An die Namen von zwei Adressaten glaubte ich mich zu erinnern, es könnten ehemalige Patienten von mir gewesen sein.

Die geheimnisvollen Kuverts legten wir zur Seite, der Rest kam zurück in die Mülltüten und landete kurz vor Mitternacht im Papiercontainer vor meinem Haus, den Trixi zur Erinnerung anpinkelte. Angeregt von der frischen Luft, die sich noch nicht entschieden hatte zwischen spätem Winter und Vorfrühling, drang ich auf einen zweiten Nachtisch, Celine war dafür. Dieses mal ohne Einmalhandschuhe und sogar in einem richtigen Bett.

Keine Frage, der Tod von Tante Hilde hatte mein Leben einschneidend verändert: Jetzt war Schluss damit, morgens schlimmstenfalls unrasiert direkt aus dem Bett in die Klinik zu fahren, und nach der Klinik gab es kein Herumtrödeln mehr mit den unverheirateten oder geschiedenen Kollegen und jenen, die wünschten, sie wären es. Trixi hatte die Umstellung von Hildes Balkon auf Gewaltmärsche mit mir nicht nur voll akzeptiert, sie bestand inzwischen darauf. Meine Versuche, den Hund an Freunde oder Bekannte loszuwerden, waren bisher spätestens gescheitert, wenn es zu einem Besichtigungstermin kam. Immer dann legte es Trixi darauf an, sich von ihrer schlimmsten Seite zu zeigen. Die war allerdings nicht sehr weit entfernt von ihrer alltäglichen Lebensart.

Früher war ich erst irgendwann im Lauf der Visite endgültig aufgewacht, jetzt kam ich nach den Morgenwanderungen mit Trixi frisch und voller Tatendrang in die Klinik, in der Regel sogar vor dem offiziellen Dienstbeginn. So bearbeitete ich am diesem Montagmorgen gleich mein

Computerterminal und suchte nach den beiden Namen, die mir unter den ungeöffneten Kuverts im Müll bekannt vorgekommen waren, und richtig: Beide waren vor einem knappen Jahr meine Patienten gewesen.

Ich schaffte es auch noch, vor der Visite bei den für diese Patienten abgespeicherten Telefonnummern anzurufen. Diesmal gab es keinen Grund, mir eine anspruchsvolle Geschichte zurechtzulegen.

"Guten Tag, hier ist Doktor Hoffmann, Humana-Klinik. Ich hätte gerne Herrn Oelert gesprochen. Er war letztes Jahr Patient auf meiner Station."

Gleiches Ergebnis unter beiden Anschlüssen: Beide Wohnungen waren von ihren jetzigen Besitzern im Sommer beziehungsweise im Herbst letzten Jahres bezogen worden, und zwar nach dem Tod der Vorbesitzer. Dann drängte Schwester Käthe zur Visite.

Die Visite auf einer Station für chronisch Kranke ist anstrengender als auf der Akutstation. Bei einer "normalen" Krankenhausvisite gibt es immer etwas Aktuelles mit den Patienten zu besprechen: neue Untersuchungsergebnisse, die daraus folgenden nächsten Schritte, den Entlassungstermin. Ganz anders bei meinen Chronikern, die aber ebenso gespannt auf die Visite und ihr tägliches Gespräch mit dem Doktor warten und bei denen es nicht genügte, Durchhalteparolen zu verbreiten oder über den neuesten Blutzuckerwert zu philosophieren.

Die Reihenfolge bei meiner Visite bestimmt der Wochentag, ich finde es für die Patienten wichtig, dass nicht immer die gleichen am längsten auf das Ereignis des Tages warten müssen. An diesem Montag war Herr Winter der letzte Patient, der Mann mit der falschen Sicherung in der Silvesternacht. Er bat um ein Gespräch. Kein Problem, die Visite war fertig, Käthe konnte schon in Ruhe unsere Entscheidungen in Krankenhausroutine umsetzen und an meinem Terminal die aktuelle Belegungsstatistik eingeben. Ich setzte mich zu Herrn Winter ans Bett.

"Sagen Sie, Doktor, wie geht es Ihrer Frau Tante?"

Es machte keinen Sinn, Herrn Winter zu belügen.

"Sie ist gestorben. Vor zwei Wochen. Friedlich eingeschlafen."

Herr Winter nickte, hatte es wohl erwartet.

"Das freut mich. Das ist nicht böse gemeint, überhaupt nicht. Sie wissen, Doktor, sie wollte sterben." Nach einer kurzen Pause fuhr er fort. "Ich habe sie sehr gemocht, Ihre Frau Tante. Ich erinnere mich gern an unsere Gespräche hier." Wieder machte er eine Pause. "Darf ich Sie etwas Persönliches fragen, Doktor Hoffmann?"

Trotz meines Nickens zögerte Herr Winter etwas mit seiner Frage.

"Haben Sie ..., verstehen Sie mich nicht falsch ..., ich meine, haben Sie Ihrer Tante dabei geholfen?"

"Nein. Habe ich nicht. Das war nicht notwendig."

In die Stille zwischen uns drang das Kichern der Lernschwestern, die über den Flur zum Mittagessen liefen. Herr Winter nahm den Faden wieder auf.

"Sie können sich denken, worüber wir uns hier unterhalten, Doktor. Wir wissen sehr genau Bescheid über die Gesetze in Holland und was der Stadtrat in Zürich beschlossen hat. Manchmal habe ich den Eindruck, wir bleiben nur am Leben, um Sie nicht zu enttäuschen."

"Wenn das so ist", antwortete ich, "hoffe ich, dass Sie mich noch lange nicht enttäuschen."

Winter hob die Schultern.

"Ich weiß. Zu Weihnachten hatten Sie mir versprochen, dass ich lebend ins neue Jahr komme. Ich wollte es, und Sie haben Ihr Versprechen gehalten. Jetzt allerdings bin ich mir nicht mehr sicher. Ich glaube, meine Zeit ist langsam abgelaufen. Und ich hoffe nur, Meister Sensenmann weiß das auch."

Er hatte nicht ganz unrecht. Wir hatten zwar bisher keine neuen Metastasen seines Prostatakrebses gefunden und die Knochenmetastasen waren unter der Bestrahlung wenigstens nicht größer geworden, aber letztlich hatte er sich von seiner Infektion, der Wiederbelebung und der Intensivstation nicht wirklich erholt. Winter rettete mich vor einer unehrlichen Antwort.

"Was macht eigentlich dieser schrecklich hässliche Hund Ihrer Tante?"

Ich erzählte ihm, dass ich Trixi zu mir genommen hatte und sie wahrscheinlich bei mir bleiben würde, da ich keinen Abnehmer für den Teufel fand.

"Sie werden es bald merken, Doktor. Dieser hässliche Hund wird für Ihre Gesundheit sorgen. Ihre Frau Tante hatte vollkommen recht – es wäre viel besser, wenn wir alten Leute unsere Haustiere hier in der Klinik bei uns hätten. Zum Beispiel müssten Sie nicht so viele Antidepressiva verordnen."

Das hatte ich mir neulich auch schon überlegt, war aber an der Frage gescheitert, was angesichts der bekannten

Sterbequote auf dieser Station beim Tod von Frauchen oder Herrchen mit den Tieren geschehen sollte. Meine persönliche Aufnahmekapazität für verwaiste oder hinterbliebene Haustiere jedenfalls war erschöpft. Doch Herr Winter hatte noch ein anderes Anliegen.

"Eigentlich, Doktor Hoffmann, wollte ich mit Ihnen über mein Testament sprechen."

Kein ungewöhnliches Anliegen. In der Regel geht es darum, dem Patienten als Arzt die geistige Klarheit zu bescheinigen. Manchmal wird aber auch meine Meinung hinsichtlich der Streichung von Neffe Hans oder Nichte Luise verlangt.

"Sie wissen, Doktor, ich bin kein ganz armer Mann ..."

Wusste ich, zumal nach der gründlichen Besichtigung seiner Eigentumswohnung an der Rehwiese.

"... und da frage ich mich natürlich, wem ich meinen Besitz hinterlassen soll."

"Was ist mit Ihrer Familie?"

"Meine Familie besteht eigentlich nur noch aus meiner Großnichte. Meine Frau ist lange tot, Kinder hatten wir keine, und Geschwister habe ich auch nicht."

"Also erbt Ihre Großnichte."

"Das würde sie, im Moment. Aber, ich glaube, die macht genug Geld mit ihrer Technologiefirma. Eines dieser Startups. Außerdem..., jedenfalls möchte ich, dass etwas Sinnvolles mit meinem Geld passiert."

"Wie wäre es mit Greenpeace? Oder dem WWF?"

"An so etwas habe ich auch schon gedacht. Andererseits, diese großen Organisationen, da weiß man auch nicht wirklich, was mit dem Geld passiert. Was halten Sie davon, wenn ich mein Geld dieser Station vermache? Ihr könntet die Zimmer freundlicher machen, die Waschzellen modernisieren ..."

Mir fiel ebenfalls das eine oder andere ein, was auf der Station verbesserungswürdig wäre. Aber ich sah auch Probleme.

"Ein Angebot, das ich zu schätzen weiß, Herr Winter. Aber, wenn Sie das wirklich ernst meinen, muss ich mich erkundigen. Es gibt Gesetze, die verhindern sollen, dass alte Menschen quasi erpresst werden, so nach dem Motto, wir behandeln dich gut, wenn du uns dein Erbe zusicherst."

"Ich meine es ernst, Doktor Hoffmann. Ich kann mir allerdings nicht vorstellen, welches Gesetz mir verbieten soll, über mein Erbe zu verfügen. Also tun Sie mir den Gefallen, und erkundigen Sie sich."

Klar, ich würde mich darum kümmern. Unser Gespräch war beendet. Es wäre nicht fair gewesen, noch ein paar Floskeln wie "das hat doch noch Zeit" zu bringen. Herr Winter hatte recht, mit ziemlicher Wahrscheinlichkeit würde er seine schöne Wohnung nicht mehr wiedersehen. Als ich bereits halb im Flur stand, rief er mich zurück.

"Eine Sache noch, Doktor Hoffmann. Wenn es mir demnächst schlechter geht: keine Wiederbelebung, keine Intensivstation. Können Sie mir das versprechen?"

Ich tat es.

Wieder einmal durfte ich mich glücklich schätzen: Der Entrümpelungsunternehmer, den ich nach der Klinik in Hildes Wohnung antraf, stellte sich als uneigennütziger Menschenfreund heraus.

"Meesta, ens sach ick Se: Von Rechts wejen jehört dat hier allet uff'n Sperrmüll. Da krieg ick keen Fennich füa." Traurig hob er die Schultern. "Ick hab eenfach 'n zu wechet Herz!"

Wahrscheinlich hing auch die Vorsicht, mit der seine Leute Hildes zum Teil noch recht gut erhaltenes Mobiliar schleppten, mit seinem weichen Herzen zusammen.

„Mensch, passt doch uff, Kindas! Ick will keene Kratza uff die Schränke!"

Mir war das weitere Schicksal der Möbel egal, von mir aus sollte der Entrümpler damit Millionär werden. Ich war nur gekommen, um sicherzustellen, dass der Menschenfreund die Wohnung auch wirklich besenrein leerräumte und mich nicht mit einem fröhlichen "den Rest holn wa morjen" auf dem tatsächlichen Sperrmüll sitzen ließ.

"Übrigens, Meesta, Post is hier ock noch!"

Ich setzte mich mit dem kleinen Stapel auf den Boden, während kräftige Männer die letzten Zeugen der materiellen Existenz meiner Tante aus der Wohnung schafften. Hildes heutige Post bestand vorwiegend aus einer ähnlichen Kollektion wie neulich: Hauptgewinne, Super-Hauptgewinne, Super-Mega-Hauptgewinne, "Antworten Sie noch heute!". Aber als ich das Kuvert mit ihrem aktuellen Bankauszug öffnete, bekam ich langsam ein Idee, worum es bei den Geschäften der Hauspflege ging.

Am Ende war die Wohnung tatsächlich leergeräumt und besenrein. Ich schnappte mir die Holzkassette mit den alten Fotos und machte mich auf die Socken.

12

"Oelert, Franz" war einer von den beiden Namen auf den weggeworfenen Briefen, die mir bekannt vorgekommen waren, und unter dessen Telefonnummer ich gestern mit den neuen Wohnungseigentümern gesprochen hatte. Dazu war mir heute morgen eine Idee gekommen, deshalb stand ich jetzt vor dem großen Stadtplan auf der Aufnahmestation.

Der Stadtplan zeigte drei Friedhöfe in der Umgebung von Franz Oelerts letzter Adresse, tatsächlich wurde ich schon beim zweiten fündig.

"Wann soll Ihr Herr Onkel bei uns bestattet worden sein? Sie müssen verstehen, unsere Unterlagen sind nach dem Jahr der Bestattung sortiert."

Wusste ich, hatte sein Kollege vom Mariannen-Friedhof mir auch schon erklärt. Der Computer wusste, wann wir Franz Oelert entlassen hatten, also konnte ich das Todesdatum eingrenzen.

"Vergangenes Jahr oder dieses Jahr. Ich war lange im Ausland ..."

"Verstehe. Moment bitte ..."

Es wurde ein ziemlich langer Moment, aber die Hauptklientel eines Friedhofsverwalters hat ja Zeit, eine ganze Ewigkeit davon.

"... also, Ihr Herr Onkel ist letztes Jahr bei uns beerdigt worden, am 24. September. Grabstelle römisch zwölf Strich zwo elf. Der Friedhof ist bis 19 Uhr 30 geöffnet."

Meine Klientel war für den Tag versorgt. Ich führte noch ein längeres Telefonat mit dem Standesamt, versprach dann Beate, an der nächsten Arzneimittelkonferenz ganz bestimmt teilzunehmen, ließ ihr keine Zeit zu protestieren und schaffte es noch vorm allgemeinen Feierabendstau zum St.-Hedwig-Friedhof. Nach einem Spaziergang vorbei an vielen letzten Grüßen und niemaligem Vergessen traf ich meinen Freund vom Telefon in einem kleinen Verwaltungsbüro direkt hinter der Aussegnungskapelle. Wieder einmal folgte ich der Spur des Geldes.

Der Friedhofsverwalter beruhigte mich.

"Nein, wegen des Geldes brauchen Sie sich vorerst keine Sorgen zu machen. Wenn Sie etwas Gutes tun wollen, sollten Sie ihrem Onkel einen anständigen Grabstein spendieren. Nur eine Nummer, das ist doch traurig! Aber, wie gesagt, die Grabstelle ist bezahlt, für fünf Jahre."

Er zeigte mir die entsprechende Stelle in seinem dicken Hauptbuch.

"Fünf Jahre sind allerdings nur Minimum", fuhr der Friedhofsverwalter fort. "Wollen Sie gleich verlängern?"

"Ich möchte mir erst einmal die Stelle ansehen."

Irgendwie fühlte ich mich wirklich verpflichtet, wenigstens kurz bei römisch zwölf Strich zwo elf vorbeizuschauen: ein handtuchgroßes Stück Rasen mit einer Nummer, wahrhaft ein trauriger Anblick.

Da ich nun wusste, dass mein ehemaliger Patient Franz Oelert tot war und wer für seine Grabstelle bezahlt hatte, fehlte für heute nur noch ein Telefongespräch. Dafür fuhr ich zu Celine, sonst würde sie mir übelnehmen, dass ich alles alleine erledigt hatte.

"Das kann ich mir nicht vorstellen! Wie soll so etwas funktionieren?"

Celine war nicht überzeugt.

"Ich sage dir doch, ruf seine Krankenkasse an."

Also rief Celine die IKK Berlin an, die, wie in ihrer Werbung versprochen, tatsächlich auch am späten Nachmittag erreichbar war, und ließ sich mit der Sachbearbeiterin für O wie Oelert verbinden. Ihr Anliegen allerdings wurde brüsk abgelehnt.

"Da kann ich Ihnen nicht helfen, das müssen Sie einsehen. Ihr Großvater hat Pflegestufe drei. Das heißt, dass er bettlägerig ist, vollkommen hilflos. Was will er da mit einer Kur? Wie soll er da hinkommen? Also alles was Recht ist, aber das geht nun wirklich nicht."

Der Punkt war, dass die Frau Sachbearbeiterin mehr recht hatte, als sie glaubte. Ich konnte mir keine Kureinrichtung in Deutschland vorstellen, die mit Fangopackungen oder Moorbädern Toten auf die Beine helfen wollte.

Celine schlug vor, die neue Sachlage gemütlich bei Luigi zu besprechen. Eine gute Idee, fand ich, obgleich mir der feine Unterschied nicht entgangen war: während ich mich als Oelerts Neffe ausgegeben hatte, war Celine seine Enkelin gewesen ...

Wie üblich gab es bei Luigi keinen Parkplatz. Da ein übler Schneeregen aufgekommen war, setzte ich Celine vor dem Eingang ab. Mit dem anschließenden Marsch zurück zum Restaurant konnte ich mir Zeit lassen, Celine würde von Luigi inzwischen all das erzählt bekommen, was sie viel zu selten, eigentlich nie, von mir hörte: Wie unwahrscheinlich attraktiv sie sei, molto attrattivo, wie unglaublich charmant, incredibile affascinante, wie witzig, spiritoso, kurz, una principessa, die, wenn er das auch nicht direkt sagte, eher nach Italien gehöre, wo man eine Prinzessin zu würdigen wüsste, als in die Arme eines unkultivierten germanischen Klotzes.

"Tut mir leid, es war eine längere Wanderung."

Entsprechende Fußstapfen zierten jetzt Luigis gepflegten Teppich.

"Macht nichts", ich bekam nur einen flüchtigen Kuß, "Luigi hat sich um mich gekümmert."

"Guten Abend. Wie geht es Ihrer Frau Gemahlin? Was machen die Bambini?"

Hatte ich mir gerade eine extra Portion Salz auf meine Scallopina al Gorgonzola eingehandelt? Wohl nicht, das Essen war vorzüglich, wie immer bei Luigi. Unter anderem deshalb, weil sein Restaurant nicht in die Kategorie "angesagter Edelitaliener" gehört. Und wir waren auch nicht in England, also konnten wir schon während des Essens zum Thema kommen.

"Ich kann es immer noch nicht glauben!" begann Celine die Zusammenfassung unserer neuesten Erkenntnisse. "Wenigstens der Krankenversicherung muss es doch auffallen, wenn sie für tote Mitglieder weiterhin zur Kasse gebeten werden."

"Nicht, solange sie weiter ihre Beiträge bekommen und Margitta und ihr Pflegedienst nicht den Fehler macht, auch noch das Sterbegeld kassieren zu wollen. Die Krankenkasse merkt nicht einmal, wenn du einer Achtzigjährigen Empfängnisverhütungs-mittel verschreibst oder deren Ehemann was gegen Pubertäts-akne. Tatsächlich ist es nicht lange her, dass in Lüneburg ein Arzt und ein Apotheker gemeinsam maßlos teure Infusionslösungen abgerechnet haben für Leute, die lange tot waren."

"Woher weißt du das?"

"Stand groß in der Zeitung, genau wie die Sache mit den Antibabypillen."

"Also ist es doch herausgekommen?"

"Nur, weil jemand die Beteiligten verpfiffen hat."

Celine beschäftigte sich mit ihrem rechten Ohrläppchen, persönliches Zeichen angestrengten Nachdenkens.

"Aber was ist mit dem Standesamt? Gibt es nicht ein Sterberegister? Was ist mit dem Bestattungsunternehmen?"

"Der Bestatter sorgt für die Bestattung und dafür, dass er bezahlt wird. Wahrscheinlich von Margitta, wie auch die Grabstelle. Außerdem meldet er den Tod an das Standesamt." Inzwischen war ich Experte für das Leben nach dem Tod. "Das Standesamt ist eine staatliche Stelle, also informiert es auch nur die staatlichen Stellen: das zuständige Finanzamt und das Einwohnermeldeamt. Nix Krankenkasse, nix Rentenversicherung. Da können Margittas Patienten fröhlich weiterleben, und das Geld kann weiter fließen wie bisher."

"Und das funktioniert?"

"Es hat nachweislich schon funktioniert. Auch in Hamburg gab es einen Fall, bei dem ein Hauspflegedienst tüchtig für verstorbene Patienten kassiert hat. Wo heute alles über Computer läuft, da geht so etwas."

"Mann, o Mann! Du bist also wirklich überzeugt, dass Margitta die Pflege von Leuten abrechnet, die längst tot sind?

"Nicht nur das. Ich bin ziemlich sicher, dass sie außer der Pflegeversicherung auch die Rente für diese Leute einstreicht."

Darauf hatte mich gestern Tante Hildes Kontoauszug mit der weiter überwiesenen Rente gebracht sowie die Erinnerung an ihre Klage, die Mitarbeiter von der Hauspflege hätten eine Kontovollmacht von ihr verlangt. Damals hatte ich diese Erzählung als Zeichen ihrer zunehmenden Verwirrung abgetan.

"Ich glaube, die sorgen schon zu Lebzeiten für eine Kontovollmacht und die Umleitung der Post an die Hauspflege. So müssen sie nach dem Tod nicht die Unterschrift fälschen, und isolieren diese Patienten von ihrem ohnehin spärlichen sozialen Umfeld, bringen sie weiter in Abhängigkeit. Wir denken zwar, dass sie sich auf Leute ohne lebende Angehörige spezialisiert haben, also ohne Erben, aber es ist doch komisch, dass wir überhaupt keine private Post gefunden haben, nur Neujahrsgrüße von der Bank oder dem Nachbarschaftsheim, nichts von Freunden oder Bekannten."

Klar wusste ich von meinen Patienten, dass vielen nicht nur ihre Angehörigen weggestorben waren, sondern auch ihre Freunde und Bekannten. Aber ein paar müssten wenigstens übriggeblieben sein, das Fehlen jeglicher persönlicher Post jetzt zu Weihnachten oder Neujahr war auffällig.

"Das ist ja noch gemeiner, als nach dem Tod dieser Leute abzukassieren, davon merken sie wenigstens nichts mehr", empörte sich Celine lautstark, die Empörung deutlich sichtbar am rot angelaufenen Hals, auf dem sich jetzt auch noch kleine weiße Flecken breitmachten. Sie hob deutlich ihre Stimme: "Und weißt du, welchen Nutzen das Stehlen der Post ihrer Klienten zusätzlich für die Hauspflege hat? Damit bekommen die bereits zu deren Lebzeiten einen guten Überblick über etwa existierende familiäre

Beziehungen und können ihre Kandidaten noch besser auswählen."

Celine funkelte mich böse an, als wäre ich zumindest ein Komplize der Hauspflege. Diskret, aber eindeutig, um mir nötigenfalls den Schädel zu spalten, tauchte Luigi auf.

"Alles in Ordnung?"

Eben noch ganz Jeanne d'Arc, schenkte Celine ihm ihr Zauberlächeln.

"Superiore, Luigi! Como siempre."

Luigi strahlte.

"Sie sind ein Glückspilz, Dottore!"

Über den Tisch ergriff ich Celines Hand.

"Da haben Sie recht. Bringen Sie uns noch einen Espresso?"

"Gerne, sofort."

Beruhigt, aber wahrscheinlich auch etwas enttäuscht, zog Luigi ab. Sofort baute sich Jeanne d'Arc wieder auf.

"Felix, diesen Leuten müssen wir das Handwerk legen! Ich habe doch gesagt, lass uns dort einbrechen", erinnerte Celine an ihr Lieblingsprojekt. "Wir würden die laufenden Bankkonten der Toten finden, die monatliche Pflegeabrechnung für Leute, die längst unter der Erde sind, den ganzen Kram."

Es wurde Zeit, Celine zu bremsen.

"Weißt du, eigentlich interessieren mich die ganzen Machenschaften von Margitta nicht wirklich. Mir ist nur wichtig, wer Kiesgruber und fast auch Winter umgebracht hat. Das geht mich an, das ist schließlich in meiner Klinik passiert."

"Du willst doch nicht im Ernst die Hauspflege einfach so weitermachen lassen?"

"Beruhige dich, will ich nicht. Sobald ich einen Weg gefunden habe, wie ich die Klinik aus der Sache heraushalten kann, soll sich meinetwegen die Polizei um Margitta kümmern."

Einen Moment war Celine enttäuscht, hatte aber schnell den entscheidenden Punkt erkannt.

"Dann geht es jetzt darum, ob es eine Verbindung zur Klinik gibt oder nicht, richtig?"

Da musste ich zustimmen.

"Also, mein Lieber. Wie machen wir weiter?"

"Wie wäre es mit einem Grappa für die Bettschwere? Aufs Haus!"

"Geizhals", zischte Celine.

Wir hatten beschlossen, erst einmal zu klären, ob auch unsere anderen Postempfänger aus dem Hauspflegemüll tatsächlich tot waren. Es dauerte eine Weile, bis die Rückmeldungen vom Einwohnermeldeamt eintrudelten, die dann aber unseren Verdacht voll bestätigten.

Nun blieb noch, die Fortexistenz der Bankkonten nachzuweisen, wovon auf Grund der gefunden Neujahrsgrüße auszugehen war. Durch diese Grüße hatten wir einen Namen, eine Bank und eine Zweigstelle. Aber auch den zu erwartenden Bescheid: "Tut mir leid, da darf ich Ihnen leider keine Auskunft geben. Bankgeheimnis." Nicht einmal die Kontonummer wollte man mir verraten.

Ich hatte damit gerechnet, zählte allerdings ebenso auf die natürliche Raffgier der Bank: Keine Bank, da war ich sicher, würde freiwillig auch nur einen müden Euro wieder herausrücken, und die Hauspflege auch nicht. Auf dieser Annahme beruhte meine Falle: Ich füllte einen Überweisungsscheck über fünfzehn Euro zugunsten des Verstorbenen aus. Bei Kontonummer schrieb ich "unbekannt", dann warf ich den Scheck in den Hausbriefkasten der Zweigstelle, deren herzliche Neujahrsglückwünsche wir in Margittas Müll gefunden hatten. Tatsächlich waren drei Tage später die fünfzehn Euro von meinem Konto abgebucht und damit bewiesen, dass Tote sehr wohl noch ein Konto und eine Kontonummer haben können. Vorausgesetzt, niemand hat es aufgelöst.

Mitte der Woche erwischte mich Michael Thiel mit seinem ersehnten Anruf in der Klinik.

"Schlechte Nachrichten, Felix. Meine Freunde im Labor der Gerichtsmedizin haben keine Lust, das Blut von deiner toten Tante zu untersuchen."

"Scheiße! Ich brauche diese Werte, Micha!"

"Das musst du verstehen, Felix, die haben genug zu tun. Für die ist der Fall abgeschlossen, es sei denn, der Staatsanwalt rollt ihn wieder auf."

Enttäuscht wollte ich auflegen, aber Michael mich offensichtlich noch ein wenig foltern.

„Du brauchst diese Werte ganz nötig, wie in „Bitte Bitte" und „ewige Dankbarkeit"?

„Michael, ich bringe dich um!"

"Na, ja. Die Kollegen haben mir eine Probe zur Analyse überlassen, unter der Hand."

" Das ist großartig! Und? Was haben deine Automaten ausgespuckt?"

"Hier spuckt niemand."

"Michael!"

"Ganz ruhig, Felix. Du hattest recht. Dein ausgefeilter Mix aus Hochdruck- und Herzmedikamenten war, wenn überhaupt, nur in geringsten Spuren nachweisbar."

Es war die gleiche effektive Methode wie bei Herrn Kiesgruber! Tante Hilde dürfte die letzten Tage ihres Lebens mit einem Blutdruck zwischen zweihundertfünfzig und dreihundert zugebracht haben, bei ihrem Herzen ein ziemlich sicheres Todesurteil.

"Ich danke dir, Micha."

"Nichts zu danken. Melde dich, wenn du wieder mal ein paar kostenlose, aber teure und aufwendige Laboruntersuchungen brauchst. Sonst langweilen wir uns hier."

Doktor Valenta hatte mein Telefonat zum Teil mitbekommen. Wir standen in seinem Dienstzimmer, weil ich auf der Suche nach einem Tauschpartner für meinen nächsten Nachtdienst war. Samstag, auf der allgemeinen Tauschbörse ein Problemtag. Aber Celine und ich hatten schon Karten für die "Lange Nacht der Museen" gekauft.

Valenta sah mich von der Seite an.

"Na, immer noch auf Spurensuche, Mister Holmes? Soll mir recht sein, solange mich das nicht wieder mit Extraarbeit eindeckt. Was hast du denn herausbekommen?"

Er hatte mir offenbar noch nicht verziehen, dass ihn Verwaltungsleiterin Beate mit dem Studium der Akten meiner verstorbenen Patienten beauftragt hatte.

"Pass auf, Valenta. Mein letztes Angebot: Ich erzähle dir die ganze Sache, und wir tauschen die Dienste. Ist doch ein fairer Tausch, Samstag gegen Sonntag."

Valenta versuchte, noch zusätzlich einen späteren Dienstbeginn herauszuschlagen, war aber schließlich einverstanden. Also erzählte ich ihm die komplette Geschichte.

Ich berichtete ihm vom Immobilienmakler Manfred Marske, der Wohnungen von Patienten anbietet, die noch nicht tot sind, und dass diese Leute dann doch rechtzeitig sterben, durch eine falsche Sicherung in ihrer Infusionspumpe oder durch den Entzug lebenswichtiger Medikamente. Ich verriet ihm auch, dass sich die Sache nicht auf die Klinik beschränke, dass der Hauspflegedienst Süd beteiligt sei und das Geschäft sehr wahrscheinlich erweitert habe, nämlich von verstorbenen Patienten weiter die Rente kassiere und Pflegeleistungen abrechne.

Valenta reagierte überraschend unwirsch.

"Eine ziemlich abgefahrene Geschichte! Kannst du sie beweisen?"

"Ich arbeite daran."

Er ließ seinen massigen Körper auf seinen Schreibtischstuhl fallen.

"Also hast du keine Beweise."

Fürchtete ich, er würde meine noch löcherige Beweiskette zerstören, oder irritierte mich sein Grinsen? Ich weiß es nicht. Jedenfalls ließ ich ihn im unklaren.

"Mal angenommen, Felix, dein Komplott existiert wirklich. Hast du einen Verdacht, wer die Sache hier in der Klinik managt?"

Gerade noch rechtzeitig erinnerte ich mich, wie irrational Valenta neulich auf die Mitteilung reagiert hatte, dass Renate in der Silvesternacht bei Winter gesehen worden war. Also hob ich nur bedauernd die Schultern.

"Das ist genau das Problem. Ich habe keine Ahnung."

Ich hatte mich durch das Gespräch mit Valenta davor gedrückt, mit der Visite anzufangen, denn mein Computer hatte mich vor einem Geburtstag gewarnt. Auf der Geriatrie ist der Geburtstag eines Patienten ein heikles Thema. Erwähnt ihn der Stationsarzt, führt das eventuell zu Tränen oder einer längeren Depression. Erwähnt er ihn nicht, wird es ziemlich sicher übelgenommen.

Heute war Winters Geburtstag, und passend zum Anlass kam er auf sein Testament zurück. Tränen gab es bei ihm keine, ich hingegen musste eingestehen, dass ich mich noch nicht um die Frage gekümmert hatte, ob er sein Geld der Klinik beziehungsweise meiner Station vermachen könne.

"Halten Sie sich ran, Doktor Hoffmann, zeigen Sie keine falsche Pietät. Glauben Sie mir, ich habe alle Bücher gelesen, die ich lesen wollte, und alle Länder gesehen, die mich interessierten. Ich habe viel Gutes erlebt und ein paar Enttäuschungen, die dazugehören, mit den Freunden und mit den Frauen. Aber, mein Freund, es ist gar nicht eine Sache des Alters, der Tod, sein richtiger Zeitpunkt. Mein bester Freund war Mitte Zwanzig, als er starb. 'Mein Gott, er hatte doch noch sein ganzen Leben vor sich' – diese Art von Kommentaren hat mich damals ziemlich nervös gemacht. War es nicht eine Negation seines ganzen Lebens, gerade so, als wären diese fünfundzwanzig Jahre sinnlos gewesen?"

Ich stimmte ihm zu und versprach, mich endlich um

sein Testament zu kümmern. Dann suchte ich nach Schwester Käthe. Sie arbeitete im Schwesternzimmer die Visite aus, zum Glück alleine.

"Sagen Sie mal, Käthe. Könnten Renate und Valenta ein Verhältnis haben?"

Käthe ist nicht der Klatsch-und-Tratsch-Typ, aber bekommt natürlich mit, was so läuft.

"Renate und der dicke Valenta? Wie kommen Sie denn da drauf?"

Ich gab vor, ein entsprechendes Gerücht gehört zu haben.

"Kann ich mir nicht vorstellen. Der würde mit seinen hundertfünfzehn Kilo die Renate doch glatt erdrücken!"

"Aber Sie sind gut befreundet mit Renate. Sie würden sicher wissen, wenn da etwas liefe, oder?"

"Wir sind befreundet, das stimmt. Aber über solche Dinge sprechen wir nicht. Und, Doktor Hoffmann, selbst wenn, würde ich es Ihnen nicht sagen. Bei aller Wertschätzung."

Ich war platt. Über was sonst reden Frauen denn miteinander? Nun ohnehin beim Thema Renate, fragte ich gleich noch einmal wegen der Silvesternacht nach. War Käthe wirklich sicher, dass sie damals Renate aus Winters Zimmer hatte kommen sehen?

"Große Blondine im schwarzen Mantel – wer soll das sonst gewesen sein?"

Stimmt, ich erinnerte mich an Schwester Renates schwarzen Wintermantel. Und andere langbeinige Blondinen haben wir nicht an unserer Klinik. Leider.

Bevor ich am späten Nachmittag den Heimritt antrat, fing mich ebendiese Blondine ab.

"Hallo, Superdetektiv. Ich höre, du verbreitest nun auch das Gerücht, ich verkloppe die Wohnungen toter Patienten."

Offensichtlich hatte Valenta mit ihr gesprochen.

"Das habe ich niemandem gegenüber behauptet. Aber, es ist wahr, aus dieser Klinik heraus werden Wohnungen von Patienten vermittelt, und zwar zum Teil noch, bevor die Leute tot sind. Und es ist wahr, dass ich glaube, dass du etwas damit zu tun hast."

Renate sah mir direkt in die Augen und streckte das Kinn vor.

"Das, mein lieber Doktor Felix, musst du mir erst einmal beweisen. Und, bis dahin solltest du ganz, ganz vorsichtig sein ..."

Vor ihrem endgültigen Abgang drehte sich Renate noch

einmal zu mir um.

"Schade. Eigentlich wollte ich dir immer mal ein unanständiges Angebot machen."

Dann war sie verschwunden. Ich bin nicht sicher, ob ich ihr Angebot ausgeschlagen hätte.

13

Samstagnacht, die "Lange Nacht der Museen". Zweimal pro Jahr macht sich tout Berlin zu diesem Ereignis auf die Socken und kann bis in den frühen Morgen seine Museen inspizieren, am Leben und bei Laune gehalten von Öko-Food-Ständen, Solo-Unterhaltern, kleinen Bands und einem gut organisierten Bus-Shuttle. Es herrscht Volksfeststimmung mitten in der Nacht und in allen U-Bahnen, S-Bahnen und Bussen. Menschen, die gnadenlos einen Rubens zum Sperrmüll stellen würden, drängt es plötzlich ins Museum. Man trifft Leute, die man schon seit Jahren nicht mehr gesehen, und besucht Sammlungen, von denen man noch nie gehört hat. Als Bildungsbürger kenne ich natürlich das Pergamon-Museum, das Alte Museum, das Kulturforum und so weiter, hatte aber bis zur Einführung der langen Nacht der Museen keine Ahnung von der Existenz zum Beispiel eines Schwulen-Museums, eines Zuckermuseums oder einer polizei-geschichtlichen Sammlung in meiner Stadt.

Celine und ich waren inzwischen Profis für die "Lange Nacht", ausgerüstet mit Angora-Unterwäsche, dicken Hand-schuhen und einem Glühwein in der Hand standen wir auf unserem Berliner Schlossplatz ohne Schloss in der Busschlange. Wir hatten keine bestimmten Museen auf dem Programm und warteten einfach den ersten nicht überfüllten Shuttle-Bus ab. Seine Route würde entscheiden, was wir in dieser Nacht zu sehen bekämen.

Wir ergatterten einen Platz auf der Linie 5. Schon im Bus entdeckte uns allerdings Bodo, ehemaliger Mitschüler von Celine und laut ihres Kurzkommentars heute noch pickeliger als damals. Bodo war alleine unterwegs, jetzt aber nicht mehr, hatte er offensichtlich entschieden. Haustiertreu stieg er an jeder Station mit uns aus beziehungsweise blieb beim Gegenversuch genau wie wir sitzen. Im historischen Hafen erklärte er uns die ehemalige Bedeutung von Spree und Havel für die wirtschaftliche Entwicklung Berlins, im Puppentheater-Museum kam er natürlich mit Kleists Bemerkungen "Über das Marionettentheater". Er sei Lektor in einem bedeutenden Verlag, verriet er uns ungefragt, das erkläre seine umfassenden Kenntnisse.

Erst dank des Andrangs im Jüdischen Museum wurden wir Bodo schließlich los. Bis dahin hatte ich allerdings zwei Leute getroffen, die sich über die Nichteinlösung meines Versprechens, mich "ganz bald zu melden", beschwerten, und einen ehemaligen Patienten, der seine aktuellen Blutdruckwerte besprechen wollte..

Wie gesagt, in der "Langen Nacht der Museen" ist tatsächlich tout Berlin auf den Socken!

Im Technikmuseum empfingen uns dann die großen Dampfmaschinen aus der industriellen Revolution, und die riesigen Dampfloks, mit deren Hilfe die schlesischen Kohlebarone ihr schwarzes Gold zu ihren Stahlvettern an den Rhein und die Ruhr transportiert hatten. Es war in der optischen Abteilung, dass mich Celine plötzlich hinter eine Säule zog.

"Guck mal da, Manfred, der Makler!"

Ich hätte ihn nicht erkannt, durch einen Zerrspiegel waren seine Proportionen grotesk in die Breite gezogen. Aber ohne Zweifel, dort stand Geländewagenfahrer Fred. Und neben ihm, voll herausgeputzt zum Kultur-Groupy, Margitta Seeger von der Hauspflege, von einem anderen Spiegel in eine Wespentaille geschnürt, sonst kaum verändert gegenüber ihrer Zeit als Schwester bei uns in der Klinik.

"Die Frau neben ihm ist übrigens Margitta von der Hauspflege", klärte ich Celine auf. "Ein interessantes Pärchen, findest du nicht?"

"O Mann, o Mann! Wirklich unglaublich, wen man heute Nacht alles trifft!"

"Glaubst du, dass die beiden sich gerade zufällig kennengelernt haben?"

"Das werden wir gleich wissen", antwortete Celine, zog mich weiter hinter den Pfeiler und zauberte ein Handy aus ihrer Handtasche.

"Seit wann hast du ein neues Handy?"

"Moment", murmelte Celine, während sie die Memory-Taste und eine Ziffer drückte.

Im selben Moment ertönte bei den Zerrspiegeln "Freude schöner Götterfunken". Margitta griff in ihren Mantel, holte ein Handy hervor und meldete sich mit "Ja, bitte?" bei Celine. Dann schüttelte sie missbilligend den Kopf, klappte ihr Handy zu und verstaute es wieder in der Manteltasche.

Ich wiederholte meine Frage.

"Seit wann hast du ein neues Handy?"

"Ist nur geborgt. Immobilien-Fred hat es bei meinem letzten Besuch auf seinem Schreibtisch liegen lassen. Ich dachte, es wäre doch interessant zu wissen, welche Nummern er gespeichert hätte."

"Du hast Marske sein Handy geklaut?"

"Ich sage doch, nur ausgeliehen. Es sind lediglich zwei Nummern gespeichert. Auf der ersten meldet er sich selbst zu

Hause beziehungsweise sein Anrufbeantworter. Auf der zweiten Nummer bekam ich immer diese Frau mit 'Ja bitte', die sich aber nie mit ihrem Namen gemeldet hat. Nun wissen wir Bescheid, und ich kann das Handy gelegentlich zurückgeben."

Ich hätte es besser wissen sollen, war aber wieder einmal erstaunt über Celines Freude an zumindest ein wenig gesetzwidrigen Aktivitäten.

"Lass uns verschwinden, ehe sie uns zusammen sehen."

Doch Celine machte einen besseren Vorschlag.

"Warte. Wir werden die beiden ein bisschen beschatten. Vielleicht taucht auch noch unser Missing Link aus der Klinik auf."

Es wäre zu schön gewesen: Wie im Kolosseum hätte der kernige Gladiator Doktor Hoffmann den drei Bösewichtern das Fangnetz übergeworfen und sie als handliches Bündel bei der Polizei oder vor dem Löwenkäfig abgeliefert. Aber niemand tauchte auf.

Nachdem wir im weiteren Verlauf der "Langen Nacht" Manfred und Margitta noch ins Hanf-Museum und in die Sternwarte gefolgt waren, brachen wir unsere Kulturexpedition ab. Das Risiko war zu groß, irgendwann auch von ihnen entdeckt zu werden. Oder wieder von Bodo.

Zurück am Schlossplatz, kaufte ich noch eine Bratwurst, die ich Trixi als Wiedergutmachung dafür, dass wir sie nicht mitgenommen hatten, mitbringen wollte. Zu Hause war dann allerdings nur noch das Brötchen übrig geblieben. Ich glaube, Trixi hat den Betrug gemerkt oder war sowieso ungnädig wegen der langen Nacht ohne sie. Ich versprach, sie gleich morgen zu entschädigen.

Immobilien-Manfred und Margitta von der Hauspflege zusammen zu sehen war eine ziemliche Entdeckung gewesen, in der Sache hatte es uns aber nicht weitergebracht, denn die geschäftliche Verbindung der beiden war uns seit dem Tod meiner Tante Hilde bekannt und zu ihrer Verbindung in die Humana-Klinik hatten sie uns nicht geführt.

Trotzdem stiefelte ich am Montag in unsere Personalabteilung, dort müsste noch eine Personalakte von Margitta Seeger existieren, und nach einem Anruf bei Verwaltungsleiterin Beate bekam ich sogar Einblick in diese Personalakte. Mir genügten schon die "Angaben zur Person":

"Margitta Seeger, geb. Marske. Familienstand: geschieden. Kinder: keine."

Unsere Margitta war offensichtlich eine Vollzeitschwester. Früher Krankenschwester in unserer Klinik, jetzt Oberschwester und Betreiberin des Hauspflegedienstes Süd und seit Geburt Schwester von Manfred Marske. Traute Familienbande, wahrscheinlich keine schlechte Absicherung bei Geschäften auf Gegenseitigkeit!

Der Gegenschlag kam am selben Montagabend. Später würden wir noch unsere übliche Wanderung zum Tagesabschluss machen, aber für ihre akuten Bedürfnisse nahm ich, eben aus der Klinik gekommen, Trixi schnell mit um die Ecke zu Aldi. Wir hatten kein Hundefutter mehr im Haus, geschweige denn die versprochene Entschädigung für Samstag Nacht, und vielleicht würde ich mir auch eine kleine Leckerei für den Abend gönnen.

Es war kurz vor halb sieben und Aldi wie üblich rammelvoll. Die gesamte Rentnerschaft Zehlendorfs, tagsüber mit wichtigeren Dingen beschäftigt, drängelte sich vor den zwei Kassen. Aber ich bin geübt und manövrierte, zugegeben unter billigender Inkaufnahme eines Knöchelschadens an der Rentnerin vor mir, meinen Einkaufswagen in die kürzere Kassenschlange. Ich wollte wieder raus sein, bevor Trixi ihr nerviges Gekläffe begann, ein Wunder, dass noch nichts zu hören war. Ich hatte aber nur vermeintlich die Pool-Position erobert: Mit triumphierendem Grinsen verstaute die Dame mit dem Fast-Knöchelschaden ihre Beute bereits im praktischen Einkaufsroller, während der Mann vor mir immer noch die Kassiererin nervte, warum er den Rest seines Einkaufs nicht in "guter alter D-Mark" bezahlen könne.

Als ich endlich, nun stolzer Besitzer von zweimal Hundefutter, einmal "Festtagssuppe extra" und einer Packung Bratwürste als Sonderration, aus dem Laden trat, war Trixi verschwunden. Verschwunden mitsamt Leine, Halsband und Steuermarke. Hatte sie sich irgendwie losgerissen und irrte orientierungslos durch die Gegend? Saß sie schon bei mir vor der Tür? Oder war ich in einem Zustand geistiger Umnachtung ohne den Hund losmarschiert?

War ich nicht. Und Trixi saß auch nicht vor der Haustür. Es wurde ein ziemlich langer Abend. Gemeinsam mit Celine patrouillierte ich durch die Parks der näheren und der nicht so nahen Umgebung, kontrollierte ihre Lieblingsecken, fragte bei der Polizei nach. Keine Spur von Trixi.

"Wer immer Trixi entführt hat, kann dich nicht allzu gut kennen. Im Prinzip war dir dieser Hund doch nur lästig."

Stimmte. Trixi und ich waren nicht durch eine Liebesheirat verbunden, eher durch eine vom Schicksal erzwungene Notgemeinschaft, basierend auf gegenseitigem Misstrauen und leidlicher Duldung. Trixi war extrem hässlich, unverschämt und total nutzlos. Also konnte ich eigentlich froh sein, dass sich das Problem so elegant gelöst hatte. War ich aber nicht. Zumindest fühlte ich eine Verantwortung gegenüber diesem Tier, ob freiwillig oder unter dem Zwang der Umstände eingegangen. Aber es ging um mehr. Trixi, hässlich oder nicht, unverschämt oder nicht, total nutzlos oder nicht, gehörte jetzt zu mir. Und ohne den Hund offenbarte meine Wohnung plötzlich ihren wahren Charakter, den einer ziemlich unpersönlichen Singleabsteige.

Lustlos warf ich die Packung Bratwürste in den Kühlschrank. Laut aufgedruckter Frischegarantie blieb mir knapp eine Woche, den Hund zu finden.

"Ich glaube, ich mache noch eine Runde. Willst du wieder mitkommen?" fragte ich Celine. "Vielleicht sitzt Trixi doch irgendwo und traut sich nicht hervor."

Celine begleitete mich diesmal nicht, sie erwarte einen Anruf von Heiner aus Frankfurt wegen eines Urteils zur Asylgesetzgebung. Heiner! Damit war mein Bedarf an guten Entwicklungen für den Tag gedeckt.

Alleine zog ich immer größere konzentrische Kreise um meine Wohnung und gab erst gegen Morgen auf, als ich resigniert Kaffeemaschine und Computer anwarf. Vielleicht gäbe es im Internet eine Site für vermisste Haustiere. Die existierte tatsächlich, aber auch dort fand sich keine Spur von Trixi. Dafür gab es Neuigkeiten per E-Mail.

"Dem Hund geht es gut. Er lässt ausrichten, dass er sofort wiederkommen wird, wenn Sie aufhören, Ihre Nase in Dinge zu stecken, die Sie nichts angehen."

"Er lässt ausrichten ..."!

Nun machte ich mir wirklich Sorgen. Der oder die Entführer schienen nicht viel von Hunden zu verstehen oder von allgemeiner Zoologie, ein kurzer Blick hätte das wahre Geschlecht geklärt. Sie hatten offensichtlich nichts mit Hunden am Hut, wahrscheinlich generell nichts mit Tieren, außer in der beim Fleischer präsentierten Form. Arme Trixi!

Von Hundehaltern hingegen schienen der oder die Entführer einiges zu verstehen, denn einen Hund zu entführen ist ziemlich schlau. Es erübrigt sich das Übliche "keine Polizei, wenn Ihnen das Leben von ... lieb ist", denn selbst wenn der eine oder andere Hundehalter zur Polizei rennen würde, würde diese sich um den Fall etwa so intensiv wie um einen Fahrraddiebstahl oder die Sichtung Außerirdischer kümmern. Aber ein richtiger Hundebesitzer ließe sich den linken und rechten Arm abhacken, um seinen Liebling wohlbehalten zurückzubekommen. Was, lautete die Frage, war ich bereit, mir abhacken zu lassen?

Gar nichts, entschied ich, aber trotzdem musste ich Trixi zurückbekommen. Erste Frage: Wer hatte den Hund? Wer war der Absender dieses Erpresserbriefes? Ein Erpresserbrief per E-Mail ist eigentlich ziemlich blöde. Es entfällt zwar dieses lästige Ausschneiden und Aufkleben von Buchstaben aus der Zeitung, aber dafür hat jede E-Mail einen Absender. Hatte diese auch: doktorhoffmann@humanaklinik.de!

Kidnapping ist ein ziemlich klar definierter Begriff. Was war mit Trixi passiert? Hundenapping? Dognapping? Und, gesetzt den Fall, ich ließe mich erpressen: Wie sollte ich das den Entführern mitteilen? Per E-Mail an meine eigene Adresse in der Klinik?

Die Tatsache, dass der Erpresserbrief von meinem Terminal in der Klinik gekommen war, führte in der Frage "Missing Link in der Klinik" nicht weiter. Fast jeder Mitarbeiter auf der Station kennt meine E-Mail-Adresse, und mein Zugriffscode ist praktischerweise im E-Mail-Programm gespeichert.

Schon am nächsten Tag beschloss ich, den Feind frontal anzugehen, und fuhr gleich nach der Klinik ohne Voranmeldung zu Margitta, Hauspflegedienst Süd. Celine wollte mich begleiten, aber ich war dagegen. Ich würde einige unserer Karten auf den Tisch legen müssen, und es wäre vielleicht noch einmal nützlich, wenn Margitta nichts von Celine wüsste.

Ich klingelte bei Margitta und erlebte die erste Enttäuschung: Kein verräterisches Bellen antwortete. In der Tat geschah gar nichts. Erst nach meinem dritten Klingeln, weiterhin kein Bellen, wurde die Tür geöffnet, von Schwester Margitta höchstpersönlich. Sie trug ein langes, ziemlich weit geöffnetes Männerhemd über ein paar Leggings. Ich mag keine Leggings.

"Guten Abend, Margitta. Überrascht?"

Ich wählte für meine Frage die Kurzform, da ich nicht mehr wusste, ob wir früher in der Klinik auf "Du" oder "Sie" gewesen waren.

Margitta erkannte mich sofort.

"Felix Hoffmann, richtig? Ja, ich bin überrascht. Angenehm überrascht."

Das konnte nicht ganz stimmen, denn bis jetzt hatte sie die Tür etwa so weit geöffnet wie für einen Staubsaugervertreter oder die Zeugen Jehovas. Sie schien den Widerspruch zu erkennen, machte die Wohnungstür ganz auf und bat mich hinein.

"Es ist immer eine angenehme Überraschung, einen alten Kollegen zu sehen. Und ganz besonders, einen so netten." Etwas kokett fasste sie sich in das Männerhemd und strich über ihre linke Schulter. Dabei, mit einem kleinen Seufzer: "Schade nur, dass 'alter Kollege' bedeutet, dass auch ich älter geworden bin."

Was erwartete sie? Ein Entrüstetes "Aber meine Liebe! Keinen Tag älter als damals in der Klinik!"? Ich verzichtete auf jeden Kommentar, während Margitta kurz ein betrübtes Gesicht aufsetzte. Plötzlich schien sie sich wirklich besonnen zu haben, wer ich war.

"Das mit deiner Tante tut mir leid." Sie machte eine kleine Pause, den Kopf etwas zu Seite gelegt, jetzt ein mädchenhaft scheues Lächeln um den Mund.

Ich trat einen Schritt in die Wohnung. Es handelte sich um eine dieser Altberliner Wohnungen, die zu anderen Zeiten eine großbürgerliche Familie samt Personal beherbergt hatte. Bei dieser hier hatte man wohl vergessen, sie renditesteigernd in zwei oder drei Kleinwohnungen zu unterteilen. Margitta nutzte sie sowohl für ihren Hauspflegedienst als auch zum Wohnen.

"Kann ich dir ... Ihnen etwas anbieten?"

Ich wurde in den offensichtlich privaten Teil gebeten und folgte ihrem einladenden Lächeln in ein großzügiges Wohnzimmer, wo sie uns, ohne meine Antwort abzuwarten, jeweils eine kräftige Portion Cognac einschenkte, sich auf eine bequeme Couch lümmelte und mir den Platz neben sich anwies.

"Setzen Sie sich, Felix. Was treiben Sie denn so in diesen Tagen?"

Meinetwegen könnten wir auch mit Smalltalk beginnen und sehen, wie wir dann zum Thema kamen, zumal ich mir keinen Plan für unser Gespräch gemacht hatte. Margitta war noch vor dem Skandal mit der "Russischen Spende" direkt von der Humana-Klinik in die Selbständigkeit gewechselt, also bot sich diese Zeit als Einstieg an.

"Sie wissen, dass nach der Sache mit Bredow und Dohmke die Klinik neu organisiert worden ist?"

"Klar habe ich davon gehört, auch von Ihrem Teil an der Geschichte. Ein dicker Hund!"

Ich fand es noch verfrüht, auf das Stichwort Hund

einzusteigen.

"Trotzdem hat auch uns das große Bettenstreichen erwischt. Ich kümmere mich aktuell in einer neuen Abteilung um die Chroniker. Im Altbau, natürlich zu einem kräftig reduzierten Bettensatz."

"Natürlich. Sie in der Klinik werden genauso erpreßt wie wir. Immer mehr medizinische Leistungen, aber um Gottes Willen keine Erhöhung der Kosten. Nur verstehe ich nicht, warum ausgerechnet ein hochqualifizierter Mann wie Sie sich mit den Chronikern herumschlagen muss!"

"Na, ich hoffe schon, irgendwann einmal wieder in die Akutmedizin zurückzukommen. Aber irgendjemand musste die Abteilung aufbauen. Und, wenn ich wirklich so hochqualifiziert bin - warum sollen diese alten Menschen nicht qualifiziert betreut werden?"

"Sie bei den Chronikern! Sie wissen, was das heißt? Wir sind jetzt praktisch Kollegen, behandeln die gleichen Leutchen. Aber eigentlich wollte ich wissen, was Sie sonst so treiben. Immer noch standhafter Single?" Margitta hob die Beine auf die Couch und drückte mir ihre Füße gegen den Oberschenkel. "Oder sind Sie etwa inzwischen verheiratet? Das wäre außerordentlich schade!"

Mehr als ein klägliches "Nein" brachte ich nicht zustande, Margitta verstärkte leicht den Druck.

"Sie haben mir noch gar nicht gesagt, was mir die Freude Ihres Besuchs verschafft. Aber erst einmal – Prost auf die alten Zeiten!"

Mit dem Cognac in der Hand lehnte sie sich mir weit entgegen und gewährte einen tiefen Einblick in ihr Hemd, unter dem sie nichts trug. Einen Moment dachte ich an Celine im Zeltlager am Frankfurter Flughafen mit diesem Heiner. Vielleicht waren es am Ende nur die Leggings, die mich vor einem entscheidenden Fehler bewahrt haben. Ich stand von der Couch auf und setzte mich gegenüber in einen Sessel.

"Es geht um meine Tante."

"Eine nette alte Dame. Wir haben sie gerne betreut."

Mit einem kleinen resignierten Seufzer setzte sich Margitta wieder aufrecht auf ihre Couch.

"Ich hoffe, Sie geben uns nicht die Schuld an ihrem Tod?"

Keine Unsicherheit bei Margitta, eher eine Andeutung von Ironie. Ich hatte beschlossen, die vorenthaltenen Medikamente erst einmal nicht zu erwähnen.

"Es geht mir mehr um die Frage, wie es sein konnte, dass die Wohnung meiner Tante schon vor ihrem Tod auf dem Immobilienmarkt angeboten wurde."

Margitta hielt jetzt den Hemdausschnitt zu, während sie sich nach ihren Zigaretten vorbeugte.

"Wie das sein konnte? Das kann ich Ihnen sagen: Gar nicht! Und ich weiß auch nicht, worauf Sie hinauswollen. Unterstellen Sie mir, zusätzlich zu meinem Pflegedienst in Immobilien zu machen? Da kann ich Ihnen versichern, dass ich mit dem Hauspflegedienst ausreichend beschäftigt bin."

"Und Ihr Bruder?"

"Was ist mit meinem Bruder?"

Ich gab einen Teil meines Wissens preis. Margitta hörte zu, ohne mich zu unterbrechen.

"Was Sie da erzählen ist vollkommen absurd. Aber nehmen wir für den Moment einmal an, es verhielte sich so, wie Sie behaupten, Doktor Hoffmann. Jemand, zum Beispiel einer meiner Mitarbeiter, würde also meinen Bruder, der übrigens tatsächlich im Immobiliengeschäft tätig ist, wenigstens da haben Sie recht, frühzeitig über Todesfälle bei von uns betreuten Patienten informieren. Das ist es doch, was Sie mir vorwerfen. Meinen Sie wirklich, das wäre strafbar?"

"Jedenfalls könnte es einer Untersuchung wert sein, woher Ihr Bruder so genau weiß, dass und wann diese Leute sterben."

Margitta blies den Rauch ihrer Zigarette in meine Richtung.

"Sie enttäuschen mich. Wollen Sie wirklich behaupten, Ihnen wäre es nicht möglich, den Tod Ihrer Patienten ein bis zwei Tage vorherzusagen? Das glaube ich Ihnen nicht. Wir arbeiten hier nur mit examinierten Pflegekräften, nicht mit irgendwelchem Aushilfspersonal. Die jedenfalls können das."

Ich ließ diesen Punkt vorerst auf sich beruhen.

"Und Sie meinen, es ist auch nicht strafbar, wenn Sie diese Menschen dann weiterleben lassen?"

"Weiterleben lassen?"

"Ja. Nach ihrem Tod weiter Pflegeleistungen abrechnen, weiter die Rente kassieren."

"Wie stellen Sie sich das vor? Glauben Sie, wir verscharren die Leute, die ohne Angehörige versterben, irgendwo im Wald?"

"Das ist nicht notwendig. Bei Herrn Oelert haben Sie sogar die Grabstelle bezahlt."

"Das war etwas anderes, das ist leicht erklärt ..."

Zum ersten mal eine Spur Unsicherheit bei Margitta. Ich wollte gleich nachlegen und fragte nach den ungeöffneten Kuverts in ihrer Mülltonne und wie es möglich war, dass ich Geld auf das Konto eines lange Verstorbenen einzahlen konnte.

Offensichtlich ein Fehler, Margitta wirkte wieder entspannt.

"Wissen Sie, Felix, wenn es diese Kuverts wirklich gibt – wie wollen Sie beweisen, dass Sie die aus unserem Müll gefischt haben? Und finden Sie einen Arzt, der plötzlich nachts in fremden Mülltonnen herumwühlt, nicht auch ein wenig merkwürdig? Kann es sein, dass Sie der Tod Ihrer Frau Tante mehr mitgenommen hat, als Ihnen bewusst ist? Irgendwelche Schuldkomplexe oder so etwas?"

Sicher hatte sie es darauf angelegt und hatte es auch geschafft: Ich war jetzt wütend, denn der Vorwurf, mich zu selten und zu wenig um Tante Hilde gekümmert zu haben, enthielt ein Körnchen Wahrheit. Und Wut, zeigte sich schnell, ist bei keiner Konfrontation ein guter Ratgeber.

"Hören Sie zu, Margitta. Ich glaube, Sie würden sich wundern, was ich alles beweisen könnte. Vielleicht sogar, wie diese Leute wirklich gestorben sind und warum. Erst einmal aber geben Sie mir meinen Hund zurück!"

Margitta tat vollkommen überrascht.

"Was für einen Hund? Seit wann haben Sie ein Haustier? So etwas hatten Sie doch früher nicht."

"Ich spreche von dem Hund, der entführt worden ist, um mich damit zu erpressen."

Margitta reagierte, wie man es am wenigsten gut aushält – sie lachte.

"Nun kommt auch noch Hundeentführung ins Spiel. Was steht da drauf? Lebenslänglich? Wissen Sie, Doktor Hoffmann, ich glaube wirklich, Sie haben irgendein Problem. Ich weiß nur nicht, warum Sie damit ausgerechnet zu mir kommen. Aber bitte, wenn es Sie beruhigt, schauen Sie sich um, ob Sie Ihren Hund hier finden. Fühlen Sie sich ganz wie zu Hause. Gleich geradeaus geht es übrigens in mein Schlafzimmer."

War ihr Angebot eine Offerte ohne Risiko, weil sie Trixi weiß Gott wo eingesperrt hielt? Es gab nur einen Weg, das herauszufinden. Und außerdem, sagte ich mir, müsste ich vielleicht auf Celines Vorschlag zurückkommen, und wenn wir hier demnächst einbrechen würden, wären genaue Ortskenntnisse von Vorteil.

Trixi war nicht zu finden, und ich hatte durch meinen Besuch bei Margitta auch sonst nichts herausbekommen, eigentlich nur ohne Gegenleistung meine Karten auf den Tisch gelegt. Nicht furchtbar schlau, schien mir. Aber in den meisten Kriminalfilmen macht der Kommissar das auch so und kommt dadurch irgendwie weiter. Ich war gespannt – und verabschiedete mich mit dem unbehaglichen Gefühl, mich lächerlich gemacht zu haben.

Tatsächlich meldete sich Margitta schon zwei Abende später. Sie hätte sich ein wenig umgehört und ihre Mitarbeiter befragt. Sie meine zwar immer noch, dass meine Verdächtigungen total absurd seien, andererseits gäbe es jemanden an der Klinik, nicht etwa in ihrem Hauspflegedienst, der finanziell erheblich in der Klemme sei und eventuell Kontakt zu ihrem Bruder habe.

"Wer soll das sein, Margitta?"

"Ich möchte keine falschen Verdächtigungen in die Welt setzen, schon gar nicht am Telefon. Aber wenn dieser Hinweis stimmt, habe ich eine ziemlich konkrete Vorstellung, wo Ihr Hund im Moment sein könnte, Felix. Sie sind doch noch an dem Hund interessiert?"

"Selbstverständlich bin ich das."

"Dann kommen Sie am besten gleich bei mir vorbei."

Ich sagte zu und legte auf. Ein erstaunliches Telefonat! Unser Gespräch vorgestern hatte sich allein auf tote Klienten ihres Pflegedienstes bezogen, ich hatte ihr nichts von meinen Krankenhauspatienten Winter oder Kiesgruber erzählt. Und jetzt brachte Margitta selbst einen Kontakt in der Klinik ins Spiel!

Ich zog mich warm an und suchte nach meinen Autoschlüsseln. Was hatte Margitta vor? Würde sie es erneut mit ihren Verführungskünsten versuchen? Und wie würde ich heute reagieren? Ich befahl meinen stets bereiten Hormonen, sich in ihre Drüsen zurückzuziehen, und machte mich auf den Weg.

Margitta empfing mich schon vor ihrem Haus, diesmal in ein exotisches Pelztier vermummt, das sicher unter Artenschutz stand. Wenigstens war es nicht Hund. Ich schaute mich um, keine Spur von Trixi.

"Ich habe Ihnen doch schon gesagt, dass ich Ihren Hund nicht habe. Heute genauso wenig wie vorgestern. Ich glaube, wir müssen eine kleine Landpartie machen."

"Wie weit?"

Ich neige nicht dazu, mein Geld in volle Benzintanks zu investieren.

"Märkische Schweiz. Ihr Hund freut sich wahrscheinlich über viel Auslauf und gute Landluft. Fahren Sie einfach immer hinter mir her."

Obgleich wir schon Anfang April hatten, war es knapp unter Null, und die Luft roch nach Schnee. Margittas bequemer BMW mit ABS und Winterreifen war somit sicher die bessere Wahl als mein inzwischen sechzehn Jahre alter Golf auf weitgehend abgefahrenem Profil. Also konnte ich gut verstehen, dass Margitta ihren BMW dem Beifahrersitz in meinem klapperigen Golf vorzog. Warum aber hatte sie mir nicht angeboten, bei ihr mitzufahren?

Das wunderte mich, obgleich ich eine solche Einladung wahrscheinlich abgelehnt hätte. Ich hatte keine Lust auf eine weitere Stunde Smalltalk mit Margitta. Auch nicht darauf, mich plötzlich irgendwo in der märkischen Winterlandschaft ausgesetzt zu finden, entsprächen meine Antworten nicht ihren Erwartungen.

"Gut, ich fahre hinter Ihnen her. Bleiben Sie nur bitte unter hundertzwanzig!"

Trotz der Kälte kurbelte ich mein Fenster hinunter und stellte Heizung und Ventilator auf volle Leistung. Vielleicht würde ich so wenigstens nachher auf der Autobahn nicht alle zwei Minuten ein Guckloch in meine Frontscheibe kratzen müssen.

Der Schneeregen begann kurz hinter dem Autobahndreieck Spreeau. Die Absprache, das Tempo unter hundertzwanzig zu halten, nahm Margitta trotzdem nicht ernst, in ihrem BMW schienen ihr hundertfünfundvierzig wahrscheinlich immer noch moderat, während mein Golf bei dieser Geschwindigkeit nur mit Widerwillen meinen Anordnungen nachkam. Und nun noch dieses Schmuddelwetter! Die Wischerblätter, auch nicht mehr ganz neu, hatten erhebliche Schwierigkeiten, den Matsch beiseite zu schieben, und ich, trotz jetzt nicht mehr beschlagender Frontscheibe, überhaupt die Rücklichter von Margittas Wagen im Auge zu behalten. Plötzlich wusste ich, wo es hinging. Mein Kollege Valenta hat ein Wochenendhaus in der märkischen Schweiz, natürlich! Ich selbst hatte ihm seinerzeit geholfen, das Dach der alten Scheune neu zu decken. Was hatte mich nur so lange mit Blindheit geschlagen?

Valenta, der mir einreden wollte, Renate könne in der Silvesternacht nicht in Winters Zimmer gewesen sein! Valenta, dem ich die ganze Geschichte erzählt hatte, nur wenige Tage, bevor Trixi entführt worden war! Kein Wunder, dass er in den Akten von meinen verstorbenen Patienten keine Ungereimtheiten hatte entdecken können! Und wer, wenn nicht Valenta mit seinen riskanten Börsenspekulationen, sollte Margittas Kontakt in der Klinik mit mächtigen finanziellen Problemen sein? Ich brauchte mich nicht mehr bemühen, mit Margittas BMW Schritt zu halten, unser Ziel würde ich auch alleine finden.

Als ich jetzt mein Tempo verminderte, nahm allerdings auch Margitta ihre Geschwindigkeit zurück. Gemeinsam erreichten wir die Ausfahrt Hellersdorf, hier ging es ab auf die Landstraße. Autobahn bei Dunkelheit und Schneeregen war schon übel genug gewesen, jetzt wurde es extrem unangenehm. Streu- oder Räumdienste waren noch nicht unterwegs, jede Kurve, und die kamen reichlich, wurde in meinem Golf zu einem Abenteuer. Mehr noch störte mich ein Wagen, der mir seit der Autobahn folgte und mich mit seinen starken Scheinwerfern im Rückspiegel blendete. Konnte der Blödmann nicht einfach überholen?

Aber der Blödmann dachte nicht daran. Als ich versuchsweise auf Tempo vierzig herunterging, wurde nicht nur Margitta langsamer, der Blödmann auch. Er war dabei so dicht aufgefahren, dass für einen Moment meine Rückfront seine Scheinwerfer verdeckte. Im Rückspiegel konnte ich jetzt immer noch nicht den Fahrer erkennen, aber klar zeichnete sich das potenzheischende Chromgerüst Typ Wildfänger über seiner Stoßstange ab. Hinter mir also ein Geländewagen, vor mir Margitta, die Gleichung war nicht schwer zu lösen: Das Geschwisterpaar Margitta und Manfred hatte mich in der Zange! Auf einer verschneiten Landstraße mit Bodenhaftung Null und jeder Menge Kurven – offensichtlich hatten die beiden auch die Wettervorhersage gehört.

Die erste Attacke kam kurz hinter Zimdorf. In einer scharfen Linkskurve tauchte Manfred rechts neben mir auf und versuchte, mich mit seinem Wildfänger den Abhang hinunter zu drängen. Es klappte nicht: Um neben mich zu kommen, hatte er deutlich beschleunigen müssen, jetzt aber bremste er zu stark ab und fiel wieder hinter mich. Allerdings gab ich mich keinen Illusionen hin, mit etwas Übung würde er es bei einem der nächsten Versuche schaffen, während Margitta dafür sorgte, dass ich mich nicht nach vorne retten konnte. Beim Vergleich meiner Sommersliks mit Vier-Rad-Antrieb und Winterreifen hinter mir war das ohnehin keine realistische Alternative.

Wenn es wichtig ist, kann ich ziemlich schnell lernen.

Immerhin schaffte ich es zweimal, so geschickt zu bremsen, dass Manfred fast an mir vorbeischoss. Aber leider nur fast, beide Male gelang es ihm, wieder hinter mich zu kommen, auch er lernte dazu. In amerikanischen Filmen finde ich diese Verfolgungs-fahrten mit dem Versuch, den Gegner die Klippen hinunter zu schicken, immer recht langweilig und im Ergebnis vorhersehbar. Nun selbst in der Situation, kam sie mir überhaupt nicht langweilig vor, aber auch hier war der Ausgang vorhersehbar: Auf Dauer hatte ich keine Chance. Selbst wenn es mir gelänge, die beiden irgendwie in das unausweichliche Finale zu verwickeln, saß ich in einer sechzehn Jahre alten Blechbüchse ohne versteifte Fahrgastzelle, Knautschzone, Seitenaufprallschutz oder sonstigem modischem Schnickschnack fest, während meine Gegner moderne Autos fuhren, in denen schon Legionen von Dummies schlimmste Crashs überlebt hatten.

Die Sache war nicht fair. Zwei gegen einen ist nicht fair, und ungleiche Waffen sind es auch nicht. Noch schlimmer war, dass die beiden ihre Taktik sicher per Handy absprachen, ich aber durch das Fehlen jeder Kommunikation nicht einmal Hilfe rufen, meine Widersacher mit ernsten Worten von der Verdammungs-würdigkeit ihres Tuns überzeugen, oder aufgeben konnte.

Noch einmal gewährte mir das Schicksal einen Aufschub. Manfred schoss in einem perfekten Winkel heran, gleich würde die Jagd vorbei sein – da kam uns laut hupend ein Milchlastwagen entgegen, Manfred musste sich zurückfallen lassen. Wieder hatte ich ein paar Sekunden gewonnen, Sekunden für die Suche nach einem Ausweg. Plötzlich sah ich rechts vor mir einen Waldweg, der von der Landstraße abging. Wenn ich dort hinein käme, stünde es nur noch einer gegen einen, und Manfred könnte nicht mehr seine überlegene Motorkraft nutzen.

Doch als ich auch nur versuchte, den Golf nach rechts zu bekommen, brach er sofort aus, blieb aber immerhin auf der Straße. Manfred hatte meinen Plan durchschaut, mit seinem Geländewagen schaffte er es problemlos in den Waldweg. Für einen Moment war ich meinen Verfolger los. Doch in der Minute, die ich so gewonnen hatte, kam auch keine Lösung in Sicht. Von vorne bremste mich Margitta ab und im Rückspiegel konnte ich verfolgen, wie der Jeep mühelos wieder aufholte. Die nächste Kurve würde die Entscheidung bringen.

Letztlich waren es tatsächlich meine Sommerreifen, die mich retteten – unter dem Eindruck meines unbarmherzig herannahenden Verfolgers nahm ich diese nächste Kurve einfach zu schnell, oder besser gar nicht, bei eingeschlagenem Steuer hielt der Golf eigensinnig die Richtung bei und hob ab. Die Welt blieb stehen. Das Universum war plötzlich ohne Dimension, wie in der Nanosekunde vor dem Big Bang.

Natürlich blieb die Welt nicht stehen, meine Wahrnehmung jedoch hatte auf Zeitlupe geschaltet. Nicht dass jetzt mein bisheriges Leben als Film vor mir ablief, Gott sei Dank, dafür aber die unmittelbare Zukunft. Und die sagte mir, dass ich nichts gewonnen hätte, im Gegenteil hatten Margitta und Manfred ihr Ziel erreicht. Würde mich der Aufschlag nicht töten, würden sie selbst die Sache zu Ende führen, mit einem Wagenheber oder dem großen Kreuzschlüssel für die Radmuttern zum Beispiel – eine Prellmarke mehr würde an dem, was von Doktor Hoffmann übriggeblieben war, nicht auffallen.

Nach dem zweiten Überschlag war ich immer noch bei Bewusstsein, mir fiel Celine ein. Einem kurzen Augenblick des Triumphs – die beiden wussten nichts von Celine, Celine mit ihrem Wissen würde sie weiter verfolgen und mich schließlich rächen! – folgte die deprimierende Erkenntnis, dass mein Leben nicht auf diese Art und Weise geendet hätte, wüssten Margitta und Manfred von Celine und würden nicht annehmen müssen, mit mir die Gefahr für ihre Geschäfte endgültig aus der Welt geschafft zu haben.

In tausend Splittern flog mir die Windschutzscheibe entgegen, wie ein Schraubstock bohrte sich das Lenkrad in meinen Brustkorb. Vor sechzehn Jahren hatte man beim Golf auf Luxuszutaten wie einen Airbag noch verzichtet. Nach dem dritten oder vierten Überschlag landete der Wagen endgültig auf dem Dach oder auf dem, was einmal das Dach gewesen war. Kurz nahm ich einen hellen Blitz wahr, dann gab es kein Universum mehr.

14

Mit den folgenden Stunden verhält es sich wie mit den Erinnerungen an die frühe Kindheit – an was erinnern wir uns wirklich und wo vermischen sich Erzählungen dritter und eigene Erinnerung? Jedenfalls muss ich eine Weile bewusstlos gewesen sein. Als ich wieder zu mir kam, reduzierte sich mein Denken auf drei Feststellungen: Erstens lebte ich noch. Zweitens waren Margitta und Bruder Manfred dabei, diesem für sie unerfreulichen Umstand abzuhelfen, deutlich hörte ich sie mit irgendwelchen großen Werkzeugen hantieren. Drittens war ich außerstande, sie daran zu hindern. Meine Panik nahm zu. Eingeklemmt zwischen verbogenem Lenkrad und geborstenem Armaturenbrett konnte ich mich keinen Millimeter bewegen. An Schmerzen erinnere ich mich nicht, aber daran, dass ich kaum Luft bekam. Selbst wenn mich Margitta und Manfred nicht zur Strecke brächten, würde ich bald erstickt sein. Wahrscheinlich hatten sich ein paar meiner gebrochenen Rippen in die Lunge gebohrt.

"Mehr Licht!"

Moment mal, waren bedeutende letzte Worte nicht an mir? Und wenn schon, dann ein paar neue?

"Immer mit der Ruhe, den hier gibt's sowieso nur noch in Einzelteilen."

"Komm lieber mit der Flex rüber, ich glaube, der hat sich bewegt."

Die Leute mit dem großen Werkzeug, die mehr Licht brauchten, waren nicht Margitta und Manfred, sondern Feuerwehrmänner, die mich mit riesigen pneumatischen Schneidzangen aus dem tödlichen Blechhaufen schnitten. Das unsägliche Knirschen von Metall auf Metall und das Krachen von Metall auf Glas drang in mein Bewusstsein. Gut, sagte ich mir, ich kann noch hören. Wenn ich von nun ab im Rollstuhl sitze, bleibt mir wenigstens Mozart. Und der war in meinem Alter längst tot gewesen.

"Ich glaube, jetzt kommen wir an den ran."

Ich meine sogar, mich an das Knattern des landenden Hubschraubers zu erinnern, aber vielleicht reimen sich das meine Neuronen auch nur so zusammen. Vielleicht auch nicht, denn ich bin sicher, dass es trotz meiner Erstickungspanik zu der wichtigen Feststellung kam, dass der Schneefall aufgehört haben müsse, wenn sie es mit dem Hubschrauber schafften. Und ganz sicher erinnere ich mich an das erste Gesicht, das ich wahrnahm: Ulf

Vogel, seit Jahren leitender Notarzt unserer Humana-Klinik. Stimmt, fiel mir ein, in der märkischen Schweiz war ich immer noch im Einzugsgebiet unseres Rettungshubschraubers.

"Mensch Felix, du siehst beschissen aus. Echt! Kriegst du keine Luft?"

Da hatte er mir auch schon einen Zugang gelegt und mich mit reichlich Morphin abgeschossen. Ich merkte nicht mehr, wie er mir zwei dicke Kanülen zwischen den Rippen hindurch jagte, damit sich meine Lungen wieder ordentlich mit Luft füllen konnten, wie er mir einen Tubus in die Luftröhre bugsierte oder wie sie mich zum Hubschrauber schleppten. Das war auch gut so, denn wenn ich vor etwas mehr Angst habe als vorm Sterben oder mit offenem Hosenschlitz in der U-Bahn zu stehen, ist es vorm Fliegen.

Erst in der Klinik ließen mich die Kollegen Chirurgen wieder aufwachen, genug jedenfalls, damit ich meine Schmerzen spüren konnte, und schönen Dank, davon hatte ich reichlich. Das allerdings war auch der Zweck der Übung. Neben meinen offensichtlichen Verletzungen, als deren bedenklichster Zeuge mein rechter Unterschenkel in einem grotesken Winkel zum Rest meines Körpers stand, wollten die verehrten Kollegen wissen, wie die inneren Organe das Fehlen von Airbag und Co. verkraftet hätten – im Angebot waren Leberriss, Milzriss und was sonst noch alles reißen kann.

Eine Möglichkeit wäre gewesen, mich komplett durch den Computertomographen zu schieben, aber das hätte Zeit gekostet, und außerdem war der wahrscheinlich wie üblich mit einem anderen Notfall belegt oder wurde gerade gewartet. Blieb also die altbewährte Methode.

"Tut's hier weh?"

Mein gesamtes Sein bestand im Moment aus Schmerzen! Trotzdem brachten meine Kollegen es fertig, diese Schmerzen noch zu steigern. Was waren das für Unmenschen? Schüler von KZ-Arzt Doktor Mengele? Weit gefehlt. Schüler von Doktor Felix Hoffmann! Zwei von ihnen erkannte sogar mein lädiertes Hirn als Absolventen meines Kurses "manuelle Untersuchung bei Polytrauma". Und sie hielten sich genau an das, was ich ihnen beigebracht hatte. Woher sollte ich damals wissen, dass das dermaßen weh tut! Endlich, nach ein paar Stunden oder Tagen, verloren sie die Lust, mich weiter zu quälen, hatten Appetit auf einen Kaffee oder waren überzeugt, nichts Wichtiges übersehen zu haben.

"Pass auf, Felix, wir flicken dich gleich wieder zusammen, wirst noch schöner als vorher. Wir gehen uns schon mal waschen – oder möchtest du, dass wir auch die Prämedikation machen?"

Ein makabrer Scherz. Schlimm genug für einen Facharzt für innere Medizin, dass er sich für eine Operation in die Hände einer Gilde begeben muss, die sich in direkter Linie vom Fleischerhandwerk und den Feldscherern ableitet. Aber die medikamentöse Vorbereitung für das Schlachtfest, die Prämedikation, will man nun wirklich nicht den Chirurgen überlassen. Dazu gibt es Anästhesisten. Doch gleich im nächsten Moment hätte ich den Freunden von der Chirurgie eine Million für die Durchführung der Prämedikation geboten. Kaum waren sie verschwunden, um sich zu waschen und ihre Folterwerkzeuge zu sortieren, schob sich grinsend ein feistes Gesicht in mein eingeschränktes Blickfeld.

"Na, dann wollen wir mal dafür sorgen, dass du schön einschläfst."

Seelenruhig zog Kollege Valenta seine Spritzen auf. Kollege Valenta mit dem Ferienhaus in der märkischen Schweiz und dem geheimnisvollen Alibi für Schwester Renate. Hatte ich den Anschlag der Geschwister überlebt, den Flug im Hubschrauber, die Quälereien der Chirurgen, nur dass mein Schicksal mich jetzt in Form eines von Börsengeschäften ruinierten Intensivarztes erwischte? Was hatte Valenta überhaupt hier zu schaffen? Ich versuchte es mit dem rationalen Zugang.

"Ist Prämedikation nicht was für die Anästhesisten? Wo sind überhaupt alle?" Dann, in einem Geistesblitz, spielte ich meinen letzten Trumpf aus. "Es hat keinen Zweck, mich umzubringen. Celine weiß über alles Bescheid!"

Valenta würdigte mich keiner Antwort. Unter anderem deshalb, weil er mich gar nicht hören konnte, steckte doch unverändert dieser Tubus in meiner Luftröhre. Niemand konnte mich hören. Mit einer letzten Kraftanstrengung versuchte ich, mich aufzurichten, aber Valenta drückte mich sofort wieder nieder. Was würde er mir spritzen? Einfach eine Überdosis von dem Zeug, das wir vor Eingriffen zur Beruhigung geben? Oder zu viel Succinyl, was dazu dient, die Muskulatur für die Operation zu entspannen, in ausreichender Dosis aber auch die Atemmuskulatur lähmt? Oder etwas Exotisches, zum Beispiel Tumor-Nekrosefaktor? Dann würde ich im Kreislaufschock sterben, niemand würde sich übermäßig wundern. Kreislaufschock nach Polytrauma, nicht ungewöhnlich. Auch die

Kollegen im Labor würden verständig nicken und wahrscheinlich in einer wissenschaftlichen Zeitschrift ihre tolle Beobachtung publizieren, wie stark nach einem Unfall in der märkischen Schweiz der Tumor-Nekrosefaktor erhöht sein kann.

Gerade als Valenta an meinem intravenösen Zugang fummelte, um mir seinen Cocktail zu verabreichen, öffnete sich die Tür und Bernd von der Anästhesie kam herein. Ich war gerettet!

War ich nicht. In aller Ruhe schob mir Valenta trotzdem seine Mischung in die obere Hohlvene. Und wiederum fielen mir keine originellen letzten Worte ein!

Wenn der Himmel weiß gestrichen ist und die Engel dort in weißen, blauen oder grünen Klamotten durch die Gegend wetzen, dann war ich wider Erwarten im Himmel gelandet. Für Hölle war es jedenfalls nicht biblisch heiß oder dantisch kalt genug. Eine ziemliche Enttäuschung nur, dass ich auch im Himmel noch Schmerzen hatte, besonders im rechten Bein. Und außerdem habe ich mir Engel hübscher vorgestellt.

Der Monitor neben meinem Bett verriet mir, wo ich war: auf der sogenannten Aufwachstation, dem chirurgischen Pendant zu unserer internistischen Intensivstation, diente sie doch schon lange nicht mehr allein dem Aufwachen nach Operationen, sondern der Behandlung schwerkranker chirurgischer Fälle.

Die Kollegen hatten gar nicht so lange an mir herumoperiert, erzählten sie mir später, nur gute zwei Stunden. Das meiste seien mehr oder weniger tiefe Schnittwunden gewesen, nur der offene Bruch meines rechten Unterschenkels musste richtig mit Platte und Schrauben versorgt werden.

Als sie mit dem Operieren fertig waren, schoben sie mich zur Sicherheit doch noch durch den inzwischen freien oder fertig gewarteten Computertomographen, fanden aber keine inneren Verletzungen, mal abgesehen vom behandelten Totalkollaps meiner rechten Lunge und dem Teilkollaps der linken. Deshalb hatte ich auf jeder Seite einen dicken Schlauch zwischen den Rippen, beide hatte mir Ulf Vogel schon auf dem Maisfeld kurz vor Buckow gelegt. Ulf war auch der erste, der mich noch in der Nacht auf der Aufwachstation besuchte.

"Du siehst ja immer noch ziemlich beschissen aus!"

Wenigstens hatte man mich inzwischen von diesem Tubus in der Luftröhre befreit, so dass ich schon wieder etwas krächzen konnte.

"Ich danke dir, Ulf. Nicht jeder hätte den Lungenkollaps

so schnell erkannt."

"Keine Ursache. Du sahst einfach ein bisschen zu blau aus für nur zu kalt."

Ich habe es bereits an anderer Stelle erwähnt: Ich möchte nie im Tiefschlaf von Doktor Vogel erwischt werden, aus Furcht, dass er mir zur Sicherheit erst einmal dreihundert Watt aus seinen Defibrillator überbrät oder mir mit einer prophylaktischen Herzmassage die Rippen bricht. Aber bei wirklicher Gefahr für Leib und Leben kann man sich keinen besseren Notarzt wünschen.

Ulf nahm auf dem Bett Platz, erstaunlicherweise, ohne sich dabei auf mein frisch zusammengeschraubtes Bein zu setzen.

"Was ist eigentlich passiert? Wie bist du auf dieses hübsche Maisfeld gekommen?"

"Es war glatt, und ich war zu schnell, zumal für Sommerreifen."

Das war nicht gelogen, wenn auch nur ein Teil der Geschichte. Zu dem anderen Teil musste ich mir erst noch ein paar Gedanken machen.

"Immerhin, du hast Glück gehabt. Mehr als die anderen jedenfalls."

"Die anderen?"

"Ja – eine Frau im BMW und ein Mann im Geländewagen, beide tot. Verbrannt."

Margitta und Manfred, beide tot! Jetzt, wo ich außer Gefahr war, machte mich das nicht besonders froh. Sie hatten, meinte Ulf, den Abflug von der Straße mit Airbags, Seitenaufprallschutz und versteifter Fahrgastzelle sicher weit besser überstanden als ich. Ihr Pech sei gewesen, dass sich ihre Wagen ineinander verkeilt hätten, in Höhe der Türen. Beide hatten keine Chance gehabt, herauszukommen. Dann habe der Jeep Feuer gefangen, und ziemlich schnell hatte das Feuer auf den BMW übergegriffen.

Vor meinen Augen wiederholte sich die Szene, wie Manfred mit schneller Fahrt hinter mir aufholte und mich fast schon erreicht hatte, als ich aus der Kurve flog. Wahrscheinlich hatte er nicht mehr rechtzeitig abbremsen können und war voll in seine Schwester gerauscht. Das geschah ihm recht, aber hilflos im Wagen zu verbrennen hatte ich beiden nicht gewünscht. Ob wenigstens seine Rolex überlebt hatte?

Ulf erhob sich.

"Jetzt schlaf dich richtig aus, Felix. Morgen schaffen wir dich zu uns auf die Intensivstation, eh die Gasaffen noch Unfug mit dir anstellen."

"Auf keinen Fall!"

Im Sprachgebrauch der Internisten laufen Anästhesisten unter Gasaffen, als Ärzte mit viel Ahnung in Medizintechnik, aber im Vergleich zu uns von begrenztem Durchblick für das komplizierte Zusammenspiel im menschlichen Körper. Doch lieber setzte ich mich dieser Gefahr aus, als Patient von Doktor Valenta zu werden. Ein Glück, dass ich wieder protestieren konnte.

Ulf sah mich erstaunt an. Wahrscheinlich führte er meinen Protest auf die Kombination von posttraumatischem Schock und Nachwirkungen der Narkose zurück.

"Also, schlaf jetzt. Morgen sehen wir weiter." An der Tür drehte er sich um. "Oh, du hast Besuch. Bist du vernehmungsfähig?"

Kleiner Scherz unter Ärzten, dachte ich, aber es war keiner. Die beiden Herren, die Ulf einließ, stellten sich als Polizeiobermeister Soundso und Kollege Polizeimeister Soundso vor. Sie fühlten sich sichtlich unbehaglich, die Umgebung aus Monitoren, Schläuchen und Kabeln lag jenseits ihrer Kontrolle. Mehr noch hatte man sie der Sicherheit ihrer grünen Uniformen beraubt und in unsere sterilen blauen Besucher-Kartoffelsäcke gesteckt.

"Die Kollegen in Brandenburg haben uns gebeten, mit Ihnen zu sprechen, Doktor Hoffmann. Fühlen Sie sich dazu in der Lage?"

Ich deutete ein schwaches Nicken an und fuhr mein Gipsbein weiter ein, erwartete ich doch von einem Polizisten weniger Rücksichtnahme als vom Kollegen Vogel. Aber Blödsinn, nur Ärzte setzen sich auf Krankenhausbetten, der Rest der Bevölkerung fürchtet sie als todsichere Quelle unheilbarer Infektionen, gefährlicher noch als die Klobrille im Hauptbahnhof.

"Also, wie gesagt, die Kollegen in Brandenburg haben ein paar Fragen zum Unfallhergang."

Der Polizeiobermeister zog ein Notizbuch hervor, an das er, wahrscheinlich in unbezahlter Heimarbeit, mit einer Schnur einen Bleistift geknüpft hatte, und schaute mich erwartungsvoll an. Ich rettete mich einstweilen in einen zeitgewinnenden Hustenanfall. Ob und an was ich mich gegenüber der Polizei erinnern würde, wollte gut überlegt sein. Aktuell schien mir Zurückhaltung geboten.

"Ich fürchte, da kann ich Ihnen nicht helfen. Im Moment wenigstens entsinne ich mich nur an Schneeregen, glatte

Landstraßen und blendende Scheinwerfer. An den Unfall selbst habe ich keine Erinnerung."

Betrübte Gesichter bei meinen beiden Polizeimeistern.

"Haben Sie eine Wettfahrt gemacht oder so etwas?"

Sah ich wirklich dermaßen dämlich aus? Was zum Beispiel würde meine Autoversicherung zu einer kleinen Wettfahrt im Schnee sagen, mal abgesehen von etwaigen strafrechtlichen Konsequenzen bei zwei Toten im Maisfeld?

"Mit wem soll ich denn eine Wettfahrt veranstaltet haben?"

Der Obermeister konsultierte sein Notizbuch.

"Nun, Sie kannten doch Frau Seeger?"

Selbst ein paar Stunden nach einem fast tödlichen Unfall und Valenta und Operation erkenne ich sofort, wenn die Zeit für eine klare Lüge gekommen ist.

"Nein."

"Nein?"

"Nein", lenkte aber vielleicht gerade noch rechtzeitig ein, "Frau wer?"

Der Obermeister zog ein Faltblatt aus seinem Notizbuch und reichte es mir.

"Frau Seeger. Sie hat hier lange gearbeitet, schreibt sie wenigstens. Eigenartig, dass Sie sie nicht kennen."

Das Faltblatt war mir gut bekannt, ein ganzer Stapel davon lag auf meinem Schreibtisch im Arztzimmer. Auf ihm warb Margitta Seeger, "examinierte Krankenschwester mit langjähriger Tätigkeit in der Humana-Klinik" für ihren Hauspflegedienst Süd. Rechts oben entstellte ein eingetrockneter dunkelroter Fleck das Konterfei der examinierten Krankenschwester. Offensichtlich waren ein paar ihrer Flyer in Margittas BMW mitgefahren.

"Das ist Schwester Margitta. Natürlich kenne ich Schwester Margitta. Sie hatten nach einer Frau Seeger oder so gefragt. Von unseren Schwestern kennen wir in der Regel genauso wenig den Nachnamen, wie ich je Ihren Vornamen wissen werde."

"Franz", half der Polizeimeister aus.

Franz nahm den Flyer wieder an sich, faltete ihn sorgfältig und steckte ihn vorsichtig, wie ein Beweisstück mit Fingerabdrücken, in sein Notizbuch zurück. Zeit zum Abmarsch. Wahrscheinlich, weil Anästhesist Bernd hereingekommen war und in stummem Vorwurf drängte, seinen Patienten in Frieden zu lassen.

"Sie sollten sich lieber um meinen Hund kümmern!"

Besorgt kontrollierte Bernd meine Werte am Monitor und strich mir über die Stirn.

"Du hast keinen Hund, Felix, noch nie gehabt. Du hast nicht einmal einen Kanarienvogel!"

Verständiges Blicketauschen zwischen Bernd und den Bullen.

"Wenn er sich erholt hat, wird ihm vielleicht der Unfallhergang doch noch einfallen." Oberpolizeimeister Franz gab Bernd eine Karte. "Er soll uns dann anrufen."

"Oder", ergänzte sein Kollege, "wenn er uns sonst etwas zu sagen hat."

Dann waren sie verschwunden. Auf einmal tat mir mein Bein weh.

Im Gegensatz zu Ulf werteten die Anästhesisten meine Entscheidung, weiter in ihrer Obhut zu bleiben, als erfreuliches Zeichen fehlender grober Hirnschädigung und fanden sie vollkommen logisch. Schließlich war ich mit meinem verschraubten Bein ein chirurgischer Fall, und offensichtlich einer mit ausreichend Grips, sich nicht den experimentierfreudigen Kollegen auf der inneren Intensivstation auszuliefern.

Wie, fragte ich mich, hatte ich Valentas Cocktail überlebt? Sehr wahrscheinlich, weil er ihn mir nicht gegeben hatte. Vermutlich hatte mir das Auftauchen des Anästhesisten Bernd das Leben gerettet. Die einfachste Erklärung: Valenta hatte die Sache mit einer Überdosis der normalen Prämedikation geplant, mir aber unter den Augen von Bernd nur die normale Dosis gespritzt. Also bestand vorerst meine Aufgabe darin, ihm keine zweite Chance zu geben. Auf der chirurgischen Aufwachstation fühlte ich mich für den Moment sicher, Valenta würde es kaum gelingen, hier unbemerkt an mich heranzukommen. Aber eine Tatsache blieb – für einen diskreten Mord ist ein Krankenhaus der ideale Ort!

Jedenfalls war ich jetzt Patient in der eigenen Klinik, ein Verstoß gegen die zwei wichtigsten Grundregeln für den Krankenhausarzt. Nummer 1: Werde nie so krank, dass du in eine Klinik musst. Nummer 2: Wenn du absolut mit deinem Leben spielen willst und Krankenhauspatient wirst, dann lege dich um Gottes Willen nicht in deine eigene Klinik. Außerdem leidet im eigenen Haus auch die ärztliche Autorität ein wenig, nachdem die Schwestern ihren Doktor auf den Topf gesetzt und ihm den Hintern abgewischt haben. Ganz abgesehen von kichernden

Schwesternschülerinnen mit Interesse an vergleichenden Studien zur Penisgröße.

Als ich aufwachte, saß Celine an meinem Bett. Keine Ahnung, wie lange schon.

"Guten Morgen, meine Liebe. Willst du mir eine Versicherung verkaufen? Krankenhaustagegeld zum Beispiel?"

"Zu spät. Ich habe dir längst alle Versicherungen aufgeschwatzt, die es gibt. Wie fühlst du dich?"

"Schwer zu sagen bei dem Zeug, das sie in mich hineinpumpen. Ich merke, dass ich überall Schmerzen habe, aber merkwürdigerweise tun mir die Schmerzen nicht weh. Vielleicht bin ich tot, und du bist der Erzengel Gabriel."

"Tot? Das könnte dir so passen – nicht bevor es ein Testament zu meinen Gunsten gibt!"

Von Celine erfuhr ich, dass es Freitag Nachmittag war, sie hatten mich den ganzen Tag schlafen lassen. Vielleicht fehlte mir auch nur die Erinnerung an die letzten Stunden. Aber an den Unfall erinnerte ich mich genau.

"Was hast du eigentlich in der märkischen Schweiz zu suchen gehabt?"

Ich erzählte es ihr, auch, wer die beiden Toten waren. Und ich erzählte ihr von Doktor Valentas Ferienhaus.

"Übrigens hat die Polizei schon herausbekommen, dass Margitta früher hier gearbeitet hat."

"Woher weißt du das?"

"Die waren hier, gleich heute Nacht. Wollten wissen, wie es zu dem Unfall gekommen ist."

"Und? Was hast du denen gesagt?"

"Nichts. Ich könne mich nicht erinnern. Und erst recht nichts zum eigentlichen Thema."

Celine klopfte mir, immerhin vorsichtig, auf die Schultern.

"Glückwunsch jedenfalls! Die Bösen haben sich selbst gerichtet, es hat wirklich einmal die Richtigen erwischt! Du kannst stolz sein. Du hast gewonnen, auf der ganzen Linie!"

Erregt versuchte ich, mich aufzurichten.

"Überhaupt nicht. Du verstehst nichts!" Das war schärfer herausgekommen als beabsichtigt. "Entschuldigung, ich stehe wohl noch unter Drogen. Nur, es ist wirklich nichts gewonnen. Dieses Herumkramen in irgendwelchen Mülltonnen, das Einzahlen auf Bankkonten von Toten, das hat alles nur Zeit gekostet. Wir sind keinen Schritt vorwärts gekommen! Was kümmert es mich, wenn Margitta die Rentenkasse plündert oder

Manfred den Immobilienmarkt?"

"Geht es dir um den Hund?"

"Das kommt noch dazu, dass jetzt die letzte Spur zu Trixi ... Aber wichtiger: Weder Margitta noch Manfred, da bin ich sicher, sind nachts durch die Klinik geschlichen, haben bei Winter die Sicherung ausgewechselt oder Kiesgruber seine Medikamente weggenommen. Bestimmt nicht. Die Frage ist: Mit wem haben wir es in der Klinik zu tun? Wer rennt hier herum und tötet Leute mit schönen Wohnungen auf Bestellung? Diese Person muss ich finden!"

Celine griff wieder einmal zum Ohrläppchen.

"Stimmt. So gesehen ist nichts gewonnen." Und wie es Celines Art ist, hatte sie gleich noch eine tröstliche Botschaft für mich. "Am Ende würden die Bullen sicher versuchen, dir etwas anzuhängen. Aber meinst du nicht, die werden weiter wühlen, zum Schluss doch etwas herausbekommen?"

"Glaube ich nicht. Die untersuchen einen tödlichen Unfall, davon gibt es in Brandenburg jedes Wochenende zwanzig, fünfundzwanzig. Also werden sie was von dem Wetter nicht angepasster Geschwindigkeit schreiben, Akte geschlossen, nächster Fall."

"Hoffentlich", meinte Celine. "Aber eine Sache verstehe ich nicht ganz. Bist du dir sicher mit Valentas Ferienhaus?"

"Aua!"

Im dritten Anlauf hatte es fast geklappt. Ulf Vogel hatte es nicht geschafft, die Bullen nicht, allein Celine war gerade dabei, sich auf meinen Gips zu setzen.

"Weichei. Hier ist noch ein Meter Platz!"

Warum rutschte sie dann jetzt schuldbewusst zur Seite?

"Danke! Jedenfalls, Valentas Haus. Na, klar bin ich sicher, dass der da ein Ferienhaus hat."

"Ich meine, dass ihr dahin unterwegs wart."

"Warum sonst hätten wir in die märkische Schweiz fahren sollen?"

"Einfach, weil es sonst in der Umgebung Berlins kaum eine Berg-und-Tal-Landschaft mit entsprechenden Kurven für eine Rutschpartie im Schneematsch gibt. Deine Theorie mit Valenta ist in sich widersprüchlich. Entweder wollten sie den Hund zurückgeben, dann konnten sie dir sagen, wo du ihn abholen kannst, meinetwegen sogar mit dir da hinfahren. Oder sie wollten dich vom Berg schubsen, dann war es aber egal, wo der Hund versteckt ist."

"Sag bloß, du bist auch dem Charme des Kollegen

Valenta erlegen!"

"Stimmt, jedem einzelnen seiner hundertfünfzehn Kilo. Nur, warum sollte er überhaupt bei dieser Geschichte mitmachen? Der ist doch so reich verheiratet, da dürfte ihn das Geld kaum interessieren."

Ich bemerkte, Celine solle die menschliche Gier nicht unterschätzen. Warum sonst machte Valenta selbst von der Intensivstation aus noch seine Aktiengeschäfte? Und woher wollte sie wissen, ob er sich nicht kräftig verspekuliert hätte, längst pleite war?

"Außerdem, denke ich, tut er es für Schwester Renate. Und wenn das rauskommt, und seine Frau gibt ihm den Abschiedskuss, war er die längste Zeit reich verheiratet. Wenigstens beim aktuellen Stand auf dem Aktienmarkt kann er sich das mit Sicherheit nicht leisten."

Celine war nicht überzeugt.

"Trotzdem. Ich kann mir kaum vorstellen, dass Valenta nachts über deine Station schleicht und den Leuten die Infusionen abstellt oder die Tabletten wegnimmt. Da würde sich doch jeder fragen, was macht der fette Intensivarzt eigentlich auf Doktor Hoffmanns Station? Nein, das glaube ich nicht."

"Sondern?"

"Ich glaube, du solltest dir diese Akten noch einmal vornehmen und den Todeszeitpunkt dieser Patienten mit euren Dienstplänen vergleichen. Zum Beispiel, ob da immer dieselbe Schwester im Dienst war."

Eigentlich keine schlechte Idee, fand ich, aber was war mit meiner Valenta-ist-pleite-Theorie? Und wer lässt schon gerne an seinen Theorien herummäkeln? Schon gar nicht mit dem intellektuellen Nachteil einer Gehirnerschütterung, zumal, wenn die Kritik nicht unberechtigt scheint. Außerdem, wie wäre es mit etwas Mitgefühl? Ich gab ein leichtes Stöhnen von mir. Schließlich war ich schwer verletzt, gerade noch einmal mit dem Leben davongekommen.

"He, bist du sicher, dass deine Schmerzen nicht weh tun?"

"Es geht so – aber eigentlich möchte ich wieder schlafen."

Celine gab mir einen Kuß und verabschiedete sich. Tatsächlich fühlte ich mich durch das kurze Gespräch erschöpft und wollte wieder schlafen. Aber ich hatte die Augen keine fünf Minuten geschlossen, da stand wirklich der Erzengel Gabriel vor mir, die Stationsschwester der Aufwachstation.

"Raus aus den Federn, Doktor Hoffmann. Wir wollen doch keine Lungenembolie riskieren, oder?"

Die Zeiten des Krankenhauses als Stätte der Barmherzigkeit sind lange vorbei. Das Thema Lungenembolie war es allerdings nicht.

Es war zwei Nächte später, dass ich plötzlich unheimliche Schmerzen beim Luftholen bekam. Und zwar Schmerzen, die richtig weh taten.

"Könnt ihr euren Schmerzcocktail nicht etwas schneller laufen lassen? Ich glaube, die Lungendrainage kratzt am Rippenfell."

Ich hatte selbst eine Vermutung zur Ursache meiner Schmerzen geäußert. Großer Fehler, ich war zur Zeit Patient, nicht Arzt.

"Möglich", räumte der herbeigerufene Kollege ein. "Aber vielleicht haben wir ein oder zwei gebrochene Rippen übersehen?"

"Die haben sich drei Tage lang nicht gemeldet, und jetzt plötzlich tun sie weh?"

Nun hatte Patient Hoffmann auch noch widersprochen! Zur Strafe ab ins Röntgen! Widerspruch sinnlos, ich kam zu meinem ersten Ausflug für diese Nacht.

Natürlich waren im Röntgen gebrochene Rippen zu sehen, rechts, auf der Seite, mit der ich auf das Lenkrad geknallt war. Der Befund war bekannt. Die neuen Schmerzen hingegen schikanierten mich links. Aber meine Kollegen hatten inzwischen Zeit zum ruhigen Nachdenken gehabt, im Gegensatz zu mir tat ihnen ja auch nichts weh.

"Vielleicht ist es eine Lungenembolie!"

Ich mache den Kollegen keinen Vorwurf, denn bei jedem Symptom ist es wichtig, eine eventuell lebensgefährliche Ursache auszuschließen. Also lief bei ihnen folgende Denkkaskade: Hoffmann hat atemabhängige Schmerzen. Eine übersehene Rippenfraktur haben wir ausgeschlossen. Es kann die Lungendrainage sein, klar. Aber Kollege Hoffmann ist frisch operiert und liegt im Bett. Was fürchten wir da? Eine Lungenembolie. Und wie äußert sich eine Lungenembolie? In atemabhängigen Schmerzen. Und wie äußert sich eine unbehandelte Lungenembolie? Häufig im Tod des Patienten. Also nichts da mit einfach den Schmerztropf schneller stellen. Ab in die Nuklearmedizin zum Lungenszintigramm. Der Schmerztropf wurde zur Sicherheit abgestellt, damit der unbeobachtete Patient nicht selbst daran herum fummelt.

Das Vorgehen war total richtig, und im Prinzip ist ein Lungenszintigramm auch schnell gemacht. Aber natürlich griff jetzt Grundregel Nummer 2, mach bloß keinen Fehler, und erst recht nicht, wenn der Patient Kollege ist. Also meinte der diensthabende Kollege, er sei mehr Röntgenologe als Nuklearmediziner, und rief seinen Oberarzt zu Hause aus dem Bett. Und der ließ es sich nicht nehmen, für den Kollegen Hoffmann lieber selbst in die Klinik zu kommen. So dauerte die Aktion Lungenszintigramm, bei abgestelltem Schmerztropf, gute drei Stunden. Schließlich war es keine Lungenembolie, es war tatsächlich der Schlauch von meiner Lungendrainage, der bei inzwischen gut entfalteter Lunge am Rippenfell kratzte. Also wurde endlich der Schlauch etwas zurückgezogen, der Schmerztropf wieder angestellt, und es ward Morgen. Und ich wollte meinen Heilschlaf nachholen.

"Nix da, raus aus dem Bett. Wir wollen doch keine Lungenembolie riskieren!"

Wie gesagt, die Zeiten des Krankenhauses als Stätte der Barmherzigkeit sind lange vorbei.

Aus meinem Heilschlaf wäre ohnehin nichts geworden, es gab mal wieder Besuch.

"Hauptkommissar Czarnowske, Kriminalpolizei", stellte der sich mit traurigem Blick vor. Leichtes Schnaufen, tränende Augen. Hauptkommissar Czarnowske hatte offensichtlich keinen Parkplatz mehr auf dem Klinikgelände bekommen.

"In den Ermittlungen zu Ihrem Unfall haben ein paar Aspekte dazu geführt, dass wir von der Kripo eingeschaltet wurden. Sie verstehen, immerhin hat es zwei Tote gegeben."

Der Kommissar musterte mich, schien abzuwägen, ob der Tod wirklich den Richtigen verschont hatte.

"Die beiden Toten tun mir leid, natürlich. Aber alles, woran ich mich erinnere, habe ich bereits Ihren Kollegen gesagt."

"Ihnen ist also weiterhin nichts eingefallen?"

"So ist es. Und Sie wissen, dass das nicht ungewöhnlich ist."

Unnötige Verteidigung, ein klarer Fehler. Nicht noch einmal, Hoffmann!

Czarnowske hielt nach einem Platz für seine Kilos Umschau und ließ sich auf den unbequemen Holzstuhl für Besucher niederplumpsen. Dann holte er ein Notizbuch hervor, auch er hatte seinen Stift mit einer kleinen Schnur daran befestigt.

Vermutlich eine neue Dienstvorschrift.

"Das ist nicht ungewöhnlich, da haben Sie recht, Herr Doktor. Trotzdem, irgendwie habe ich Schwierigkeiten mit der Sache. Da fahren Sie bei Nacht und Nebel und Schnee in der märkischen Schweiz umher, und in derselben Nacht ist ausgerechnet Ihre ehemalige Mitarbeiterin Margitta Seeger auf derselben Landstraße unterwegs, rein zufällig, und ausgerechnet mit ihr sind Sie in einen Unfall verwickelt."

Kommissar Czarnowske hatte keine Frage gestellt, also halt die Klappe, Hoffmann. Keine ungefragte Antwort, kein Erklärungsversuch. Stumm nickte ich vor mich hin, sprachlos angesichts der unglaublichen Zufälle im wirklichen Leben da draußen. Der Kommissar sah ein, dass er schon mit einer direkten Frage kommen musste.

"Warum - wenn Sie sich daran erinnern können -, warum sind Sie an diesem Abend in die märkische Schweiz gefahren?"

"Um einen entsetzlich lästigen Hund aus verbrecherischer Entführerhand zu retten, der immer noch irgendwo festgehalten wird, verhungert, als Versuchstier gequält wird, was weiß ich."

Zur Sicherheit schaute ich Kommissar Czarnowske an, sein Gesicht drückte unverändert höfliches Warten auf eine Erklärung für meine Spazierfahrt aus. Ich hatte die Antwort wirklich nur gedacht. Wenn ich heute Nacht wenigstens geschlafen hätte!

"Nach einem schlimmen Tag in der Klinik brauchte ich einfach Abstand. Da bin ich in der Gegend herumgefahren, mache ich öfter. Reiner Zufall, dass ich in der märkischen Schweiz gelandet bin."

"Einfach so herumgefahren, ich verstehe." Der Kommissar nickte gedankenverloren vor sich hin. Plötzlich fixierte er mich wieder. "Bei Schneematsch? In einem Auto mit abgefahrenen Sommerreifen?"

Eben noch hatte er behauptet, er verstehe. Nun plötzlich verstand er nicht mehr. Dem Mann war ganz offensichtlich nicht zu trauen.

"Es gab keinen Schneematsch, als ich hier wegfuhr."

Der Polizist machte sich eine Notiz. Wahrscheinlich zur Erinnerung, dieses Detail zu überprüfen, diesen Arzt endlich einer falschen Aussage zu überführen. Er verlagerte sein Gewicht auf dem Holzstuhl, mit einem Seufzer leitete er die zweite Runde ein.

"Wissen Sie, Doktor Hoffmann, eines unserer Probleme ist folgendes: Wir suchen immer noch nach Angehörigen der beiden Toten. Leute, die informiert werden müssen, sich um die Beerdigung kümmern und so weiter. Ich dachte, vielleicht können Sie uns da weiterhelfen - wo Ihnen doch schließlich eingefallen ist, dass Sie Frau Seeger kannten."

Laß dich nicht provozieren!

"Ich habe das bereits Ihren Kollegen erklärt: Selbstverständlich kannte ich Schwester Margitta, hatte aber bis vorgestern keine Ahnung, dass sie mit Nachnamen Seeger hieß."

"Ja, natürlich. Und - wissen Sie, ob Frau Seeger, ich meine Schwester Margitta, Angehörige hatte?"

Langsam gewann ich einen gewissen Spaß an diesem Spiel. Hatte der Kommissar noch ein Aß im Ärmel, oder stocherte er nur blind herum?

"Soweit mir bekannt ist, war sie mal verheiratet."

"Ja, das ist wohl so. Sie war geschieden. Wissen Sie von anderen Angehörigen?"

Bedauernd hob ich die Schultern. Kalte, unbarmherzige Leistungsgesellschaft – man weiß einfach viel zu wenig über die Menschen, mit denen man Seite an Seite arbeitet!

"Sagt Ihnen der Name Manfred Marske etwas?"

Vorsicht, Hoffmann!

"Sollte er?"

"Manfred Marske war der zweite Tote in jenem Maisfeld, der Bruder von Frau Seeger. Aber den kannten Sie natürlich auch nicht!"

Als ich nur den Kopf schütteln konnte, senkte der Kommissar seinen Blick gen Boden, als hätte er selbst gerade einen nahen Verwandten verloren, an den sich nun außer ihm niemand mehr erinnern wollte. Oder er trauerte wegen der schlechten Zeiten, in denen man als Kriminalpolizist ohne Daumenschrauben und andere bewährte Erinnerungshilfen auskommen musste.

"Dann können Sie mir sicher auch nicht erklären, Doktor Hoffmann, wie Ihr Name in die Kartei von Herrn Marske kommt?"

Schon unsere Eltern haben uns das Problem erklärt: Eine Lüge bedingt die folgende. Aber, was man dann bald selbst herausfindet: Auch eine Wahrheit führt leicht zur nächsten. So schnell ließ ich mich nicht in die Ecke drängen.

"Mein Name in seiner Kartei? Sie meinen Hoffmann? Schauen Sie mal ins Telefonbuch, Herr Kommissar, wie viele

Hoffmanns es in Berlin gibt. Sogar Doktor Hoffmanns dürfte es über hundert geben."

Der Polizist nickte, legte mir dann etwas auf mein Bett. Noch bevor ich es anschaute, wusste ich, was es war: die Fotokopie jenes Formulars, das Marske und ich kurz nach Neujahr ausgefüllt hatten, komplett mit Namen, Adresse, Beruf, Wohnungswunsch von Doktor Hoffmann und seiner kleinen Tochter. Kommissar Czarnowske erhob sich.

"Das können Sie behalten, als Erinnerungshilfe sozusagen. Ihre Kollegen haben mir erklärt, dass Sie noch unter Medikamenten stehen. Ich werde mich wieder melden, wenn es Ihnen besser geht. Bestimmt kehrt dann auch Ihr Gedächtnis zurück."

In der Tür wünschte er mir noch gute Besserung, dann war er verschwunden.

Es gab keine Karten auszuzählen, keinen Punktestand zu vergleichen. Trotzdem hatte ich das sichere Gefühl, dass diese Runde an Czarnowske gegangen war. An Schlafen war nun sowieso nicht mehr zu denken, also verordnete ich mir wenigstens eine gründliche Massage. Das hatte ich mir verdient, außerdem war bekannt, dass auf der Aufwachstation eine sehr attraktive Physiotherapeutin arbeitete.

Als sich dieses hübsche Mädchen dann professionell meinen Oberschenkel heraufarbeitete, klärte sich wenigstens, dass diese Gegend den Unfall unversehrt überstanden hatte. Damit diese erfreuliche Tatsache nicht noch offensichtlicher wurde, bedurfte es einer intellektuellen Ablenkung. "Stadt, Land, Fluß" stellte sich dafür als ebenso wenig effektiv heraus wie Kopfrechnen, also beschäftigte ich mich mit den eigentlichen Ursachen für meinen Krankenhausaufenthalt. Mir fiel Celines Rat ein, den Todeszeitpunkt meiner Toten mit den Dienstplänen zu vergleichen. Ich zog das Telefon neben der Massageliege zu mir heran und rief Beate wegen der Akten an.

"Natürlich kannst du die Akten haben, Felix. Ich höre, an Zeit fehlt es dir im Moment nicht. Hast du denn deine Krimis schon ausgelesen?"

"Ich habe das Gefühl, die Akten könnten spannender sein."

"Immer im Dienst, was? Also, wie du willst. Die Akten müssen allerdings noch irgendwo bei Valenta herumschwirren. Bestell ihm von mir, er soll sie dir geben. Und dir alles Gute - und sieh zu, dass du uns mit deiner Behandlung nicht zu hohe Kosten machst."

Lachend legte Beate auf. Ich erzählte ihr lieber nicht, dass ich mir gerade eine Massage verschrieben hatte, wahrscheinlich hätte sie sofort den Konkursantrag für die Klinik gestellt. Während sich die Physiotherapeutin jetzt mit meiner Unterbauchmuskulatur beschäftigte, versuchte sie zu ignorieren, dass mein Ablenkungsversuch nicht ganz erfolgreich gewesen war. Ich drehte mich auf den Bauch, bot ihr meinen unverfänglichen Rücken und rief Valenta an.

"Mein Gott, Felix! Kannst du nicht einmal Ruhe geben und einfach ein braver Patient sein? Was willst du denn jetzt noch mit diesen Akten?"

Valenta zählte zur Zeit nicht zu meinen Lieblingskollegen, entsprechend unfreundlich fiel meine Antwort aus.

"Das geht dich einen feuchten Kehricht an, mein Lieber. Bring sie mir einfach auf die Aufwachstation oder, besser, schicke jemanden mit den Akten rüber."

"Von mir aus kannst du dich mit diesen Akten begraben lassen. Aber du musst sie dir von Beate holen, wo ich sie abgegeben habe. Ich habe deine blöden Akten nicht mehr."

Mit dem Begrabenlassen hoffte ich Valenta auch weiterhin zu enttäuschen, aber dass die Akten inzwischen verschwunden waren, hätte ich mir eigentlich denken können. Mit dieser Erkenntnis hatte offensichtlich sogar mein Kleinhirn ausreichend Beschäftigung, und ich konnte mich ohne Erregung öffentlichen Ärgernisses wieder auf den Rücken legen.

15

Nachdem man mich bei den Kollegen Chirurgen zwar nett massierte, mir aber offenbar nicht meinen Heilschlaf gönnte, begab ich mich schließlich doch in die Obhut meiner internistischen Abteilung. Das war eigentlich ungerecht, denn auf der Inneren wäre die Sache mit meinen nächtlichen Schmerzen nicht anders gelaufen, aber der Mensch besteht nun einmal zu 67,3 Prozent aus Vorurteilen.

Außerdem war ich wirklich kein Fall mehr für die Aufwachstation, und bis auf gelegentliche Verbandswechsel und ab und zu eine Röntgen-Kontrolle der frisch verschraubten Knochen auch kaum noch ein chirurgischer Fall. Wenn schon Patient in der eigenen Klinik, beschloss ich, die Sache perfekt zu machen, und verlegte mich auf meine eigene Station.

Zu Schwester Käthe hatte ich Vertrauen, unsere Zusammenarbeit beruhte auf über Jahre gewachsenem gegenseitigem Respekt, dem die Tatsache, von ihr als Krankenschwester betreut zu werden, keinen Abbruch tun würde. Außerdem waren die Tage meiner Regression in den Wer-setzt-mich-bitte-auf-den-Topf-Status vorüber, mit einer Gehhilfe und entsprechendem Zeitaufwand konnte ich meine dringendsten Bedürfnisse inzwischen alleine managen, nur zum Anziehen brauchte ich noch Hilfe.

Doktor Hoffmann als Patient auf der eigenen Station brachte allen Beteiligten praktische Vorteile. Die Finanzlage der Humana-Klinik war nach wie vor angespannt, demgemäß auch ihre Personaldecke. Mein Ausfall musste durch die ohnehin stark belasteten Kollegen aufgefangen werden, natürlich ohne Bezahlung. Da ich nicht mehr bettlägerig war und die Betreuung meiner Station eher geistige als körperliche Fitness verlangte und weil es auch kaum etwas langweiligeres gibt, als in einem Krankenhausbett herumzuliegen, kam ich fünf Tage nach meiner Flugreise Landstraße/Maisfeld in einer Doppelfunktion auf meine Station: Als abrechenbarer Patient und als kostengünstiger Stationsarzt.

Jeden Morgen pünktlich um neun Uhr klemmte Schwester Käthe mit ein paar Kocherklemmen meine Drainagen ab und rollte mir den Gehwagen ans Bett, dann starteten wir unsere Visite. Hinsichtlich der Kleiderordnung wählten wir einen Mittelweg - den Patienten dürfte der Schlafanzug unter meinem Arztkittel kaum aufgefallen sein.

Nach ein paar Tagen fühlte ich mich kräftig genug, das

Laufgestell gegen ein paar Krücken auszutauschen und am Nachmittag eine kleine Wanderung rüber auf die Intensivstation zu machen. Wie erwartet, schwitzte Kollege Valenta in seinem Dienstzimmer im Internet über den aktuellen Börsenkursen.

"Na, sieh mal da, Doktor Felix! Von den Toten auferstanden?"

"Wie du siehst. Enttäuscht?"

"Ich war nur über deinen Mut erstaunt, dich nach der OP weiter auf der Aufwachstation behandeln zu lassen."

"Vielleicht war ich einfach nicht mutig genug, mich von dir behandeln zu lassen."

"Ha, ha."

Bisher lief unser Gespräch noch als normale Anmache unter Kollegen. Valenta stieg aus seinem Börsenprogramm aus und wandte sich mir zu.

"Was kann ich für dich tun? Willst du hier auch tarifneutral mithelfen?"

"Will ich nicht. Aber du kannst etwas für mich tun. Bring mir morgen einfach meinen Hund mit."

Valenta schaute auf. Er grinste, als mache ich einen Scherz, dessen Pointe er noch nicht mitbekam.

"Was für einen Hund?"

"Den Hund, den Margitta und ihr Bruder bei dir untergebracht haben."

"Was denn für eine Margitta?"

"Die Margitta, von der ich dir neulich erzählt habe, kurz bevor mein Hund entführt wurde. Die Margitta, die zusammen mit ihrem Bruder versucht hat, mich auf dem Weg in die märkische Schweiz umzubringen."

Erst grinste Valenta weiter, aber bald verlor sich sein Grinsen.

"Hast du irgendwelche Beweise?"

"Genug. Und was dich angeht: Wir waren auf dem Weg zu deinem Ferienhaus in der märkischen Schweiz, das ist mal klar. Zweitens hängt das geheimnisvolle Alibi für Schwester Renate allein an dir. Und drittens können wir uns ja hier einmal nach den verschwundenen Akten von meinen Toten umschauen, in denen du so rein gar nichts Auffälliges gefunden hast."

"Ich habe dir schon am Telefon gesagt, dass ich diese Akten nicht mehr habe."

"Stimmt. Aber das glaube ich dir nicht. Ich glaube, dass du diese Akten hier irgendwo versteckt hast. Oder sind sie bereits endgültig entsorgt?"

Valenta erhob sich mit seinen ganzen hundertfünfzehn Kilo und stützte sich am Schreibtisch ab. Sein Kopf war tiefrot angelaufen, seinen Blutdruck schätzte ich aktuell auf über zweihundert.

"Sag mal, du meinst das wirklich ernst, wie?"

"Stimmt, mein Lieber. Du allerdings auch. Warum hättest du sonst versucht, mich noch schnell vor meiner Operation mit der Prämedikation umzubringen?"

Mit schweren Schritten kam er auf mich zu. Zu spät erkannte ich meinen Fehler – ich hatte ihn in die Enge getrieben, ihm keinen Ausweg gelassen, und ich war mit ihm alleine. Er stand jetzt zwischen mir und der Tür. Trotzdem, ohne Krücken und Gips hätte ich vielleicht eine Chance gehabt. Nun hatte nicht einmal Schreien einen Zweck. Um dem Doktor ein wenig Ruhe zu gönnen, sind die Wände und die Tür des Dienstzimmers auf der Intensivstation schallisoliert.

Keine Chance? Blödsinn! Schließlich verfügte ich über eine potentiell tödliche Waffe - meine Krücke! Wenigstens zur Verteidigung sollte sie ausreichen. Ich holte aus - und wie eine gefällte Eiche stürzte Valenta auf den Boden. Eine Woche nach OP im Prinzip kein schlechtes Resultat, wenn man davon absah, dass ich noch beim Ausholen war. Inklusive Gipsbein kroch ich über den Boden und schaffte es, Valenta auf den Rücken zu drehen. Ein schwaches Röcheln, aber kein Puls mehr.

Na, toll! Ich hatte Valenta in einen Herzinfarkt getrieben, er war jetzt wahrscheinlich im Kammerflimmern und, wenn ich nichts unternahm, in wenigen Minuten Hirntod. Ich begann die Herzmassage. Das alles geschah direkt auf einer komplett ausgestatteten Intensivstation, doch statt in diesem schallisolierten Dienstzimmer hätten wir ebenso gut auf einer einsamen Südseeinsel sein können. Kurz unterbrach ich die Herzmassage, warf meine Krücke und traf sogar die Tür, aber auf einer Intensivstation poltert es andauernd irgendwo, niemand kümmerte sich darum.

Also brachte ich mein Gipsbein in eine etwas günstigere Lage und pumpte mir auf Valentas Brustkorb die Seele aus dem Leib. Einen Moment meinte ich, einen Puls zu tasten, aber dann war er auch gleich wieder weg. Was ich wirklich dringend brauchte war ein Defibrillator.

"Doktor Valenta! Die Feuerwehr ist mit einem Neuzugang unterwegs!"

Das war meine Rettung oder, besser, Valentas Rettung. Die Aufforderung zu medizinischer Tätigkeit war zwar über die

Gegensprechanlage gekommen, und ich hatte keine Möglichkeit, Valentas Brustkorb zu massieren und gleichzeitig den Sprechknopf zu erreichen. Aber glücklicherweise schätzen Schwestern trödelnde Doktors nicht besonders, und es dauerte weniger als eine Minute, bis die Tür aufging.

"Doktor, nun kommen Sie endlich."

Jetzt ging alles sehr schnell. In Nullkommanichts war Valenta defibrilliert und beatmet, innerhalb einer halben Stunde lag er auf dem Herzkathetertisch, und weitere zehn Minuten später war seine rechte Herzkranzarterie wieder offen und mit einem wunderbaren Stent versorgt. Ein paar Tage später zeigte der Ultraschall, dass der Herzmuskel die Sache ohne Schaden überstanden hatte. Glück gehabt.

Trotzdem hatte ich ein schlechtes Gewissen. Sicher, Valenta erfüllte auch ohne mein Zutun das komplette Risikoprofil für einen Herzinfarkt: hundertfünfzehn Kilo, Cholesterin am oberen Anschlag, kaum behandelter Hochdruck, zwei Packungen Camel am Tag. Nur, da gab es keine Zweifel, den endgültigen Auslöser hatte ich geliefert. Schlimm genug, falls ich mit meinen Anschuldigungen Recht haben sollte, und doppelt schlimm, hätte ich mich geirrt. Nur, das hatte ich nicht, da war ich ziemlich sicher.

Gleichwohl humpelte ich mit einem unguten Gefühl meiner Schuld spät am Abend zum Krankenbesuch rüber auf die Intensivstation. Doch ich hatte Glück, Valenta war noch voll durch den Wind. Er flog zwar nicht wie neulich mein Patient Winter mit einem Luftwaffenbomber über London, dafür saß er aufrecht im Bett und gab, wie im richtigen Leben, in seinem dröhnenden Baß jede Menge todsichere Börsentips. Schade nur, dass seine Mitpatienten davon keinen Gebrauch machen konnten, wurden sie doch beatmet, schliefen tief im Heilkoma oder in einem anderen Zustand fehlenden Bewusstseins. Schade, denn sicher sind Aktienprognosen von bewusstseinsgestörten Intensivpatienten nicht weniger zuverlässig als von den hochdotierten Analysten bei meiner Bank.

Als ich mir zwei Tage später erneut meine Krücken zum Besuch auf der Intensivstation griff, bekam ich eine weitere Gnadenfrist – an Valentas Bett saß meine Verdächtige Nummer eins, Schwester Renate. Ich zog mich diskret zurück, jedoch zu spät, Renate hatte mich gesehen und folgte mir.

"Nur zu deiner Information, Felix. Valenta hat sein Ferienhaus schon vor über einem Jahr verkauft."

Das nächste Mal sah ich Schwester Renate am folgenden Tag nach der Visite, und zwar im trauten Zwiegespräch mit einem alten Bekannten: Hauptkommissar Czarnowske. War es ihm noch vor mir gelungen, sie zu überführen? Würden gleich die Handschellen klicken?

Nichts dergleichen geschah. Czarnowske bedankte sich höflich bei Renate – wofür, hätte mich sehr interessiert –und kam mir entgegen.

"Freut mich, Sie wieder auf den Beinen zu sehen", kurzer Blick auf meine Krücken, "mehr oder weniger. Sie sind also wieder im Dienst, höre ich. Das ist sicher auch für Ihre Patienten von Vorteil. Haben Sie einen Moment Zeit?"

Hatte ich nicht, aber noch weniger Lust, dass er mich zu Hause bei Futurama oder den Simpsons störte.

"Machen Sie es kurz. Wir können für ein paar Minuten in mein Zimmer gehen."

Das gab mir Heimvorteil. Ich mit ärztlicher Autorität hinter meinem Schreibtisch, er auch heute wieder auf einem unbequemen Besucherstuhl, der zu neugierige Angehörige meiner Patienten daran erinnern sollte, sich kurz zu fassen. Als zusätzlicher Bonus schien ihm die tiefstehende Aprilsonne direkt ins Gesicht.

Sonst das gleiche Ritual wie neulich, umständlich kramte er nach dem Notizbuch mit angebundenem Stift, dann war er bereit.

"Was mich neben Ihrem schlechten Gedächtnis noch interessieren würde, Doktor Hoffmann: Haben Sie sich schon entschieden, welchem Hauspflegedienst Sie in Zukunft Ihre Patienten anvertrauen werden? Jetzt, wo Frau Seeger tot ist?"

Noch war unklar, worauf er hinaus wollte.

"Die Frage hat sich bisher nicht gestellt. Aber mit Einführung der Pflegeversicherung sind diese Hauspflegedienste wie Pilze aus dem Boden geschossen, scheint ein ganz lukratives Geschäft zu sein. Ich sehe da keine Probleme."

Czarnowske nickte zustimmend.

"Das habe ich auch gehört. Um so mehr wundert es mich, dass Sie Ihre Patienten fast ausschließlich an den Hauspflegedienst Süd vermittelt haben sollen."

Schönen Dank, Schwester Renate! Nur gut, dass ich gestern wenigstens den Stapel mit Margittas Faltblättern von meinem Schreibtisch entsorgt hatte.

Der Kommissar schaute mich erwartungsvoll an, ich

schaute ruhig zurück. Auch heute würde ich nur auf direkte Fragen antworten. Es dauerte einen Moment, bis er das kapiert hatte.

"Stimmt das?"

"Stimmt was?"

"Dass Ihre Patienten fast immer vom Hauspflegedienst Süd weiterbehandelt wurden."

"Nein."

"Nein?"

"Nein. Manche brauchen keinen Hauspflegedienst. Bei denen reicht der fahrbare Mittagstisch, oder sie sind sowieso in einem Altersheim."

Mein neuer Freund konnte eine gewisse Ungeduld nicht unterdrücken.

"Ich spreche natürlich von den Patienten, bei denen Hauspflege notwendig ist. Also, noch einmal: Haben Sie diese Patienten fast immer an den Hauspflegedienst von Frau Seeger vermittelt?"

"Ja."

Nach dem warum hatte er nicht gefragt, oder? Beidseitige Pause.

"Und darf man fragen, warum? Wo es doch, wie Sie selbst zugeben, eine ganze Reihe von Alternativen gibt?"

Die korrekte Antwort wäre "ja" oder "nein" gewesen, aber ich wollte die Sache nicht übertreiben.

"Margittas Hauspflegedienst war einer der ersten Anbieter. Außerdem liegt es doch auf der Hand, dass Sie jemandem vertrauen, für dessen gute Ausbildung Sie selbst garantieren können. Und natürlich habe ich auch gerne eine ehemalige Mitarbeiterin unterstützt."

Kommissar Czarnowske kritzelte fleißig in sein Notizbuch. Notierte er sich tatsächlich meine Antworten, oder malte er Männchen? Schließlich rückte er mit seiner eigentlichen Frage heraus.

"Wissen Sie, nicht nur ich frage mich, ob es da vielleicht Absprachen gab zwischen Ihnen und Frau Seeger. Ich meine, hat sie sich für Ihre Bemühungen um ihren wirtschaftlichen Erfolg erkenntlich gezeigt?"

"Nein."

Richtig - warum eigentlich nicht?

"Da sind Sie sicher?"

"Hören Sie, Margitta betrieb einfach einen guten Hauspflegedienst. Die haben zuverlässig gearbeitet, es kamen nie

Beschwerden. Sonst hätte ich denen doch nicht sogar meine eigene Tante anvertraut!"

Ein Blick ins Notizbuch.

"Die Frau Hilde Hoffmann meinen Sie?"

Nur auf Fragen antworten! Ich selbst hatte Tante Hilde ins Spiel gebracht, vollkommen unnötig. Es zeigte sich aber gleich, dass Czarnowske ohnehin gründlich recherchiert hatte.

"Ja, das ist auch so ein Punkt, den ich nicht verstehe." Wieder der traurige Blick und blättern im Notizbuch. "Da haben Sie also eine kranke Tante, die natürlich auch vom Hauspflegedienst Süd betreut wird. Eines Tages ist die Tante plötzlich tot, Sie selbst finden die Leiche, keine Zeugen. Und dann setzen Sie Himmel und Hölle in Bewegung, um eine gerichtsmedizinische Klärung zu verhindern. Sie streiten sich darüber mit dem Polizeiarzt, rufen mindestens dreimal den Staatsanwalt an, ist doch komisch. Zumal bei einem Arzt."

Ich sagte es nicht, aber ich musste ihm recht geben. Zumal er noch ein Aß aus dem Ärmel zog.

"Und als ob das nicht schon eigenartig genug wäre, finden wir schließlich noch Namen und Adresse Ihrer Frau Tante in einer Kartei beim Immobilienmakler Marske. Genau wie Ihren! Können Sie mir das erklären?"

Im Gegensatz zu mir hatte der gute Kommissar Czarnowske den Link in die Klinik schon gefunden. Leider den falschen und, noch bedauerlicher, ausgerechnet mich. Mir schien nur ein realistischer Ausweg: Ich musste ihm so schnell wie möglich den richtigen Kandidaten präsentieren. Einen Moment fürchtete ich, dass ich dazu keine Gelegenheit mehr bekommen würde und gleich in Handschellen durch die Klinik humpeln würde. Aber angesichts meines Gipsbeins sah der Kommissar wohl keine akute Fluchtgefahr, er beließ es bei der bekannten Frage.

"Haben Sie vor, in nächster Zeit zu verreisen?"

Dann zog er ab, aber, wie das unter guten Freunden üblich ist, auch heute wieder mit der Versicherung, dass wir uns bald wiedersehen würden. Damit war der Wettlauf endgültig eröffnet, mit ungerechter Verteilung der Chancen, schien mir: Kommissar Czarnowske stand ein kompletter Polizeiapparat zur Verfügung, mir nur meine Krücken.

Langsam bekam dieses abgegriffene Bild von der Schlinge, die sich stetig enger zieht, für mich eine reale Bedeutung, zumal mir der Punkt erreicht schien, an dem ich selbst durch ein lückenloses

"Geständnis" den Kopf nicht mehr aus dieser Schlinge herausbekäme. Selbst ein Staranwalt würde mir dringend raten, eine bessere Geschichte zu erfinden.

Wer oder was könnte mich noch retten? Trotz intensivem Überlegen fiel mir nur Trixi ein, aber immerhin: Fände ich endlich Trixi, beziehungsweise die Person, die Trixi gefangen hält, hätte ich auch den IM an der Klinik gefunden. Vielleicht wäre Kommissar Czarnowske dann zwar enttäuscht, hätte lieber mich hinter Schloß und Riegel gesehen, aber damit würde er leben müssen.

Also gut: Es gab keinen wirklichen Grund, an Renates Bemerkung über Valentas Ferienhaus zu zweifeln, die Sache ließe sich leicht überprüfen. Aber, fragte ich mich, warum sollte eigentlich nicht Renate den Hund gefangen halten? Es gab eine gute Möglichkeit, das herauszufinden.

Im Augenblick wurde die Abendmedikation zusammengestellt, und Celine würde erst in einer halben Stunde zu Besuch kommen. Keine Schwester trieb sich im Aufenthaltsraum herum, unbeobachtet konnte ich mir den Schlüssel für ihren Umkleideraum ausborgen. Aus ein paar Wochen Erfahrung mit Trixi wusste ich inzwischen über die Penetranz von Hundehaaren Bescheid – es gibt keinen Hundehalter, der sie nicht an seinen Klamotten herumschleppt. Wenn meine Vermutung über Trixis Gefangenschaft bei Renate stimmte, müsste ihr schwarzer Wintermantel sie verraten.

Ich hatte Renates Spind noch nicht gefunden, als sich Schritte näherten. Gerade noch rechtzeitig konnte ich mich hinter dem Vorhang verstecken, der den Sack mit der Schmutzwäsche verbarg.

Die Geräusche waren eindeutig, eine Schwester betrat den Raum und zog sich um. Als sogenannte Rüstzeit von fünfzehn Minuten täglich gehört das Wechseln von Alltagskleidung in Schwesternkittel und zurück zu ihrer offiziellen Arbeitszeit. Plötzlich wurde der Vorhang aufgezogen, in Schlüpfer und BH stand Renate vor mir, in der Hand ihren gebrauchten Kittel für die Schmutzwäsche.

"Sieh mal an! Unser Doktor Hoffmann zu Besuch in unserem bescheidenen Umkleideraum!" Aggressiv schob Renate mir ihre Brust ziemlich dicht vor die Nase. "Ist es das, was du sehen wolltest?" Und, nach einer kleinen Pirouette: "Oder noch einmal von hinten? Ich weiß ja leider nicht, wie du es gerne hast!"

Mein Gott, das war schlimmer, als in der U-Bahn mit offenem Hosenschlitz erwischt zu werden!

"Es ist nicht so, wie du denkst ...", stammelte ich hilflos.

"So?" Renate schlüpfte in ein paar knackige Jeans und ein enges Top. "Du meinst, es ist nicht so, dass dir unsere Omis im Flügelhemdchen nicht mehr sexy genug sind? Was suchst du dann hier? Wolltest du an unsere Portemonnaies? Ich darf dir sagen, das lohnt sich nicht."

Renate hatte sich inzwischen fertig angezogen, inklusive ihrem schwarzen Mantel. Auf die Entfernung konnte ich keine Hundehaar entdecken, näher heran wollte ich im Moment weiß Gott nicht. Wir traten gemeinsam auf den Gang, und klar doch: Vor uns stand Celine. Renate warf mir einen amüsierten Blick zu, rief fröhlich "Ablösung!" und verschwand.

"Mann, o Mann!"

Celine wandte sich um in Richtung Ausgang, ich stolperte mit Gipsbein und Krücke hinterher. Immerhin gestattete sie mir, sie einzuholen. Erneut sagte ich meinen Spruch auf.

"Es ist nicht so, wie du denkst ..."

"Dann laß dir sehr schnell eine sehr gute Erklärung einfallen."

Also erklärte ich ihr meinen Ausflug in den Schwesternumkleideraum.

"Das Beweisstück, dass nichts passiert ist, habe ich übrigens bei mir, in meiner Hose. Möchtest du dich überzeugen?"

Ich hatte Celine zum Lachen bekommen – fast schon gewonnen! Sie riskierte einen kurzen Blick in Richtung meines Schritts.

"Vielleicht komme ich darauf zurück."

"Allzeit Ihr gehorsamer Diener!"

Wir gingen in mein Arztzimmer, konzentrierten uns aber vorerst auf das Problem Trixi.

"Ich glaube nicht, dass Renate den Hund hat", meinte Celine. "Sie ist nicht der Typ, schon wegen der Hundehaare. Denk doch mal nach: Was hast du damals als erstes versucht, als du Trixi am Hals hattest?"

Richtig, ich hatte es bei ein paar Tierpensionen versucht. Celine holte das Telefonbuch, unverändert gab es gut zwanzig Tierpensionen in Berlin und der näheren Umgebung. "Ich verstehe nicht ganz. Sie haben ihren Hund in Pension gegeben und wissen nicht mehr, wo?"

Krampfhaft suchte ich nach einer plausiblen Erklärung, aber der Mann am anderen Ende der Leitung schien einiges gewohnt zu sein.

"Seit wann soll er denn bei uns sein, Ihr Hund?"

Ich folgte dem alten Rezept: Wenn du lügen musst, hangele dich möglichst dicht an der Wahrheit entlang.

"Es ist nicht mein Hund, er gehörte meiner Tante. Sie hat ihn in Pflege gegeben, weil sie ins Krankenhaus musste."

"Und sie weiß nicht mehr, wo?"

"Meine Tante ist inzwischen tot."

"Das tut mir leid, mein aufrichtiges Beileid. Wie hieß denn ihre Frau Tante? Ich meine, wir notieren natürlich auch die Namen unserer Kunden."

"Meine Tante hieß Hoffmann, Hilde Hoffmann. Aber sie war häufig verwirrt. Kann gut sein, dass sie einen anderen Namen angegeben hat. Zum Beispiel Seeger oder Marske. Die hat sie oft benutzt. Waren wohl Freundinnen aus der Jugendzeit."

Bei der nächsten Tierpension hatte ich meine Geschichte schon etwas verfeinert und sie hörte sich nicht mehr ganz so abwegig an, aber Trixi fanden wir trotzdem nicht.

Celine klappte das Telefonbuch zu.

"Du bist durch, wenn wir nicht noch das ganze Umland abtelefonieren wollen. Nur, ich weiß nicht, Felix. Deine Bemühungen um Trixi in Ehren, aber was nutzt es dir, wenn wir den Hund nicht bei Valenta oder Renate oder sonst wem finden, sondern tatsächlich in einer Tierpension? Meinst du, Trixi könnte dir verraten, wer sie dort abgegeben hat?"

Meinte sie wirklich, ich sollte aufgeben?

"Ich will das ja nicht mit deinen Kurden vergleichen, aber fest steht, ich fühle mich verantwortlich für diesen Hund. Und es gibt doch immer Papierkram. Vielleicht hat unser Täter, in welchem Tierheim auch immer, mit richtigem Namen unterschrieben oder zum Beispiel mit Kreditkarte bezahlt."

"Na, ich weiß nicht ..."

"Celine, die Sache wird langsam eng für mich. Ein, zwei weitere Indizien, und selbst ein Staranwalt würde höchstens noch auf verminderte Schuldfähigkeit plädieren oder über die Anzahl meiner Jahre im Knast verhandeln."

Ich hatte Celine bis jetzt nichts von Kommissar Czarnowskes neuem Besuch erzählt. Gespannt hörte sie mir zu.

"Das hört sich wirklich nicht gut an. Da werde ich wohl bald einen großen Kuchen für eine große Feile backen müssen!"

"Ich glaube, wenigsten um ein Teilgeständnis komme ich nicht herum. Ich kann doch ruhig zugeben, dass ich über Marske eine neue Wohnung gesucht habe. Da wusste ich doch tatsächlich nicht, dass er der Bruder von Margitta war!"

Wahrscheinlich, weil ihre Backkünste in etwa ihren

Kochkünsten entsprechen, widersprach Celine vehement.

"Bist du wahnsinnig? Dieser Kommissar ist vielleicht nicht besonders scharfsinnig, aber ganz offensichtlich sehr gründlich. Wie lange also, meinst du, würde er brauchen, um herauszufinden, dass ihr ausgerechnet Winters Wohnung besichtigt habt? Ne, bleib um Gottes Willen bei deiner posttraumatischen Amnesie!"

Ziemlich intensiv arbeitete Celine an ihrem rechten Ohrläppchen, das bekannte Zeichen. Ich schöpfte neue Hoffnung und störte sie nicht bei ihren weiteren Überlegungen.

"Nehmen wir mal an, Trixi war bei diesem Immobilien-Manfred versteckt. Was macht die Polizei mit einem Hund, wenn sein Besitzer tot ist?"

Klar, uns blieb noch das städtische Tierheim. Egal, ob die Polizei Trixi dort abgegeben hätte oder unser Täter selbst, müssten die uns sagen können, woher sie den Hund hatten. Gleich morgen würden wir dem Tierheim einen Besuch abstatten. Ich war etwas beruhigt, es gab ein neues Ziel.

Auch auf der Station war langsam Ruhe eingekehrt. Die meisten meiner Patienten sahen wahrscheinlich fern oder saßen zumindest vor dem Gerät. Für sie ging ein weiterer Tag zwischen Warten auf den Tod und Festhalten am Leben zu Ende. Celine erhob sich, ihr schelmisches Lächeln im Gesicht.

"Und nun, Doktor Hoffmann, darf ich vielleicht jetzt ihr Beweisstück sehen? Oder lieber wieder im Umkleideraum?"

Ich schloß die Tür zum Arztzimmer ab. Es ist bemerkenswert, wie wenig hinderlich ein Gipsbein nicht nur bei einer ordentlichen Herzmassage sein kann!

Am nächsten Morgen, einem Samstag, genoss ich zum letzten Mal den Frühstück-ans-Bett-Service meiner Station. Die Beweisaufnahme gestern Abend durch Celine hatte mir die wiedererlangte volle Einsatzfähigkeit bestätigt, also ordnete Doktor Hoffmann die Entlassung des Patienten Doktor Hoffmann aus der stationären Behandlung an. Sicher zur Freude der Abteilung Lohnbuchhaltung, die es trotz der angespannten Finanzlage unserer Klinik zur bürokratischen Verzweiflung trieb, ob sie mich als erkrankten Mitarbeiter mit Anspruch auf Lohnfortzahlung oder tätigen Stationsarzt führen sollten. Ab Montag wäre ich nur noch der Stationsarzt Doktor Hoffmann.

Ich packte meine Patientenausrüstung inklusive Bademantel und linkem Badelatschen zusammen und machte noch schnell eine kurze Wochenendvisite, dann holte mich Celine mit ihrem Auto ab.

Vor unserem traditionellen Samstagssturm auf die Fressabteilung im KaDeWe nahmen wir Kurs auf Lankwitz, einen Vorort im Süden Berlins. So lange wir beide denken konnten, war der Begriff "Lankwitz" synonym für das städtische Tierheim dort, ebenso wie "Wittenau" für die städtische Nervenklinik.

Nach einigem Suchen fanden wir sogar die Adresse, Dessauer Straße, aber kein städtisches Tierheim. "Wir sind umgezogen", verkündete ein Pappschild am Zaun, "das städtische Tierheim befindet sich jetzt im Hausvaterweg 39 in 13057 Berlin."

Während wir uns im wiedervereinigten Berlin unverändert den Luxus von drei staatlichen Opernhäusern, zwei zoologischen Gärten und zwei medizinischen Fakultäten leisten, hatte man nach über zehn Jahren wenigstens die beiden Tierheime zusammengelegt. Prima. Nur, wer bitte kann einem Westberliner sagen, wo "13057 Berlin" ist?

Getreu ihrer Überzeugung, sie kenne sich aus in Berlin, befindet sich kein Stadtplan in Celines Auto. Ein gelangweilter Taxifahrer meinte, na, klar wisse er, wo der Hausvaterweg wäre, aber sei er Taxifahrer oder die Auskunft? Schließlich fanden wir "13057 Berlin" auf dem Stadtplan in einem kleinen Buchladen.

Hinter der Postleitzahl 13057 verbarg sich der Bezirk Hohenschönhausen, weit im Norden Berlins, ehemals Ostberlin. Nachdem ich mir den Weg eingeprägt hatte, versuchte ich, den Stadtplan wieder ordentlich zusammenzufalten, um ihn zurück an seinen engen Platz in den Ständer zu bekommen. Die korrekte Faltung von Stadtplänen ist allerdings nicht so einfach, wird wahrscheinlich von Spezialisten in Japan ausgetüftelt. Diskret schaute ich mich um. Der Laden sah zwar aus, als hätte er schon länger keine Kunden mehr gesehen, aber auch mir war nach der Pleite in Lankwitz und nach dem freundlichen Taxifahrer nicht nach der politisch korrekten Unterstützung von Kleinunternehmern. Beste Wünsche des Ladenbesitzers begleiteten uns deshalb nach 13057 Berlin, erneut einmal quer durch die Stadt. Aber schließlich ging es um Trixi, meine letzte Zeugin. Als wir uns endlich nach Hohenschönhausen in den Hausvaterweg durchgearbeitet hatten, war es kurz nach zwei. Wieder begrüßte uns ein Pappschild: "Am Wochenende nach 14 Uhr nur Notfälle". Eine schnarrende Stimme an der Gegensprechanlage entschied, meine Suche nach Trixi sei kein Notfall, wir sollten morgen Vormittag wiederkommen.

Frustriert verzichteten wir auf den Einkauf eines großen Genesungsfestessens, den Anblick der sonnabendlichen Pelz- und

Loden-Gesellschaft im KaDeWe hätten wir nicht auch noch ertragen. Wir würden uns etwas vom Chinesen kommen lassen.

Am Sonntag gab es seit langer Zeit zum erstenmal Streit mit Celine. Am Telefon. Vielleicht nur, weil Celine sich ärgerte, dass wegen meines Gipsbein sie nun zum Bäcker gehen sollte. Jedenfalls teilte sie mir mit, dass sie einen erneuten Ausflug zum Tierheim nach Hohenschönhausen nicht mitmachen würde.

"Es tut mir leid, aber ich muss mich heute dringend um Sedat kümmern, meinen Kurden. Den Wagen brauche ich dafür auch selbst. Fahr doch morgen nach Hohenschönhausen."

Morgen würde ich mit meinem Gipsbein in Celines Toyota mit seinem archaischen Schaltgetriebe genauso wenig alleine fahren können wie heute. Außerdem würde ich morgen wieder arbeiten müssen. Ich war sauer.

"Dir kann es ja egal sein, ob der Hund noch einen Tag länger dort leiden muss oder nicht."

Nun war auch Celine sauer.

"Ganz recht. Wenn ich die Abschiebehaft für Sedat abwägen muss gegen einen Hund, der im Tierheim fachmännisch versorgt wird, fällt mir die Entscheidung nicht furchtbar schwer."

"Ist er denn in Abschiebehaft, dein Ausländer?"

"Er ist jetzt tatsächlich mein Ausländer, ich habe gegenüber der Gruppe die Verantwortung für ihn übernommen. Und wenn ich gleich losfahre, kann ich die Abschiebehaft vielleicht noch verhindern."

Sprach's und legte auf. Ich humpelte zur Kaffeemaschine und überlegte, wen ich außer Valenta mit einem Automatikwagen kannte oder wer mich vielleicht nach Hohenschönhausen kutschieren könnte. Aber niemand war dumm genug, am frühen Sonntagmorgen ans Telefon zu gehen. Vierundsechzig Euro kostete mich dann das Taxi zum Tierheim, einfache Fahrt. Das Taxameter war auf drei Personen plus Gepäck eingestellt, aber der Fahrer war aus der Gegend Pakistan, Bangladesch oder so, also wollte ich mich nicht als Rassist beschimpfen lassen und zahlte klaglos.

Über meinen Besuch im Tierheim möchte ich nicht berichten. Nur soviel – es war herzzerreißend. Eine nette Tierpflegerin in Latzhose, selbstgestricktem Pullover und hohen Plastikstiefeln führte mich an den Gattern vorbei.

"Weihnachten ist jetzt gut ein Viertel Jahr her. Genug Zeit, um herauszufinden, dass der niedliche Hausgenosse auch Bedürfnisse hat. Und dass die Erfüllung dieser bescheidenen

Bedürfnisse Opfer verlangt. Also ab ins Tierheim, angeblich wegen einer vorher unbekannten Allergie, oder binden wir ihn einfach an den nächsten Laternenpfahl. Jedenfalls ist es um diese Zeit immer so voll bei uns, jetzt und im Sommer, in der Urlaubszeit."

Bei all dem Gebelle und Miauen war es nicht einfach, sie zu verstehen, aber die fast bis auf den letzten Platz besetzten Gatter sprachen deutlich genug. Neben Katzen, Affen, einer unüberschaubaren Zahl von Zwergkaninchen und Goldhamstern schoben auch genug Hunde aller Größen und Rassen ihre schwarzen Nasen durch die Drahtgitter – von Trixi jedoch keine Spur. Ich verabschiedete mich hastig, sonst wäre ich am Ende noch mit einem ganzen Sack voll dieser armen Kreaturen nach Hause gekommen.

Immerhin, ein Gutes brachte auch der Besuch im Tierheim mit sich. Er bestätigte meine Idee zur sinnvollen Verwendung von Winters Erbe an die Klinik.

Am Abend rief ich Celine an, und wir schlossen halbherzig Frieden, so ganz bereit dazu waren wir beide noch nicht. Ich hörte mir an, dass sie eine praktikable Zwischenlösung für Sedat gefunden habe, und fragte sie dann, was sie von meiner Idee mit Winters Erbe hielte.

"Um wie viel Geld geht es denn?"

"Alles in allem fast eine Million, glaube ich."

"Nicht schlecht. Viel zu viel, um es dem Staat oder sonst jemandem in die Hände fallen zu lassen."

Da jedenfalls war ich ganz ihrer Meinung.

16

Am Montag wieder meine Tätigkeit als Stationsarzt in Vollzeit aufzunehmen stellte sich als gute Idee heraus. Erstmals in all den Jahren unserer Zusammenarbeit fehlte Schwester Käthe wegen Krankheit.

"Wir haben sie nach Hause geschickt. Sie sah aus wie ein Streuselkuchen, überall Ausschlag!", informierten mich ihre Kolleginnen.

Erneut wurde schnell klar, dass sie Seele, Motor und Treibriemen der Station war. Ähnlich wie während ihres Urlaubs in den Wochen, als Tante Hilde unsere Patientin war, musste ich mich plötzlich mit Fragen und Problemen beschäftigen, von deren Existenz ich sonst dank Käthe nur eine entfernte Ahnung hatte.

Trotzdem blieb Zeit, am Nachmittag mit Herrn Winter meine Idee über die Verwendung seines Erbes zu besprechen. Er zeigte sich sofort begeistert.

"Das gefällt mir außerordentlich gut, Doktor Hoffmann. Ein richtiges Vermächtnis! Schade, dass Ihre Frau Tante das nicht mehr erleben kann. Die hätte sich furchtbar gefreut über Ihre Idee."

Winter entwickelte gleich ein paar konkrete Vorschläge und Anregungen für deren Umsetzung, hatte aber noch eine Frage.

"Was sagt Ihre Verwaltung dazu?"

Gute Frage und genau der wunde Punkt oder einer der wunden Punkte an meinem Projekt. Was die Verwaltung anging, so türmten sich auf dem Schreibtisch unserer Verwaltungsleiterin Beate genug kostenintensive Wünsche aus allen Abteilungen, die nur zu gerne Gebrauch von Winters Erbe machen würden. Neue Monitore für die Intensivstation, ein zusätzliches Ultraschallgerät für die Gynäkologen, Aufrüstungen für die Operationssäle. Alles Dinge, die sie wahrscheinlich wichtiger finden würde als meine Idee. Vielleicht könnte ich Beate gemeinsam mit Herrn Winter von der Idee überzeugen. Oder ich könnte über ihre Freundin Celine arbeiten.

"Es wird natürlich ein paar Stellen geben, die mitreden wollen. Aber was unsere Verwaltung betrifft, rechne ich mit der alltäglichen menschlichen Gier. Bei einem konkret formulierten Testament vor die Alternative gestellt, entweder unser Projekt zu verwirklichen oder überhaupt nichts zu bekommen, wird die Klinik zugreifen. Dann stelle ich mir vor, wir machen das wie in den USA, eine richtige Plakette am Eingang mit dem Namen des

Stifters und so."

"Wissen Sie, eigentlich ..., doch, Sie haben recht. Im Grund ist so eine Plakette Selbstbeweihräucherung. Aber ich denke, dafür sparen wir den Grabstein – eine schöne Plakette hier ist doch viel netter als ein blöder Grabstein auf dem Friedhof."

Winter schien einen Moment zu überlegen, dann fragte er: "Sagen Sie, Doktor Hoffmann, es geht mich eigentlich nichts an, aber vielleicht sagen Sie es mir trotzdem: Haben Sie etwas geerbt von Ihrer Frau Tante?"

Ja, hatte ich. Mal abgesehen von der verschwundenen Trixi und ein paar Familienfotos hatte sie mir fast fünfzehntausend Euro hinterlassen. Ich wusste nicht, worauf Winter hinaus wollte, zur Sicherheit rundete ich etwas nach unten ab.

"Und? Sind Sie auf das Geld angewiesen?"

"Na, ja – ich hatte an einen vernünftigen Wagen gedacht, etwas jünger als mein seliger Golf, vielleicht auch noch vierzehn Tage Karibik."

"Also sind Sie nicht wirklich auf das Geld angewiesen. Hören Sie, ich bin Geschäftsmann, das wissen Sie. Also schlage ich Ihnen ein Geschäft vor, ein Hundert-zu-eins-Geschäft: Für jeden Euro, mit dem Sie sich aus dem Erbe Ihrer Tante an dem Projekt beteiligen, stifte ich hundert Euro aus meinem Vermögen. Ihre Tante wäre Feuer und Flamme für die Sache! Wir würden sie natürlich gleichberechtigt auf diese Stifterplakette nehmen. Was sagen Sie dazu?"

Winter spürte wohl, dass sich meine Begeisterung über den Verzicht auf einen anständigen Wagen und vierzehn Tage Karibik in Grenzen hielt.

"Sie hatten doch nicht wirklich mit dem Geld Ihrer Tante gerechnet, Doktor. Da ist es auch kein richtiger Verlust. Und, denken Sie einmal nach. Meinen Sie nicht, in irgendeinem Winkel Ihres Gewissen, Sie hätten sich vielleicht mehr um Ihre Frau Tante kümmern sollen, als Sie es tatsächlich taten? Wenn das so sein sollte, wie können Sie dann das ererbte Geld annehmen?"

Natürlich hatte ich Winter gegenüber nie erwähnt, dass ich mich vielleicht mehr um Tante Hilde hätte kümmern sollen, ebensowenig wie ich Margitta etwas davon gesagt hatte. Jetzt begriff ich, warum sowohl Winter wie auch Margitta erfolgreiche Geschäftsleute waren. Jeder, der sich so gut in die Denkstrukturen und Motivationen seines Gegenübers versetzen konnte, musste erfolgreich sein. Und ich kapierte, dass ein neuer Wagen und vierzehn Tage Karibik eben gerade gestrichen worden waren.

Am Abend ließ es sich nicht länger aufschieben, ich startete meinen dritten Anlauf zum Krankenbesuch beim Kollegen Valenta. Unverändert mit einem schlechten Gefühl im Bauch, denn nach wie vor gab ich mir die Schuld an seinem Infarkt, und seit Renates Hinweis, dass er sein Wochenendhaus in der märkischen Schweiz längst verkauft habe, fehlte auch ein wichtiger Baustein in meiner ohnehin etwas löchrigen Indizienkette gegen ihn. Dieses Mal hatte ich kein Glück, keine Renate oder andere Gäste an seinem Bett gaben mir eine Ausrede, den Besuch erneut zu vertagen.

Valenta saß an der Bettkante, vor sich seinen Laptop mit direktem Kontakt zu allen Patienten-Monitoren auf seiner Station. Der Infarkt war jetzt fünf Tage her, Komplikationen waren ausgeblieben, also gab es eigentlich keinen Grund für ihn, immer noch Patient auf der Intensivstation zu sein. Aber, argumentierte er, nur in der Hektik der Intensivstation könne er Ruhe finden, ein schallgeschütztes Patientenzimmer würde ihn aufregen. In Wahrheit ging es natürlich darum, dass er von seinem Bett aus weiter die Station leitete. Die Überzeugung, wenigstens auf bestimmten Gebieten die größte Kompetenz zu besitzen, gehört wohl irgendwie zum Arzt-Sein.

Ich setzte mich auf sein Bett und trug meinen Spruch vor. Dass es mir leid täte, dass ich froh sei, dass er den Infarkt so gut überstanden hatte und so weiter.

"Mach dir nicht ins Hemd, Felix. Du weißt, dass ich dir dankbar sein muss. Nicht nur für die Reanimation, auch für den Infarkt. Oder denkst du, es wäre besser gewesen, wenn es mich nächste Woche auf der Autobahn erwischt hätte oder weiß ich wo? Hätte mir da auch jemand die Kranzarterie sofort wieder aufmachen können?"

Natürlich nicht. Valenta spielte darauf an, dass ein Herzinfarkt zwar für fast die Hälfte der Patienten ohne Vorwarnung aus heiterem Himmel kommt, tatsächlich aber so gut wie immer die Herzkranzarterie, die sich beim Infarkt plötzlich verschließt, bereits längere Zeit hochgradig verengt ist und als Zeitbombe im Körper tickt. So gesehen, hatte Valenta wirklich Glück gehabt.

"Nein, mein Lieber, ich verdanke dir mein Leben. Das werde ich auch nicht vergessen." Er wandte sich mir jetzt voll zu. "Eine Sache verstehe ich allerdings nicht. Wenn ich wirklich so ein kriminelles Schwein bin, wie du denkst, warum hast du dir dann soviel Mühe mit meiner Wiederbelebung gegeben?"

"Ich halte nicht so viel von der Todesstrafe, Heinz. Außer für die Leute, die letztes Jahr mein Fahrrad geklaut haben. Außerdem, ich bin nicht Gott oder sein Stellvertreter auf Erden. Wir sind Ärzte, nicht Richter. Du kennst unsere Reflexe."

Valenta wusste, was ich meinte, erst recht als Intensivarzt. Für den Arzt ist die Wiederbelebung eine Reflexhandlung. Wir reanimieren Heilige und Kinderschänder, Alkoholiker und Vegetarier. Niemand stirbt uns vor den Augen weg, jedenfalls nicht ohne unsere Genehmigung oder erst nach unseren verzweifelten Bemühungen, und schon gar nicht am plötzlichen Herztod. Bei einer Reanimation denkt man nicht über ihren Sinn nach, genauso wenig wie beim Sex.

"Aber du bist immer noch überzeugt, dass ich etwas mit deiner wilden Geschichte von Patientenmord, Verscherbeln ihrer Häuser, Weiterkassieren ihrer Rente und der Entführung deines Hundes zu tun habe?"

Das musste ich ihm leider bestätigen. Ich schielte auf seinen Monitor, aber seine Herzfrequenz stieg nicht an. Kein Unschuldsbeweis, denn wegen des Infarktes stand er unter Betablockern, die unter anderem die Herzfrequenz senken und deren Einnahme ich generell vor jedem Lügendetektor-Test empfehle.

"Felix, überleg doch mal. Auf keinen Fall kann ich aktiv an dem Versuch beteiligt gewesen sein, dich per Rammbock in deinem wertvollen Golf umzubringen. Schließlich war ich hier in der Klinik, als du eingeliefert worden bist, und ich hätte wohl kaum euren Hubschrauber überholen können."

Stimmt. Er hatte als zusätzliche Absicherung mit seiner Überdosis für mich bereitgestanden. Aber dafür hatte ich keine Beweise, also sagte ich nichts.

"Außerdem haben wir dieses Ferienhaus in der märkischen Schweiz schon vor über einem Jahr verkauft."

Das hatte mir Renate auch schon gesagt.

"Überhaupt, wo ist die Logik in deiner Geschichte? Wenn diese Typen gar nicht vorhatten, mit dir zu deinem Hund zu fahren, sondern dich umzubringen, warum soll dann das Hundeversteck ihr Ziel gewesen sein?"

Das nun wieder hatte bereits Celine zu bedenken gegeben.

"Und noch etwas, Herr Detektiv. Mit der bekannten Sterbequote unserer Patienten auf der Intensivstation, wäre es da für mich als Chef dieser Station nicht unauffälliger gewesen, mein Unwesen direkt hier zu treiben? Aber keiner der Patienten, deren

Akten ich für dich überprüft habe, ist auf Intensiv verstorben."

War der fehlende Pulsanstieg doch nicht nur Folge der Betablocker? Führte ich mit Valenta vielleicht wirklich den falschen Verdächtigen auf meiner Liste?

"Nehmen wir einmal an, ich verdächtige dich zu unrecht. Dann muss Schwester Renate einen anderen Komplizen in der Klinik haben."

"Ich weiß. Irgend jemand hat angeblich Renate aus dem Zimmer von diesem Patienten kommen sehen, kurz bevor seine Infusion stehen geblieben ist. Wie du behauptest, wegen einer falschen Sicherung."

"Stimmt. Man hat Renate gesehen. Und es war eine falsche Sicherung."

"Stimmt nicht. Nie im Leben kann jemand Renate zu Silvester kurz vor zwölf auf deiner Station gesehen haben."

"Und warum nicht?"

"Weil das nicht sein kann. Das weiß ich ganz sicher. Das musst du mir glauben."

Valenta riß die EKG-Kabel ab, die ihn mit dem Überwachungsmonitor verbanden, stellte den sofort einsetzenden Alarm ab und stand auf.

"Wir machen folgendes, Felix. Wir fahren jetzt gleich zu Renate. Die hat heute ihren freien Tag und ist um diese Zeit bestimmt zu Hause. Dann besprechen wir die ganze Sache gemeinsam."

In seinem Flügelhemd stürmte Valenta in Richtung Arztzimmer.

"Sag mal, Heinz, spinnst du? Du bist Patient auf der Intensivstation!"

"Du weißt genau, dass ich hier nur liege, weil es mir auf einer Normalstation zu langweilig ist. Deine segensreiche Wiederbelebung ist fünf Tage her, ich habe keinen Schaden am Herzmuskel und keine bedeutenden Rhythmusstörungen. Im Prinzip kann ich entlassen werden, und jetzt gerade entlasse ich mich."

Während Valenta in seinem Dienstzimmer verschwand, versuchte ich, die Intensivschwestern zu beruhigen. Wir würden nur einen kleinen Ausflug machen, und schließlich wäre ich ja dabei. Als ich in sein Arztzimmer kam, hatte er bereits Hose und Jackett angezogen, die gleiche Kleidung, mit der er am Morgen vor seinem Infarkt in die Klinik gekommen war. Auf Hemd und Unterwäsche musste er verzichten, die hatte ich ihm bei der

Wiederbelebung eingesaut und zerrissen.

"Los geht's, Doktor Hoffmann!"

Ein seltsames Pärchen verließ die Klinik – Valenta im Jackett über dem in die Hose gestopften Flügelhemd, ich unverändert auf meine Krücken gestützt. Kein Problem, es gibt immer wieder Patienten, die in Flügelhemd und sogar mit ihrem Infusionsständer an der Busstation vor der Klinik ohne Zögern mitgenommen werden. Valenta marschierte voraus in Richtung Personalparkplatz und kramte nach seinen Autoschlüsseln.

"Willst du etwa auch noch selbst fahren?"

Er hatte die Fahrertür seines Mercedes SLK bereits geöffnet und schwang seine Kilos auf den ledergepolsterten Sitz.

"Steig ein. Oder willst du mit deinem Gipsbein die Pedale bedienen?"

Und schon fädelten sich Doktor-Gerade-erst-Reanimiert und Doktor-Nicht-ohne-meine-Krücke in den laufenden Verkehr ein. Ich versuchte, meine Gedanken von der Häufigkeit plötzlicher Rhythmusstörungen nach Infarkt oder von früher Stentthrombose nach primär erfolgreicher Eröffnung der Herzkranzgefäße abzulenken und den Luxus von Valentas Wagen zu genießen: den Geruch feinen Leders und edler Hölzer, das leise Schnurren der sechs oder acht Zylinder, keine Ahnung, das Gefühl der Überlegenheit gegenüber den anderen Verkehrsteilnehmern.

Nach dem unglücklichen Ende meines Dritte-Hand-Golfs, der mir über Jahre recht zuverlässig gedient hatte, müsste ich mich auch wieder um einen Wagen kümmern, sobald der Gips weg konnte. Ich würde in meiner bisherigen Preisklasse bleiben, aber nicht mehr ohne Airbag.

"Was bist du bereit anzulegen?" fragte Valenta.

Ich musste wohl laut gedacht haben.

"Nicht mehr als fünftausend oder so", antwortete ich.

"Kauf dir doch endlich mal einen anständigen Wagen, Felix. Erzähl mir nicht, du könntest dir nichts Besseres leisten."

Es ist eigenartig mit den Autopreisen. Für fünftausend Euro bekommt man einen Gebrauchtwagen, der ziemlich zuverlässig von A nach B fährt, mal vorausgesetzt, kein krimineller Immobilienhändler schiebt ihn mit Hilfe seiner gleichfalls kriminellen Schwester und Kraft überlegener Motorleistung von der Straße. Für den zehnfachen Preis gibt es aber kein zehnmal so gutes Auto, ab einer bestimmten Grenze steigt der Preis für einigen mehr oder weniger notwendigen Komfort exponentiell.

"Na, klar, kann ich mir leisten, im Prinzip. Sehe ich aber nicht ein. Außerdem, so toll standen die Aktien von Advanced Biotechnology Systems nicht, als ich das letzte Mal nachgeschaut habe."

Das war vor meinem Unfall. Keine Ahnung, was seitdem an der Börse passiert war.

"Aktien sind eine langfristige Anlage, du darfst dich nicht von ein paar Schwankungen nervös machen lassen. ABS war in den letzten Wochen in einer kritischen Phase, stimmt. Aber ich habe gerade in den Online-Börsennachrichten gesehen, dass eine holländische Biotechnologiefirma mit dreißig Prozent bei ABS einsteigen will. Das dürfte den Kurs wieder kräftig nach oben bringen."

Nun war Valenta beim Lieblingsthema und hielt mir einen seiner Kostolany-Vorträge über die Geheimnisse des Aktienmarktes und wie sich Kraft der Marktmechanismen alles zum Guten wenden würde. Er redete vom Kurs-Gewinn-Verhältnis, gab das Kurs-Umsatz-Verhältnis zu bedenken, argumentierte mit der PEG-Ratio und schlug mir alles um die Ohren, was es sonst noch an Zauberformeln im Börsengeschäft gibt. Das Thema schien ihn weit mehr zu interessieren als sein gerade überstandener Herzinfarkt beziehungsweise Beinahe-Tod und mündete in seiner üblichen Quintessenz, ich sollte einfach mein Geld arbeiten lassen.

"Hast du schon mal Geld arbeiten sehen?" gab ich zu bedenken.

"Klar arbeitet Geld. Dabei schafft es Sicherheit und eine solide wirtschaftliche Grundlage. Meinst du, wir könnten sonst unsere Patienten weiter auf einem derart hohen Niveau versorgen? Du und deine Alt-68er-Sprüche!"

Valenta hielt jeden, der in einen Wagen nur fünftausend Euro investieren wollte, für einen verkappten Trotzkisten. Unter weiteren Aufklärungen zur Funktion der Wirtschaft und ihrer Globalisierung zu unser aller Wohl und seiner Überzeugung, dass Finanz- und Eurokrise nicht Folge eines Systemfehlers sondern der Politik wären, waren wir inzwischen in Renates Straße eingebogen. Wir fanden sogar einen Parkplatz für seinen Mercedes und stiegen aus.

"Noch eines, Felix", keuchte Valenta, als wir uns die drei Stockwerke zu Renates Wohnung hoch mühten, "Renate ist ein sehr nettes Mädchen und hat garantiert nichts mit der Sache zu tun. Also laß uns die Angelegenheit in Ruhe besprechen und spiele nicht den Großinquisitor, okay?"

Je mehr wir uns dem dritten Stockwerk näherten, desto stärker nahm der Geruch nach gebratenem Speck und Zwiebeln zu, um schließlich das ganze Treppenhaus zu erfüllen, als Renate uns die Tür öffnete.

"Ihr kommt genau rechtzeitig. Heinz, deine Bratkartoffeln sind gerade fertig."

Unglaublich. Während ich seinen Intensivschwestern versprochen hatte, ihn wieder heil zurückzubringen, hatte Valenta die Zeit gefunden, bei Renate telefonisch Bratkartoffeln mit Speck zu bestellen. Nicht, dass er im Krankenhaus verhungerte, aber sie hatten ihn wenigstens auf eine cholesterinarme Diät gesetzt.

"Mach dir nicht ins Hemd, Felix. Wozu soll ich mich cholesterinarm ernähren, wo es Statine gibt? Es muss ja nicht gerade Lipobay sein! Wenn ich nichts Ordentliches essen darf, hättest du mich nicht zu reanimieren brauchen."

Es war nicht die Gier, mit der sich Valenta auf die Bratkartoffeln stürzte, die mich störte. Auch nicht, dass sein erster Besuch außerhalb der Klinik Schwester Renate galt und nicht seiner Frau. Es war die Tatsache, dass Butter und Speck und Zwiebeln nicht den anderen Geruch in Renates Wohnung überdecken konnte – es roch eindeutig nach Hund. Kein Parfüm der Welt kann das neutralisieren! Und noch nie hatte Renate einen Hund gehabt. Außerdem kratzte es hinter der Tür in wohlbekannter Weise.

"Lass meinen Hund raus, Renate!"

Valenta versuchte, ein überraschtes Gesicht zu machen, während Renate aufstand und die Tür zum nächsten Zimmer öffnete. Es war nicht so, dass Trixi sich vor Freude umbrachte, mich zu sehen, aber immerhin kam sie zu mir. Ich fragte Renate nach seiner Leine, ließ sie an Trixis Halsband einschnappen, und wir gingen.

"Felix, komm zurück. Laß dir das wenigstens erklären", rief uns Renate hinterher, doch wir waren schon fast an der Haustür.

Ich war deprimiert. Deprimiert und enttäuscht. Nur zu gerne hätte ich mich von den beiden überzeugen lassen, schließlich arbeiteten wir seit Jahren zusammen. Bei Bratkartoffeln mit Speck hätten Renate und Valenta mir ein wasserdichtes Alibi für die Silvesternacht präsentiert und wir hätten gemeinsam überlegt, wie wir den wirklichen Übeltäter in der Klinik finden und überführen würden. Umso tiefer die Enttäuschung, als ich Trixi an der Tür kratzen hörte.

"Was mich am meisten ärgert", meinte ich zu Celine am Telefon, "ist, dass Valenta diese Extraeinnahmen doch gar nicht braucht. Seine Frau besitzt mehrere Mietshäuser und hält Anteile an der Firma ihres Vaters. Selbst wenn er sich an der Börse kräftig verspekuliert haben sollte, dürfte das als Polster ausreichend sein. Da ist bestimmt ein Mercedes SLK drin, ohne sich an toten Patienten zu bereichern. Ich verstehe das nicht."

"Vorsicht, mein Lieber", antwortete Celine. "Du hast es neulich selbst gesagt: Was geschieht mit diesem Polster, wenn Valentas Frau von Schwester Renate erfährt? Und wieviel davon hat der gute Valenta eventuell schon in seine Börsengeschäfte gebuttert?"

Bisher hatte ich Valentas Börsengeschäfte eher als Freizeitspaß gesehen, als eine Art Unterhaltung, aber vielleicht hatte Celine Recht. Betrübt über die Gattung Mensch entschied ich, dass ich frische Luft und Trixi einen passenden Baum brauchte. Doch weit entfernt von irgendeiner Dankbarkeit über ihre Befreiung aus Verbrecherhand nutzte Trixi unbarmherzig ihre aktuelle körperliche Überlegenheit gegenüber ihrem mutigen Befreier und zerrte mich samt Krücken noch brutaler als sonst entgegen jeder gerade eingeschlagenen Richtung. Nun war ich endgültig enttäuscht. Enttäuscht nicht nur von der Menschheit, sondern auch von ihrem angeblich besten Freund.

"Gleich morgen früh gebe ich dich im Tierheim in Hohenschönhausen ab. Da habe ich dir neulich schon einen schönen Platz ausgesucht."

Tatsächlich hörte Trixi einen Moment auf, an der Leine zu reißen, und schaute mich an, entschied aber schnell, dass es sich nur um eine leere Drohung handeln könne und brachte mich mit einer plötzlichen Drehung in Richtung nach Hause endgültig zu Fall.

Als ich im Schneematsch auf dem Pflaster liegend Gipsbein und Krücken auseinander sortierte, traf mich eine erschreckende Erkenntnis: So, wie der Blitz nie zweimal in dasselbe Haus einschlägt, würde mir wohl kaum noch einmal das Glück widerfahren, durch eine Entführung von diesem Tier befreit zu werden.

17

Am nächsten Morgen hielt sich Trixi irgendwo in der Wohnung versteckt, während ich die übliche Dusch-Zahnputz-Rasier-Routine abspulte. Einfaltspinsel, der ich bin, bezog ich ihre Zurückhaltung auf ein schlechtes Gewissen wegen gestern abend. Weit gefehlt. Als ich meinen Kram für die Klinik zusammenpackte, entdeckte ich den wahren Grund für Trixis vorübergehende Schüchternheit: Unbeeindruckt von meiner Drohung mit dem Tierheim oder als Antwort darauf hatte sie sich über die Tonbandkassette hergemacht, auf die ich total müde und gegen erheblichen inneren Widerstand noch am späten Abend einen Stapel längst fälliger Arztbriefe diktiert hatte.

Mit wenig Hoffnung legte ich die angeknabberte Kassette in das Diktiergerät, aber Trixi hatte ganze Arbeit geleistet und ich einen kompletten Abend umsonst geopfert. Ich beschloss, die Sache mit dem Tierheim ernsthaft in Erwägung zu ziehen.

Auch ohne Trixis Bemühungen um meine Arztberichte lief unsere in der Regel gut geschmierte Krankenhausmaschinerie in diesen Tagen nicht sehr gut. Auf der Station mussten wir weiterhin ohne Käthe und ihre unauffällige Organisation im Hintergrund auskommen, auf der Intensivstation fehlte Valenta mit seinen weniger stillen, aber immer eindeutigen Anweisungen. Der ließ sich jetzt zu Hause pflegen und war wahrscheinlich bemüht, seinen in der Klinik gefährlich gesenkten Cholesterinspiegel wieder auf die ihm gemäße Höhe zu bringen.

Renate erschien weiter zum Dienst, ging mir jedoch aus dem Weg. Privat musste ich zu einer Entscheidung kommen, wie ich mich zu Winters Erblassung an die Klinik verhalten sollte, hatte er doch mich beziehungsweise mein Erbe von Tante Hilde mit seinem Hundert-zu-eins-Angebot in die Pflicht genommen. Während meiner Zeit als Patient und später als Patient und Teilzeitarzt hatte ich mich nicht um meine finanzielle Lage gekümmert. Es war an der Zeit, mir einen Überblick über den aktuellen Wert meines Aktiendepots zu verschaffen.

Dieser Überblick brachte wenig Freude. Valentas Geheimtip Advanced Biotechnology Systems, Schwergewicht meines Depots, hatte zwar nicht den von Valenta prognostizierten steilen Kursanstieg genommen, sich aber anfänglich für ein Startup gar nicht so schlecht gehalten. In den letzten Wochen war ABS allerdings erheblich unter Druck gekommen, genauer gesagt, um über fünfzig Prozent gefallen. Der von Valenta erwähnte Kauf eines größeren Aktienpakets durch eine holländische Biotech-

Firma hatte dann zwar tatsächlich zu einem leichten Kursanstieg von ABS geführt, aber nur kurzfristig. Als Advanced Biotechnology Systems jetzt bekannt gab, dass man selbst diese Biotech-Firma übernehmen wolle, wurde sogar Börsenignoranten wie mir klar, dass es sich bei dem ersten Deal um ein Scheingeschäft zur Stützung des Aktienkurses gehandelt hatte. Entsprechend sauer reagierten die Anleger, und mein Aktienvermögen reduzierte sich weiter.

Das Erbe von Tante Hilde würde dieses Loch genau stopfen, womit allerdings das Erbe von Herrn Winter für die Klinik futsch wäre. Ein moralisches Dilemma, das nicht dadurch gemindert wurde, dass einige Tage später eine Rechnung aus dem Landkreis märkische Schweiz über 2196 Euro "betreffs Bergung Ihres Fahrzeugs" bei mir eintrudelte!

Wenigstens betrachte ich, im Gegensatz zu meinen angeblich wohlmeinenden Bankberatern, die Börse nicht als wirkliche Vermögensanlage, sondern mehr als Spielwiese. Dort angelegtes Geld zu verlieren ist bitter, treibt mich aber nicht in den Ruin. Valenta hingegen schwört auf Aktien als Mittel der Vermögensmehrung und leider auch auf Geheimtips. Soweit ich wusste, hatte er einen Haufen Geld in Aktien von Advanced Biotechnology Systems investiert. Und was war mit seinen anderen todsicheren Insidertips? Den Optionsscheinen auf den Yen? Den Warentermingeschäften mit dem Kaffee aus Costa Rica? Vielleicht hatte Valenta wirklich ein Problem, das er vor seiner Frau, finanzstark oder nicht, geheim halten musste!

Hinsichtlich meiner eigenen Vermögensverhältnisse erreichte ich einen Kompromiss mit meiner angeborenen Knauserigkeit und beschloss, wenigstens die 2196 Euro "betreffs Bergung Ihres Fahrzeugs" aus dem Erbe von Tante Hilde zu finanzieren, den Rest aber in das Hundert-zu-eins-Angebot von Patient Winter zu investieren. Davon wollte ich Winter sofort unterrichten, bevor mein Egoismus mir eine andere Aufteilung der Erbschaft nahelegen würde.

Schon von weitem sah ich allerdings Schwester Renate vor Winters Zimmer, fertig umgezogen für den Feierabend. Ich wollte schon abdrehen, als ich mich fragte, was sie dort wohl zu suchen habe. Bereitete sie einen neuen Anschlag vor? Das galt es zu verhindern, ich ging auf sie zu. Renate drehte sich zu mir um.

"Sind Sie Doktor Hoffmann?"

Eine prachtvolle Blondine um die dreißig – aber eindeutig nicht Renate.

"Und wer sind Sie?"

"Simone Simons. Ich bin die Großnichte Ihres Patienten Winter. Und ich habe mit Ihnen zu sprechen."

Es ist nicht ungewöhnlich, dass ich die Angehörigen meiner geriatrischen Patienten nicht kennenlerne, oft haben sie einfach keine mehr. Seltsam aber, dass erstmals nach Monaten ein Angehöriger den Herrn Stationsarzt zu sprechen wünschte. Immerhin hatte Winter neulich eine Großnichte erwähnt.

"Kein Problem. Gehen wir in mein Zimmer."

Ich befreite meinen Besucherstuhl von den Akten, die ich dank Trixis Eifer noch einmal diktieren durfte, und versuchte abzuschätzen, wie direkt ich Simone Simons über die letztlich schlechte Prognose ihres Großonkels informieren sollte. Sie machte einen taffen Eindruck, aber in dieser Hinsicht hatte ich mich auch schon getäuscht. Also wartete ich ab, wie sie beginnen würde.

"Geben Sie meinem Großonkel Drogen?"

Ein ungewöhnlicher Beginn für ein Arzt-Angehörigen-Gespräch.

"Ihr Großonkel bekommt Medikamente. Und zwar die, die er braucht. Er ist ein kranker Mann."

Automatisch war ich in die Defensive gegangen.

"Ich meine nicht Medikamente gegen seine Krankheit. Ich spreche von Pillen oder Spritzen mit Einfluss auf sein Bewusstsein, die seine Fähigkeit zum logischen Denken beeinträchtigen. Bekommt er solche Sachen?"

Mir war noch nicht klar, worauf diese forsche junge Frau hinaus wollte, aber offensichtlich hatte ich zu Recht auf Defensive geschaltet.

"Ihr Großonkel hat Prostatakrebs. Prostatakrebs ist in seinem Alter nicht selten, und, einer der wenigen Vorteile des Alters, wächst bei alten Menschen in der Regel sehr langsam. Oft ein Haustierkrebs, wie Hackethal immer sagte. Aber Ihr Großonkel hat Knochenmetastasen. Da hat man Schmerzen. Schmerzen, die ich mir nicht wünsche und Ihnen auch nicht. Deshalb bekommt er Schmerzmittel. Und tatsächlich können Schmerzmittel das Denkvermögen beeinträchtigen."

"Das habe ich mir gedacht."

"Ich verstehe Ihren aggressiven Ton nicht. Sollen wir Ihrem Großonkel Ihrer Meinung nach keine Schmerzmittel geben?"

"Es geht nicht um Schmerzen, meine ich. Sie haben meinen Großonkel so lange mit Drogen vollgepumpt, bis er sein Testament zu Ihren Gunsten geändert hat."

Manchmal habe ich wirklich eine verdammt lange Leitung! Ich hatte mal wieder gedacht, es ginge um den Patienten, um die Sorge einer Angehörigen, dass wir Fehler bei der Behandlung machen. Aber hier hatten wir es mit einer enttäuschten Erbin zu tun, besser, mit einer enttäuschten Enterbten. Als Großnichte konnte sie nicht einmal einen Pflichtteil am Erbe erwarten. Und jetzt war sie sauer. Stocksauer.

Um ihren Worten Nachdruck zu verleihen, beugte sie sich weit über den Schreibtisch zu mir. Es war nicht meine Schuld, dass ich ihr jetzt direkt in den Ausschnitt schauen musste. Ich wandte die Augen ab, während Frau Simons fortfuhr.

"Sie haben eben selbst zugegeben, dass Sie meinen Großonkel mit Ihren Pillen um den Verstand gebracht haben. So konnten Sie ihn leicht zu einem neuen Testament beschwatzen. Und bei den Knochenmetastasen brauchen Sie wahrscheinlich nicht einmal lange zu warten."

"Blödsinn. Niemand hat Ihren Großonkel zu irgend-etwas beschwatzt."

"So. Und was tun Sie für meinen Großonkel, außer ihn mit Schmerzmittel abzufüllen? Was tun Sie gegen den Prostatakrebs? Gegen die Metastasen?"

Doch eine besorgte Angehörige? Ich erklärte ihr die Optionen. Den Prostatakrebs bei Metastasen herauszuoperieren ist Schwachsinn. Gegengeschlechtliche Hormonbehandlung und Bestrahlung im Prostatabereich hatten den Krebs nicht zerstört, einen neuen Zyklus hatte Winter abgelehnt. Die Knochenmetastasen könnte man wieder bestrahlen oder, allerdings mit fraglicher Wirkung, mit Chemotherapie behandeln. Hatte er aber ebenfalls abgelehnt. Also konzentrierten wir uns auf die Symptome, seine Probleme mit dem Wasserlassen, seine Schmerzen. Und wenigstens die hatten wir mit Medikamenten und Schmerzbestrahlung auf die Knochenmetastasen ganz gut im Griff.

"Schmerzbestrahlung? Sie weigern sich, den Krebs mit Strahlen zu zerstören, aber behandeln die Schmerzen mit Strahlen! Ich bin gespannt, wie Sie das dem Gericht erklären wollen!"

In wirklicher oder gespielter Empörung hoben und senkten sich ihre Brüste – wieder einmal hatten sich meine Augen verirrt. Oder wollte mich diese Großnichte bewusst irritieren?

"Was für ein Gericht?"

"Na, Sie glauben doch nicht im Ernst, dass ich Sie damit durchkommen lasse. Nein, mein lieber Doktor Hoffmann. So leicht werde ich es Ihnen nicht machen, sich mein Geld unter den Nagel zu reißen. Ich werde nachweisen, dass Sie meinem Onkel vorsätzlich die richtige Behandlung vorenthalten und ihn mit Schmerzmitteln gefügig gemacht haben. Vielleicht erpressen Sie ihn sogar, Schmerzlinderung gegen neues Testament!"

War die Frau irre? Ihre Anschuldigungen wenigstens waren es. Frau Simons hingegen machte den Eindruck, als wäre sie alles andere als irre und auch recht gut über die medizinische Problematik orientiert. Und würden ihre Anschuldigungen vor einem Gericht wirklich so irrwitzig klingen, wie sie es waren? Heutzutage sind deutsche Gerichte eher bereit, Behandlungsfehler zu unterstellen, und der Wechsel des Arztbildes vom selbstlosen Heiler zum gewissenlosen Geldschneider ist in der Gesellschaft weitgehend abgeschlossen. Wäre der Zeuge Winter dann tot, wurde mir klar, konnte die Klinik in einem Prozess unter Umständen mehr als sein Erbe verlieren.

Was sollte ich sagen? Wäre Frau Simons nicht gleich mit massiven Drohungen gekommen, hätte ich sicher eine Einigung versucht, irgend etwas wie halbe-halbe mit Winters Erbe. Aber dieser Weg war jetzt verstellt, wäre einem Schuldeingeständnis gleichgekommen.

"Es tut mir leid, Frau Simons, dass Sie die Angelegenheit so sehen. Tatsache aber ist, dass, aus welchen Gründen auch immer, Ihr Herr Großonkel Sie von seinem Erbe ausschließen und seinen Besitz in eine Stiftung einbringen möchte. Wenn Sie noch irgendwelche Fragen zu seiner Behandlung haben, stehe ich gerne zu Ihrer Verfügung."

Hatte sie nicht und rauschte ab. Ich musste mit Winter reden. Und mit Beate. Und alle mussten wir mit einem Rechtsanwalt sprechen. Aber erst, nachdem wir uns selbst informiert hatten, ich habe meine Erfahrung mit Rechtsanwälten. Die Sache hatte Zeit, mindestens bis morgen.

Für heute hatte ich die Nase voll von Krankheiten, Tod und Erbe. Denn mit Winter reden hieße über seine sympathische Großnichte reden. Und das Gespräch mit Beate wollte ich erst recht hinauszögern. Nicht wegen des Erbes von Herrn Winter, sondern wegen der Frage, ob und was ich ihr über ihre Angestellten Schwester Renate und Doktor Valenta berichten würde. Oder über die Besuch von Kommissar Czarnowske. Heute abend jedenfalls würde ich mir gemütlich irgendeine Fernsehserie hineinziehen. Alles, nur keine Krankenhausserie.

Ich hätte es wissen müssen: Aus meinem gemütlichen Fernsehabend wurde natürlich nichts. Das war schade, denn amerikanische Serien stellen ein stabilisierendes Element in meinem Leben dar, weil die dargestellten Probleme - die Schwangerschaft der schulpflichtigen Tochter, die Drogenabhängigkeit des bis dahin vielversprechenden Sohnes – innerhalb der zur Verfügung stehenden fünfundvierzig Sendeminuten inklusive Werbeunterbrechungen immer eine für alle Beteiligten zufriedenstellende Lösung erfahren, was ich tröstlich finde. Aber an der Stelle, an der Steve, der jüngste Sohn und vorgesehener Erbe des Firmenimperiums, sich nun endlich für Julia oder für ein weiteres Leben mit Drogen entscheiden musste, klingelte es an der Tür. Durch den Spion erkannte ich Schwester Renate und meinen Kollegen Valenta.

"Lass uns rein, Felix, mein Lebensretter und verehrtes Arschloch. Wir haben zu reden", tönte Valenta in einem Baß, der seine Worte ohne Anstrengung durch das gesamte Treppenhaus trug.

Mir fehlte die Lust, meine neugierigen Nachbarn an der Geschichte zu beteiligen, und ich ließ die beiden ein.

"Steve wird Julia nicht heiraten. Nach der nächsten Werbepause wird er sich als Homosexueller outen. Julia wird ein bisschen weinen und sich dann mit Kevin trösten."

Wie schaffte es Valenta, neben seinen Patienten auf der Intensivstation und den verschiedenen Börsenplätzen dieser Welt auch noch amerikanische Soaps im Auge zu behalten? Unaufgefordert holte er sich ein Bier aus meinem Kühlschrank und schaltete den Fernseher ab. Dann machte er es sich auf meiner Couch bequem. Renate stand etwas hilflos in der Gegend herum.

"Stehen wir noch auf deiner Liste der Verdächtigen, Felix?" dröhnte Valenta.

"Ich fürchte ja", antwortete ich. "In der Tat ziemlich weit oben. Patienten unserer Klinik oder auch ehemalige Patienten unserer Klinik, die keine Angehörigen oder Erben haben, sterben, weil man ihnen lebenswichtige Medikamente wegnimmt. Rententechnisch aber leben sie weiter, und ihre Wohnungen oder Häuser wurden bis zu seinem Tod vom Immobilienmakler Marske mit erheblichem Profit verhökert. Und als dich unsere Verwaltungsleiterin mit der Überprüfung der Krankengeschichten dieser Patienten beauftragt hat, hast du natürlich nichts Auffälliges gefunden. Und nun sind diese Akten praktischerweise verschwunden."

"Ich habe nichts Auffälliges gefunden, weil da verdammt noch mal nichts Auffälliges zu finden war. Außerdem, selbst wenn deine Geschichte stimmen sollte – was in aller Welt hätte ich in den Krankengeschichten entdecken sollen? Eine Notiz 'verordnete Medikamente nicht geben, Patient soll sterben, weil 'ne schöne Eigentumswohnung frei wird'? Ich habe dir schon gesagt, dass zwischen diesen Krankengeschichten nur eine auffällige Übereinstimmung bestand. Alle diese Patienten waren alt und krank, und alle sehnten ihr schnelles Ende herbei."

Ich fuhr unbeirrt fort.

"Einer dieser Patienten war Herr Winter von meiner Station, bei dem jemand zu Silvester die lebenserhaltende Infusion durch eine zu schwache Sicherung gestoppt hat."

Ich wandte mich zu Renate.

"Und kurz bevor diese Sicherung wie erwartet durchbrannte, hat man gesehen, wie du aus seinem Zimmer gekommen bist."

"Darf ich erfahren, wer behauptet, Renate bei Winter gesehen zu haben?" fragte Valenta.

Ich überlegte einen Moment. Bei Schwester Margitta und Bruder Manfred wäre ich nicht sicher gewesen, aber bei Renate und Valenta konnte ich mir einfach nicht vorstellen, dass sie kaltblütig eine Zeugin aus dem Weg räumen würden.

"Schwester Käthe hat Renate gesehen, wie sie aus dem Zimmer gekommen ist. Und da finde ich es naheliegend, zu vermuten, dass es auch Renate war, die die Sicherung ausgetauscht hat."

"Käthe?"

Valenta schien vollkommen konsterniert und wandte sich zu Renate.

"Hast du das gehört? Ausgerechnet Käthe!"

Dann drehte sich Valenta wieder zu mir.

"So ein Blödsinn. Renate kann nicht einmal die Batterien in der Fernbedienung vom Fernseher auswechseln, ohne mich anzurufen. Ich wette, sie weiß gar nicht, dass die Infusomaten über eine Sicherung laufen, geschweige denn, wo die ist. Außerdem habe ich dir schon neulich gesagt, dass unmöglich jemand Renate zu dieser Zeit auf deiner Station gesehen haben kann."

"Auf der Silvesterfeier hat Renate mir selbst gesagt, dass sie gehe, um ihrer Freundin Käthe auf meiner Station zu helfen."

Valenta verlagerte sein Gewicht auf meiner Couch.

"Hör zu, Felix. Was ich dir jetzt erzähle, muss absolut

unter uns bleiben."

Er blickte zu Renate. Diese hob die Schultern. Was immer Valenta mir zu sagen hatte, wäre seine Sache.

"Renate hat ein Alibi. Dieses Alibi sitzt vor dir. Wir haben uns Silvester kurz vor Mitternacht gleich hinter dem ehemaligen Wirtschaftstrakt getroffen und uns auf die Intensivstation verdrückt."

"Du und Renate?"

"Auf der Couch in meinem Dienstzimmer. Wir sind gemeinsam in das neue Jahr gerutscht, wenn du mein schlüpfriges Wortspiel entschuldigst."

Ich schaute mir den dicken Valenta an. Mit seinen hundertfünfzehn Kilo und auch sonst nicht gerade der Mann für das Titelbild eines Lifestyle-Magazins. Mit dem soll sich Renate in das neue Jahr gevögelt haben? Sexy Renate, die attraktivste Schwester unserer Klinik? War ich neidisch? Jedenfalls war die Geschichte nicht vollkommen unplausibel, nachdem ich Renates Bratkartoffelempfang für Valenta miterlebt hatte. Oder verschafften sich hier zwei Komplizen gegenseitig ein Alibi?

Sollte die Geschichte stimmen, konnte ich sie mir nur mit Renate auf Valenta vorstellen, umgekehrt hätte es die schlanke Renate erdrückt. Aber ich wollte mir die Sache nicht vorstellen.

"Es geht mich nichts an, ob ihr es miteinander treibt. Nur, wer treibt es an unserer Klinik nicht mit irgend jemandem? Warum, mit anderen Worten, kommt ihr erst jetzt mit dieser Geschichte heraus?"

Erstmals meldete sich Renate zu Wort.

"Es geht um die Ehe von Heinz. Es war nicht gerade günstig, dass ihn seine Frau zum Neujahrskuss nicht finden konnte. Sie kann uns nichts nachweisen, aber dumm ist sie nicht."

Machte das ihr Alibi plausibler oder erst recht zweifelhaft? Würde Heinz Valenta wirklich seine Ehe gefährden für eine heiße Nummer mit Renate zum Jahreswechsel, die ebenso ein paar Stunden früher oder später hätte laufen können? Andererseits, die menschlichen Handlungen und ihre Motive sind oft unvernünftig, erst recht, wenn Hormone und Alkohol mit ins Spiel kommen.

"Schön", sagte ich. "Akzeptieren wir für den Moment, dass du die Sicherung in einem Perfusor nicht auswechseln kannst und dass du dich kurz vor Mitternacht mit Heinz in seinem Dienstzimmer vergnügt hast. Wer, liebe Renate, hat dir meinen Hund in Geiselhaft gegeben?"

Renate bemühte sich um einen ungläubigen Ton.

"In Geiselhaft? Ich denke, du selbst hast ihr den Hund gegeben!"

"Wem habe ich den Hund gegeben? Ich habe ihn niemandem gegeben. Jemand hat Trixi entführt und mich damit erpresst. Von wem hast du meinen Hund?"

"Dein Hund ist entführt worden? Man hat dich erpresst? Ich glaube das alles nicht. Wer würde denn einen Hund entführen?" Renate schüttelte den Kopf, ihre blonde Löwenmähne tanzte Walzer. "Ich habe gehört, du wolltest den Hund eine Zeit los sein, bis sich Celines Hundeallergie gelegt hat."

Ich muss zugeben, dass Renate ehrlich überrascht klang. War sie wirklich eine so hervorragende Schauspielerin?

"Das einzige, worauf Celine allergisch reagiert, ist mangelndes Engagement für ihre Asylbewerber. Also – wenn ihr mir nicht den Hund gestohlen habt, wer hat ihn dann bei dir in Pension gegeben?"

Valenta und Renate wechselten einen langen Blick, aber falls es wirklich einen mysteriösen Dritten gab, wollten sie ihn mir nicht verraten. Plötzlich war ich die Sache leid.

Es gab keinen mysteriösen Dritten. Es gab nur einen übergewichtigen Kollegen, der wahrscheinlich einen großen Teil des Vermögens seiner Frau an der Börse verzockt und gemeinsam mit Renate eine neue Geldquelle entdeckt hatte. Und es gab eine Krankenschwester, die ihm half, diese Geldquelle am Sprudeln zu halten. Und mit der er schlief, wenn auch nicht in jener Silvesternacht. Es war mir egal, ob es hier um einen Arzt ging, der sich mit dem Versprechen, sich irgendwann von seiner Frau zu trennen, einer Krankenschwester bediente. Oder ob eine attraktive Krankenschwester einen nicht eben sehr ansprechenden Intensivarzt am Gängelband führte. Oder ob sich hier ein ebenbürtiges Pärchen gefunden hatte. Ich wollte die beiden nur noch los werden.

Einmal, weil sie mich langsam krank machten. Aber auch, weil die beiden zu zweit waren, ich hingegen alleine und immer noch auf Krücken. Drohte mir am Ende ein weiterer Unfall, ein unglücklicher Sturz auf der Treppe zum Beispiel, wenn die beiden erkannten, dass sie mich nicht überzeugen konnten?

Den Rest hätte ich mir sparen können. Während ich Valenta und Renate hinauskomplimentierte, blieb Renate dabei, dass sie ihre Freunde nicht verraten würde, zumal meinem Hund doch nichts passiert sei. Und laut Valenta kannte sich seine

Gespielin natürlich ebenso wenig mit Computern und E-Mails aus wie mit Sicherungen in Infusionspumpen.

Als sie endlich weg waren, hatte Valenta meine letzten beiden Biere erledigt, und im Fernsehen lief nur noch politischer Kram und das, was man in Deutschland unter Comedy versteht. Schönen Dank.

Nun musste ich wirklich bald mit Beate reden, über meine lieben Kollegen Schwester Renate und Doktor Valenta, aber auch endlich über die Verwendung von Winters Erbe. Diesbezüglich bestand allerdings noch Klärungsbedarf hinsichtlich der Drohungen seiner Großnichte. Also war Herr Winter mein erster Stopp am nächsten Tag in der Klinik.

"Eine reizende Person, meine Frau Großnichte, was? Nun verstehen Sie vielleicht, Doktor Hoffmann, warum ich mein Testament ändern will. Nichts für ungut, immerhin hat sie ihren Großonkel heilig Abend angerufen, ist doch auch was. Sie hätten hören sollen, wie sich die Gute aufgeführt hat, als ich ihr dabei angedeutet habe, dass ich über eine sinnvolle Verwendung für mein Erbe nachdenke!" Sein angedeutetes Lachen ging in einem Hustenanfall unter. "Erzählen Sie mir lieber, wie Sie sich in Bezug auf meinen Eins-zu-hundert-Vorschlag entschieden haben."

Das tat ich, verschwieg allerdings die 2196 Euro für die Bergung meines Autos.

"Ich will allerdings noch mit einem Rechtsanwalt sprechen, wie wir den Drohungen Ihrer Großnichte am besten begegnen."

Herr Winter erhob seinen ausgezehrten Körper und setzte sich auf die Bettkante.

"Was meinen Sie? Würde sie durchkommen mit dem Argument, dass die Schmerzmedikamente meine Urteilskraft trüben?"

"Mit Sicherheit. Sie bräuchte nicht einmal einen Gutachter. Es wäre ausreichend, dem Gericht die Beipackzettel vorzulegen. Vielleicht fällt einem Rechtsanwalt etwas dazu ein."

Unwillig schüttelte Winter den Kopf.

"Vergessen Sie diese Klugschwätzer. Ich habe mir folgendes überlegt: Sie geben mir drei Tage lang keine Schmerzmittel und was sonst noch angeblich meine geistige Klarheit trübt, würde das reichen?"

Ich nickte stumm.

"Schön. Danach kommen Sie mit einem psychiatrischen Gutachter und einem Notar, und ich unterschreibe das

Testament."

"Aber Sie werden Schmerzen haben, höllische Schmerzen! Das geht nicht."

"Na, klar geht das. Dieser Körper hat schon ganz andere Schmerzen ausgehalten, lieber Doktor."

Er deutete auf seine Narben und die großen Partien farblich vom Rest deutlich abgesetzter Haut, Erinnerungen an den Tag vor über sechzig Jahren, als er es mit seiner brennenden Messerschmitt gerade noch zurück über den Kanal geschafft hatte.

"Und glauben Sie nicht, das sei besonders heroisch. Es ist nur der eitle Wunsch eines alten Mannes, dass etwas von mir übrig bleibt nach meinem Tod. Und vergessen Sie nicht: Ich muss nur ein paar Tage die Zähne zusammenbeißen, Sie aber werden die ganze Arbeit haben mit unserem Projekt."

Innerlich verneigte ich mich vor diesem Mann und beschloss, die 2196 Euro für das Auto doch nicht von Tante Hildes Erbe abzuziehen. Dann strich ich alle Schmerzmittel von Winters Verordnungsplan und hoffte, dass es nicht am Ende tatsächlich der Wirkung unserer Medikamente zuzuschreiben war, dass Herr Winter sein Testament zu Gunsten der Klinik ändern wollte.

18

Es ist nicht etwa so, dass ich die Erledigung unangenehmer Dinge einfach nur aufschiebe. Ich bin darüber hinaus Weltmeister, auch überzeugende Gründe dafür zu finden. Und da diese Gründe rational und nachvollziehbar sind, muss ich sie dann natürlich befolgen. Nach dem Vorschlag von Herrn Winter war mein Gespräch mit Verwaltungsleiterin Beate und somit auch der Bericht über Valenta und Renate zwangsläufig vertagt, fand ich.

Erst einmal wollte ich abwarten, ob Winter wirklich drei Tage ohne Schmerzmittel durchhalten würde. Außerdem stand mir heute noch ein echtes Highlight bevor, endlich kam mein Gips ab! Das hieß zwar noch lange nicht, dass ich wie der selige Nurejew durch die Gegend springen konnte, aber ich war einige Kilo leichter und kam mit nur einer Krücke aus.

Am Abend begutachtete ich die Bescherung. Frauen schenken mir, wenn überhaupt, nicht gerade wegen knackiger Fußballerwaden Beachtung, aber Muskelschwund und Lichtentzug hatten mein rechtes Bein zu einem fliegenmadenweißen, fremden Körperteil gewandelt.

"Sieht ja richtig eklig aus", stärkte Celine mein Selbstbewusstsein.

Wenigstens versprach sie, mich morgen früh an der Klinik abzusetzen.

"Was macht eigentlich dein Freund, der Kommissar?"

"Keine Ahnung, nichts mehr gehört. Vielleicht hat er einen spannenderen Fall ausgegraben."

"Oder er ist besonders gründlich."

Schon der nächste Anruf zeigte, dass Celine recht hatte. Mein Freund Michael meldete sich direkt aus seinem Labor.

"Hallo, Felix. Ich wollte dir nur sagen, wir können demnächst über zweihundert Euro auf den Kopf hauen - ich habe die Blutuntersuchung von deiner Tante doch noch bezahlt bekommen."

"Wie das?"

"Die Gerichtsmediziner haben mir jetzt offiziell eine Blutprobe geschickt. Plötzlich sucht irgendein Staatsanwalt nach Gift, Überdosis, Tod und Teufel."

Also war mir mein gründlicher Freund Czarnowske doch noch auf den Fersen!

Nach meiner ersten Nacht ohne Gipsbein war ich noch beim Zähneputzen, als Celine, gut zwanzig Minuten zu früh, klingelte.

"Ich bin noch in Unterhosen. Komm hoch", teilte ich ihr über die Sprechanlage mit.

Der Anruf von Michael hätte mich warnen sollen. Nicht Celine stand vor der Tür, sondern vier Herren, einer davon Kommissar Czarnowske. Mit seinem bekannten traurigen Blick hielt er mir ein Papier vor die Nase.

"... wird auf Antrag der Staatsanwaltschaft gemäß §§ 94, 98, 102, 105, 162 StPO die Durchsuchung der Wohnräume und aller dazugehörigen Nebenräume und Nebengelasse sowie Pkw des Beschuldigten Doktor med. Felix Hoffmann ..."

Eine Menge Paragraphen in der Strafprozessordnung für eine simple Haussuchung! Ich war viel zu perplex und aufgeregt, um mir den Rest durchzulesen, daneben fühlte ich mich in meiner Unterhose noch hilfloser. Was konnte ich schon tun? "Polizeistaat", "Gestapomethoden" oder "das wird Ihnen noch leid tun!" schreien? Außerdem, was konnten die Leute schon finden? Also suchte ich nach meinen Jeans, während Czarnowske und Freunde mit ihrer Arbeit loslegten. Wenigstens Trixi protestierte lautstark, ich musste sie im Bad einschließen.

Als Celine auftauchte, beschäftigte sich die Schnüffeltruppe gerade mit meinem Schreibtisch.

"Was wollen die denn hier? Hast du wenigstens den Durchsuchungsbefehl gründlich gelesen?"

"Überflogen", gab ich zu.

"Falsch. Du darfst den Durchsuchungsbefehl ganz in Ruhe durchlesen, vorher brauchst du diese Leute gar nicht reinzulassen."

Woher weiß Celine solche praktischen Dinge? Machen die entsprechende Kurse in ihrem Pro-Asyl-Verein? Oder sind das Erfahrungen aus ihrer Wohngemeinschaftsjugend zwischen Canabispflanzung auf dem Balkon und Leonard-Cohen-Poster im Klo?

"Schreib dir alles genau auf, was die hier kaputt machen. Ich hole meinen Fotoapparat!"

"Und wer bitte sind Sie?"

Offensichtlich gefielen Freund Czarnowske Celines juristische Ratschläge nicht.

"Das geht Sie einen feuchten Kehricht an."

Ich begann mich zu fragen, ob Celines Auftritt meiner aktuelle Position nicht eher schadete, als ich endlich sah, warum sie dieses Tamtam veranstaltete: Dick und fett lagen auf meinem Schreibtisch zwei Briefumschläge, gut sichtbar mit der Nachsendeadresse "Hauspflegedienst Süd". Und tatsächlich, ganz mit Celine beschäftigt, legte Kommissar Czarnowske sie jetzt unbeachtet zur Seite!

Unter meiner Aufsicht und zu ihrem deutlichen Missfallen dokumentiert von der Fotografin Celine fahndete mein Morgenbesuch weiter nach Beweisen für die kriminelle Energie des Doktor Hoffmann. Die Untersuchung des Schreibtischs betrachteten sie inzwischen Gott sei Dank als abgeschlossen, mit Eifer widmeten sie sich nun meinem Haufen dringend reinigunsbedürftiger Wäsche, dem Staub unter meinem Bett und dem auf den Schränken.

Interessant fanden sie natürlich auch meine Privatkorrespondenz, zumal ich bisher nicht das Herz gehabt hatte, alte Liebesbriefe wegzuwerfen. Es gab keine schmutzige kleine Pornosammlung zu finden, kein Latex- oder Lederspielzeug, trotzdem, es ist ein unappetitliches Gefühl, sein Leben von Fremden durchwühlt zu sehen. Ich schwankte zwischen dem Verlangen, endlich wieder allein zu sein, und dem bösen Wunsch, ich hätte den Schnüfflern mehr zu bieten, ein großes Haus mit spinnenbewehrtem Dachboden zum Beispiel, mit Ratten im Keller und vielen dunklen Nebengelassen.

Zugegeben, falls Kommissar Czarnowske enttäuscht war, und davon ging ich aus, ließ er sich das nicht anmerken. Ich durfte schließlich noch für die Mitnahme meines Computers und der Bankauszüge eine "Liste der Asservate" unterschreiben, dann war die Morgenvorstellung bei Doktor Hoffmann beendet. Das Wissen von Czarnowske und Co. über Computer schien allerdings eher begrenzt, hatten sie doch meine externe Festplatte unbeachtet gelassen!

Kurz nach den Bullen hatte sich auch Celine eilig verabschiedet. Mich in der Klinik abzusetzen fehlte ihr inzwischen die Zeit, es ging wieder um ihren Kurden. Ich befreite Trixi aus dem Bad, die aufgeregt die fremden Geruchsspuren untersuchte, sichtlich sauer, von der großen Party ausgeschlossen gewesen zu sein. Vollkommen irrational, aber am liebsten hätte ich jetzt meine gesamte Wohnung desinfizieren lassen oder wenigstens einer gründlichen Reinigung unterzogen. Klar, dass ich dafür viel zu faul war. Immerhin, ein Gutes hatte die Polizeiaktion gebracht: Sie hatten hinter einem Schrank den Schnellhefter mit den Rechnungen gefunden, den ich seit Wochen verzweifelt für die Steuererklärung gesucht hatte. Aber jetzt würde die Steuer weiter warten müssen, wegen des verdächtigen Verstecks hatte mein Morgenbesuch auch diesen Schnellhefter mitgenommen.

Ein wenig beruhigte mich der verspätete Morgenauslauf mit Trixi, so wurde es fast Mittag, bis ich in die Klinik kam und mit deutlichem Erstaunen begrüßt wurde.

"Sie kommen ja doch noch!"

"Warum nicht?"

"Na, ja, wir haben geglaubt ..., also, die Polizei war hier, die haben ihr Zimmer durchsucht."

Daran hatte ich gar nicht gedacht - eine richtige konzertierte Aktion! Sollte ich mich geschmeichelt fühlen?

"Tut mir leid für euch, man hat mich nicht verhaftet. Also laßt uns eine zügige Visite machen."

Immer noch besser als Beate anrufen, die mir eine entsprechende Nachricht auf den Schreibtisch gelegt hatte, "dringend!"

Meine Kranken wenigstens hatten von der Polizei nichts mitbekommen, sonst hätte Patient Schmitz ihnen zusätzlich von meiner versuchten Ausrottung der gesamten Station mit BSE-verseuchtem Rindfleisch berichten können. So blieb es an Schwester Renate, mir den Tag weiter zu verschönen.

"Dir sitzt die Polizei im Nacken, habe ich gehört. Wie gefällt es dir, selbst Verdächtiger zu sein?"

Sie rüttelte an meiner Krücke, ich drohte, das Gleichgewicht zu verlieren.

"Und wer weiß, vielleicht haben die mit dir sogar den richtigen auf dem Kieker!"

Durch den Rest des Tages rettete mich die Klinikroutine. Bei Beate in der Verwaltung rief ich erst an, als ich sicher sein konnte, sie nicht mehr im Haus anzutreffen. Dann seilte ich mich auch ab in mein heutiges Abendprogramm: Inspektion der aktuellen Duftspuren in der Umgebung mit Trixi und Kriegsrat mit Celine.

Es stellte sich heraus, dass Celine bereits Kriegsrat hielt und dass ich mich heute zum wiederholten Mal geirrt hatte, als ich meinte, einem Gespräch mit Beate aus dem Weg gehen zu können. Allerdings ging es den beiden nicht um die Ermordung meiner Tante und meine dunklen Geschäfte mit Margitta und Manfred. Auf dem Teppich sitzend, arbeiteten sie sich durch fotokopierte Asylanträge, Ablehnungsbescheide, Bescheide über vorübergehende Duldung und widerrufene Aufenthalts-genehmigungen.

"Warum hast du dich nicht gemeldet, Felix?" empfing mich Beate.

"Ich war spät dran. Und dann habe ich dich nicht mehr

erreicht. Bist du von der Polizei vernommen worden?"

"Nein", antwortete Beate. "Als Verwaltungsleiterin hat man mich von der Durchsuchung deines Dienstzimmers informiert, mir den richterlichen Beschluss gezeigt, mehr nicht. Ich konnte sie nur warnen, irgendetwas an die Presse zu geben - ratzfatz wäre die Klinik wieder ganz oben auf der Schliessungsliste des Senats! Mindestens noch zweitausend Betten mehr müssen verschwinden, heißt es. Wir sind wirklich in einer heiklen Situation."

Deutlich genug machte nun selbst Beate mich für die Sache verantwortlich.

"Beate, nur zur Erinnerung. Ich habe in der Klinik keine Leute umgebracht, keine Wohnungen vermittelt, keine Provisionen kassiert. Und ich habe dich gleich am Anfang informiert."

"Stimmt. Am Anfang. Aber dann nicht mehr. Ich habe erst heute von Celine gehört, was sich bei deinem Unfall wirklich abgespielt hat und wen du in der Klinik verdächtigst."

"Nun beruhigt euch mal!" Celine drückte mir ein Bier in die Hand. "Es bringt nichts, uns hier gegenseitig anzuschreien. Lasst uns lieber überlegen, was eigentlich gelaufen ist und was jetzt zu tun ist. Ich zum Beispiel verstehe nicht, dass die Bullen wegen einer Unfalluntersuchung plötzlich so ein Fass aufmachen."

Zu diesem Punkt hatte ich mir inzwischen ausreichend Gedanken gemacht.

"Ich denke, die haben ganz normal einen Unfall mit zwei Toten untersucht. Wahrscheinlich hatten sie nur das Problem, wen sie von dem Tod unterrichten sollten, an wen sie die Verantwortung für alles weitere, Begräbnis und so, weitergeben konnten. Also mussten sie sich ein bisschen bei den beiden zu Hause umsehen, so kam wahrscheinlich eins zum anderen."

Welchen Anteil am wachsenden Interesse der Polizei meine Erinnerungslücken bei ihren Befragungen hatten, ließ ich unerwähnt.

"Da müssen sie sich aber ungewöhnlich intensiv umgesehen haben."

"Nicht unbedingt. Ich habe gesehen, wie sich mein Freund Kommissar Czarnowske angeregt mit Schwester Renate unterhalten hat."

"Wirklich, du musst mich über solche Dinge informieren!"

"Du hast ja recht, aber bis jetzt geht es Czarnowske nur um den Hauspflegedienst Süd und Immobilien-Manfred. Und um mich", versuchte ich Beate zu beruhigen. "Entweder waren wir in der märkischen Schweiz, um neue dunkle Pläne auszuhecken, oder ich habe meine ungeliebten Mitwisser unter dem Deckmantel eines Unfalls absterviert. Aktuell ist die Klinik nicht im Visier."

"Ich fürchte, das ist nur eine Frage der Zeit."

"Richtig", schaltete sich Celine ein, "es bleibt der unbekannte Mittäter in eurer Klinik. Den müßt ihr finden, und zwar vor der Polizei."

"Ich tippe nach wie vor auf Schwester Renate, mit oder ohne Valenta."

"Mit Schwester Renate als Täter habe ich nach wie vor Schwierigkeiten", beharrte Celine. Du hast doch erzählt, dass die Bratkartoffeln mit Speck für Valenta schon fertig waren, als ihr bei Renate eingetroffen seid, richtig? Also muss Valenta sie vorher angerufen und auf euer Kommen vorbereitet haben, oder? Meinst du nicht, das hätte ihr genug Zeit gegeben, den Hund irgendwo hin zu schaffen, wo du ihn nicht gefunden hättest?"

"Stimmt", musste ich zugeben. "Aber nur, wenn Valenta wirklich nicht nur Bratkartoffeln bestellt hat."

Beim zweiten Nachdenken sah ich die Schwäche meines Einwands. Denn der Sinn unserer Fahrt zu Renate war gerade, mich von ihrer Unschuld zu überzeugen, mir gemeinsam ihr Silvesteralibi zu präsentieren. Es war also ziemlich sicher, dass Valenta nicht nur seine Cholesterindosis bestellt, sondern auch mich angekündigt hatte.

"Wie hatte Renate noch einmal begründet, dass der Hund bei ihr war?" fragte Celine.

"Weil du eine Hundeallergie hättest."

"Dann denke ich, du solltest nach jemandem mit einer Hundeallergie suchen."

Keine schlechte Idee! Ich ließ die beiden mit ihren Asylantenproblemen allein, schnappte mir Trixi zu einer zweiten Abendrunde und machte mir Gedanken zu Sachen wie Freundschaft, Hautausschlag und Allergie. Zum Beispiel zu der Frage, wen Renate, wäre sie tatsächlich unschuldig, so konsequent decken würde. Und wer sich bestens mit meinem Computerterminal in der Klinik auskannte. Und wie sich eine Allergie äußerte. Mir fiel lediglich eine Person ein. Dort meldete sich nur der Anrufbeantworter. Dem sagte ich, dass wir uns dringend unterhalten müssten, und, für ein wenig Dramatik, dass mir die Polizei auf den Fersen sei.

"Ich werde übrigens den Hund mitbringen."

Die ganze Nacht wartete ich auf einen Rückruf, vergebens. Das machte mir Sorgen.

In der Klinik schaute ich zuerst bei Winter vorbei. Vorher kontrollierte ich in seine Kurve, er hatte tatsächlich durchgehalten, heute war sein dritter Tag ohne Schmerzmedikamente. Allerdings beklagten sich die Schwestern, warum ich die Schmerztherapie bei Herrn Winter abgesetzt habe, es würde sie enorm belasten, sein Leiden mit anzusehen.

"Er hat mich selbst darum gebeten, aus bestimmten guten Gründen, und es ist nur für drei Tage. Es stimmt, es tut auch mir weh, ihn leiden zu sehen. Aber vergessen Sie nicht: Wir müssen es nur mit ansehen, er aber muss wirklich die Schmerzen ertragen."

Herr Winter saß mit der Sauerstoffmaske in der Hand auf der Bettkante und blickte mich aus hohlen Augen an. Ganz offensichtlich bereitete ihm jeder Atemzug erhebliche Schmerzen. Seine Stimme war zu einem krächzenden Flüstern reduziert, kaum zu verstehen.

"Sind Sie in Schwierigkeiten, Doktor?"

Hatte sich der freundliche Polizeibesuch doch herumgesprochen? Oder spürte dieser Mann, trotz Luftnot und schrecklicher Schmerzen, meine Situation? Unglaublich! Für jeden normalen Patienten darf sein Arzt nur ein Problem haben, nur eine Sorge: seine schnelle Gesundung.

"Glauben Sie mir, Herr Winter. Sie würden jederzeit mit mir tauschen."

"Wahrscheinlich. Aber was immer es ist, Doktor, vergessen Sie es! Nutzen Sie Ihre Tage! Sie sehen, wie schnell es zu Ende gehen kann."

Ich klopfte ihm den knochigen Rücken mit Brennspiritus ab und versuchte, etwas von dem zähen Schleim aus seiner oberen Luftröhre abzusaugen. Selbst mit Schmerzmitteln keine angenehme Prozedur für den Patienten.

"Sind Sie sicher, dass es das wert ist, Herr Winter? Sollen wir die Sache nicht abbrechen?"

Erstaunlich energisch für seinen Zustand schüttelte er den Kopf.

"Machen Sie nur alles fertig für den Gutachter und den Notar morgen früh, damit es nicht umsonst war."

Ich versprach es, stellte die Sauerstoffkonzentration

etwas höher und begann mein klinisches Tagewerk. Bis halb neun musste ich nicht nur das Blut für das Labor abgenommen und mich um Röntgen- oder sonst welche Termine für meine Patienten gekümmert haben, bis halb neun wollte unter anderem auch die Verwaltung von mir wissen, ob und welche Patienten ich heute entlassen würde und was ich sonst an freien Betten hätte. Im wunderbaren EDV-Zeitalter mussten diese Meldungen in elektronische Formulare in unser Hausnetz eingehackt werden. Ohne Käthe klemmte es an allen Ecken und Enden, und es wurde fast zehn Uhr, ehe ich mich zur Visite aufmachen konnte.

Mitten in der Visite rief mich Valenta an, ob ich gleich zur Intensivstation rüberkommen könne.

"Du bist schon wieder im Dienst?"

"Wo sonst? Meinst du ich gehe in so eine famose Herzinfarkt-Reha-Klinik? Außerdem hatte ich dank deiner Hilfe keinen Infarkt, und wenn doch etwas passiert, wo wäre ich sicherer als auf unserer Intensivstation? Jetzt komm rüber, es ist wichtig."

Es dauerte eine Weile, bis ich dieses verkabelte und beatmete Wesen erkannte. Valenta veränderte gerade etwas an der Infusionsgeschwindigkeit.

"Als Patienten sehen Leute, die wir schon lange kennen, plötzlich fremd aus, stimmt's?"

"Auf jeden Fall älter. Oder so alt, wie sie wirklich sind. Was ist passiert?"

"Jede Menge Schlaftabletten, querbeet. Ganze Klumpen konnten wir noch aus dem Magen holen, den Rest spülen wir jetzt raus. Sie wird's überleben. Muss eine Kurzschlussreaktion gewesen sein, nichts Geplantes. Da weiß eine Krankenschwester besser, was zu nehmen ist."

Stimmt - eine Kurzschlussreaktion, ausgelöst durch eine kleine Ansprache von Doktor Hoffmann auf ihrem Anruf-beantworter. Gut gemacht, Herr Doktor!

"Hier - deshalb habe ich dich gerufen." Valenta reichte mir ein verschlossenes Kuvert mit meinem Namen. "Wir haben es eben erst bei ihren Sachen gefunden."

Valenta versicherte mir, er und sein Team hätten alles unter Kontrolle, ich zog mich in sein Dienstzimmer zurück und las.

"Lieber Doktor Hoffmann. Es tut mir leid, dass ich Sie in Schwierigkeiten gebracht und einem falschen Verdacht ausgesetzt habe. Eines aber ist mir wichtig: Ob in der Klinik oder während meiner Teilzeitarbeit bei der Hauspflege, ich habe nur Menschen beim Sterben geholfen, die mich ausdrücklich und wiederholt darum gebeten haben und deren Zustand oder deren Lebensumstände hoffnungslos waren. Ich habe niemanden 'umgebracht'."

Ich las den Brief zu Ende und steckte ihn dann ein, ebenso, ungeöffnet, das beigelegte Kuvert "für die Polizei". Nicht die Möglichkeit, dass ich mit diesem Brief meinen Kopf aus der Schlinge von Czarnowske und Co. ziehen konnte, stimmte mich etwas weniger traurig, sondern dass, wie Käthe schrieb, Renate sie gerade eben vom Auftauchen der Polizei informiert hatte. Als ich gestern anrief, war sie offenbar längst bewußtlos gewesen. Wenigstens eine Sache, an der mich keine unmittelbare Schuld traf!

Erstaunlicherweise war die Mannschaft am Freitagvormittag pünktlich um zehn Uhr komplett: mein Patient Winter, ich als sein behandelnder Arzt, ein Facharzt für Neurologie und Psychiatrie und der Herr Notar. Der Neurologe und Psychiater kam vom Universitätsklinikum. Wenn meine Klinik auch nicht direkt von Winters Vermächtnis profitierte, schien es mir dennoch besser, einen externen Kollegen mit dem Gutachten zu Winters Zurechnungsfähigkeit zu betrauen. Der Herr Notar gehörte, wie konnte es anders sein, zu Celines weitem Bekanntenkreis und schrieb später eine saftige Rechnung.

Immerhin war es bemerkenswert, wie angesichts so viel versammelter Fachkompetenz die Angelegenheit trotzdem reibungslos über die Bühne ging. Nach einer orientierenden neurologischen Untersuchung und einem kurzen Gespräch attestierte der Psychiater meinem Herrn Winter nicht nur eine "natürliche Einsichts-, Urteils- und Verständnisfähigkeit" (das reiche nicht aus, meinte der Notar), sondern auch seine "Geschäftsfähigkeit im Sinne des BGB". Den Text für das geänderte Testament hatte ich schon gemeinsam mit Winter und dem Notar vorbereitet, der allerdings darauf bestand, es noch einmal zu verlesen. Dann machte er es mit seinem Siegel zu einem wasserdichten Dokument, nachdem Winter als Erblasser und ich als Zeuge unterschrieben hatten.

"Einen Moment, ich hätte da noch etwas."

Aus seinem Nachttisch, den er als "mein kleines Büro" bezeichnete, zog Winter ein Formular hervor. Es handelte sich um den Vordruck einer sogenannten Patientenverfügung für den Fall, wie der Text sagte, dass er "nicht mehr in der Lage sein sollte, seine persönlichen Angelegenheiten selbst zu regeln".

"Dazu brauchen Sie mich nicht", erklärte ihm der Notar. "Aber zur Sicherheit kann Ihnen der Herr Neurologe auch hier den 'jetzigen Vollbesitz Ihrer geistigen Kräfte' attestieren."

Das tat der, kurz gingen wir dann die einzelnen Punkte gemeinsam durch. Winter bestimmte damit für den Fall von "schwerstem körperlichem Leiden, Dauerbewusstlosigkeit oder fortschreitendem geistigem Verfall ohne Aussicht auf Besserung" seinen Verzicht auf lebenserhaltende Maßnahmen oder Wiederbelebung, auf Ernährung über eine Sonde, auf Antibiotika im Fall einer Infektion und nahm "eine mit einer aggressiven Schmerzbehandlung unter Umständen einhergehende Lebensverkürzung" in Kauf. Wir kamen zum letzten Punkt auf dem Formular.

"Was meinen Sie, Doktor Hoffmann? Bin ich mit einer 'Organentnahme zum Zwecke der Transplantation' einverstanden?"

Selbst in seinem Zustand versuchte Winter, es uns leichter zu machen, der Situation etwas von ihrer Bedrückung zu nehmen. Wir verabschiedeten uns, Winters Dank ging in einem erneuten Hustenanfall unter.

"Wie lange hat er noch?" fragte der Notar auf dem Gang.

"Nicht mehr lange. Danke, dass Sie uns geholfen haben."

Im Schwesternzimmer ließ ich mir Winters Kurve geben und setzte ihm wieder eine ordentliche Schmerzmedikation an, zusätzlich noch einen Röntgen-Thorax für Montag. Sein Husten hatte sich in den letzten Tagen deutlich verschlechtert. Danach rief ich auf Intensiv an.

"Käthe ist wach und voll orientiert", informierte mich Valenta zu meiner Erleichterung. "Sie will dich sprechen."

Käthe sah nicht wirklich besser aus als gestern, wenn auch, befreit von der Beatmung und der künstlichen Niere, etwas menschlicher.

"Hallo, Käthe."

Sonst fiel mir nichts ein, auf Sprüche wie "was machen Sie denn für Dummheiten" konnten wir sicher beide verzichten.

"Ah, Doktor Hoffmann. Haben Sie der Polizei meinen Brief gegeben?"

"Nein. Die stochern bisher nur ein bisschen herum, kein Grund, Sie oder die Klinik mit hineinzuziehen."

Wir hätten es dabei belassen können, einen Moment schwiegen wir beide. Aber Käthe wollte sich aussprechen, warum sonst hätte sie mich rufen lassen?

"Sie wussten nichts von Ihrer Allergie auf Hundehaare, nicht wahr?"

"Das war wirklich nur dumm, die Sache mit Ihrem Hund. Aber nach dem Tod Ihrer Tante ist Margitta total ausgeflippt und kam mit dieser unseligen Erpressungsidee. Ich hatte doch nicht gewusst, dass es um Ihre Tante ging! Sonst hätte ich natürlich die Situation mit Ihnen besprochen. Aber wir sind uns ja nie bei Ihrer Tante begegnet."

Ich hatte immer angenommen, Tante Hilde sei nicht mehr ganz klar im Kopf, wenn sie von "der netten Schwester Käthe von der Hauspflege" erzählt hatte, und bringe das mit ihrer Zeit als Patientin in der Klinik durcheinander. Nun erinnerte ich mich, dass Käthe zu der Zeit, als Tante Hilde meine stationäre Patientin war, ihren Jahresurlaub genommen hatte. Und nach ihrer Entlassung hatte ich, wie gesagt, immer darauf geachtet, mit meinen Besuchen nicht in die Situation "Tante auf dem Topf" oder "Tante wird gewaschen" hineinzuplatzen.

Ganz klar war mir die Sache trotzdem nicht. Schön, als Käthe sie von ihrem Leiden erlöste, hatte sie nicht gewusst, dass Hilde meine Tante war. Ebenfalls nachvollziehbar, dass Margitta einen tüchtigen Schreck bekommen hatte, als ihr die Familienbande klar wurden. Die daraus entstandene Idee "Hundeentführung" schien zwar auch mir ein wenig dumm, aber dann, wer weiß, was man alles macht, wenn man sich in die Ecke gedrängt fühlt.

"Aber wie kamen Sie an den Hund, Käthe? Ich kann Sie mir nicht so recht als Hundeentführer vorstellen."

"Den hat mir Margitta eines Tages gebracht. Erst hat sie behauptet, er sei von einem unserer Pflegefälle, die ins Krankenhaus müsse. Aber ich hatte den Hund ja gesehen bei Ihrer Tante, wenn er da auch immer auf dem Balkon musste, wenn jemand zu Ihrer Tante kam. Sonst hätte er die ganze Zeit gekläfft. Also gab Margitta zu, woher der Hund kam und warum, und dass Sie Ihnen diese E-Mail auf Ihrem Laptop in der Klinik dazu geschrieben hätte." Käthes Stimme klang noch etwas angerostet von der Intubation. "Sie sollten wirklich Ihr Dienstzimmer immer abschließen, wissen Sie."

Tatsächlich hatte also Margitta schon damit gerechnet, dass ich bei ihr nach Trixi suchen würde. Hatte ich dann ja auch.

"Und wie kam der Hund zu Renate?"

"Sie hatten recht. Ich wusste bis dahin nichts von meiner Hundeallergie. Es hat auch einige Tage gedauert, fing ganz harmlos an. Aber dann wurde es klar. Was nun? Sollte ich den Hund jetzt endlich zu Ihnen bringen? Ich war ganz durcheinander. Es war ja nicht nur dieser furchtbare Ausschlag am ganzen Körper, ich bekam immer häufiger richtige Asthmaanfälle. Da habe ich den Hund zu Renate gebracht und sie gebeten, mir ein wenig Zeit zum Überlegen zu lassen, wie es weiter gehen sollte. Sie müssen mir glauben, Doktor Hoffmann: erst als Margitta mir den Hund gebracht hat, fing ich an, zu verstehen, was da mit ihr und ihrem Bruder wirklich lief. Ich hatte ja keine Ahnung gehabt!"

Schwester Käthe als Opfer? Das passte zwar zu dem Bild von ihr, das ich bisher hatte, kaum jedoch zu meinen Entdeckungen über Ihre Aktivitäten.

"Sie wollen die ganze Zeit nichts gemerkt haben?"

"Margitta war eine sehr geschäftstüchtige Frau, das wurde mir schnell klar. Aber ich habe mir einfach keine Gedanken gemacht, ob man ihren aufwendigen Lebensstil wirklich mit einem Hauspflegedienst finanzieren kann. Heute sehe ich es: die große Wohnung, das Auto, die Reisen, das hätte mir auffallen müssen!"

"Gab es denn nie eine Bemerkung der alten Menschen, die Sie stutzig gemacht hat? Zum Beispiel wegen der Bankvollmacht?"

Käthe nickte stumm vor sich hin.

"Natürlich, im Nachhinein fallen mir schon Dinge ein, die jetzt einen ganz anderen Sinn ergeben. Aber sie wissen doch, wie alte Menschen sind: immer in Sorge, ausgeraubt oder betrogen zu werden. Dauernd verlegen oder vergessen sie irgendwelche Sachen und sind dann überzeugt, dass man sie bestohlen hat. Und tatsächlich ergab sich nicht selten das Problem, dass wir bei zunehmender Verwirrtheit eine Kontovollmacht brauchten. Vielleicht hat es so angefangen, mit der Bankvollmacht eines Toten und einem gut gefüllten Konto, um das sich niemand gekümmert hat."

Wahrscheinlich war es so gewesen, dachte ich. Die Vorstellung, dass Margitta ihren Hauspflegedienst von vornherein zum Betrug der Rentenkassen und Plündern von Bankkonten gegründet hat, wollte auch ich nicht akzeptieren, sie wäre dann doch zu traurig.

Käthes Antlitz war frei von trotzig negierter Schuld oder verstecktem Fanatismus. Eine ältere Frau, nicht schön, nicht hässlich, aber vielleicht mit mehr Lebenserfahrung als ich.

"Käthe, es tut mit leid, aber ich habe immer noch

Schwierigkeiten mit Ihrer Geschichte. Wie zum Beispiel passen die Wohnungen zu Ihrer Darstellung, von nichts gewusst zu haben? Immerhin bin ich auf die ganze Sache erst gestoßen, weil Margittas Bruder Manfred die Häuser oder Wohnungen meiner Patienten sehr schnell und exklusiv auf dem Immobilienmarkt angeboten hat."

"Sie denken, es gab so etwas wie Tote auf Bestellung? Dass Menschen sterben mussten, weil sie ein großes Haus oder eine Wohnung in Spitzenlage, aber keine Nachkommen hatten? Nein, selbst Margitta hätte das nicht mit mir versucht. Es ist einfach so, dass sie mir einmal erzählt hat, dass ihr Bruder im Immobiliengeschäft sei und sie ihm die Adressen von Patienten melde, deren Tage definitiv gezählt waren. Sie sähe darin nichts wirklich Verwerfliches, die Objekte kämen sowieso auf den Markt. Anfangs fand ich das nicht in Ordnung, aber letztlich musste ich Margitta recht geben, niemandem entstand ein Schaden. Also gab ich ihr schließlich auch die Namen geeigneter Patienten, sowohl aus der Hauspflege wie auch aus der Klinik. Manchmal gab ich Namen und Adresse auch direkt an ihren Bruder. Mehr war da nicht, und es hatte absolut nichts damit zu tun, dass ich einigen Patienten beim ersehnten Sterben geholfen habe."

Irgendwann war ich einmal bei Käthe gewesen, ich glaube, zum Geburtstag. Ich erinnere mich an eine kleine Wohnung in der Nähe der Klinik mit einer Standardmöblierung im Stil der fünfziger Jahre, wahrscheinlich von den Eltern übernommen.

"Einmal hat mir Margittas Bruder zu Weihnachten so einen Präsentkorb geschickt, aber das war auch alles, Doktor Hoffmann."

"Wie sind Sie eigentlich zum Hauspflegedienst Süd gekommen?"

"Margitta sprach mich eines Tages an, ob ich aushelfen könne, als eine ihrer Mitarbeiterinnen plötzlich krank geworden war. Und da fand ich heraus, dass mich dreimal in der Woche abends Hauskrankenpflege mehr befriedigte als ein Feierabend allein vor dem Fernsehapparat. Aber schon bald habe ich gesehen, welche Menschen mir da zur Pflege anvertraut waren. Nun sah ich dieses Leid verdoppelt, tagsüber in der Klinik, und dreimal die Woche in der Hauspflege. Und mir wurde klar, dass niemand diesen armen Menschen helfen würde, wenn ich es nicht tat."

Ich stand auf und schaute über den Hof auf den Altbau, meine Geriatrie. Wie viele meiner Patienten wünschten, dass ich ihrem Leben endlich ein Ende machte? Hatte Käthe mehr Mut bewiesen als ich?

"Aber letztendlich, Käthe, haben Sie entschieden, wer weiter leben darf und wer nicht."

"Das habe ich nicht. Doktor, Sie machen im sauberen weißen Kittel Ihre Visite, verordnen ein paar mehr Einheiten Insulin, wenn der Blutzucker ansteigt, oder vielleicht ein Antibiotikum, wenn sich Fieber einstellt. Sie beschäftigen sich mit den Nieren der Patienten, ihrer Leber oder ihren Herzkranzgefäßen. Aber es sind wir Schwestern, die das Leid dieser Menschen wirklich erleben, die sie ein paarmal am Tag aus ihren Exkrementen herausholen, sie füttern, die Nächte mit ihnen und ihren Ängsten verbringen."

"Ich glaube nicht, dass ich meine Patienten nur als Summe ihrer Organe und deren Funktion sehe."

"Das tun Sie nicht, Doktor, das weiß ich. Aber trotzdem sind Sie in Ihrem Medizinerdenken gefangen, in dem es um Prognose und Lebenserwartung geht, kaum jedoch um Lebensqualität. Ich behaupte nicht, dass ich einen besseren Kontakt zu unseren Patienten als Sie habe. Er ist nur verschieden von Ihrem, spielt sich auf einer anderen Ebene ab."

Ich erinnerte Schwester Käthe an Fälle, in denen wir sehr wohl gemeinsam beschlossen hatten, die Therapie einzustellen.

"Ich erinnere mich auch an diese Fälle. Aber da ging es immer um Patienten, die nicht mehr ansprechbar waren oder jedenfalls nicht mehr Herr ihrer Sinne. Aber wir sprechen jetzt von Patienten bei vollem Bewusstsein, die ihr Weiterleben nur noch als Qual empfinden. Deshalb stimmt es eben nicht, dass ich alleine entschieden hätte. Diese Menschen haben mich immer wieder gebeten, ihnen beim Sterben zu helfen, und ich habe mit ihnen gemeinsam diesen Weg überlegt und dann gelegentlich auch mit ihnen gemeinsam beschritten. Das ist nicht leicht, das wissen Sie. Denken Sie nur an Ihre Tante – hat die Sie nicht auch gebeten, ihr den Tod zu schenken?"

Käthe hatte recht. Natürlich war es bei Tante Hilde einfacher gewesen, mich um ihren Blutdruck oder ihr Herz zu kümmern als um ihren Wunsch, von einem für sie sinnlosen Leben erlöst zu werden. Plötzlich hatte ich das Gefühl, mich verteidigen zu müssen.

"Vielleicht tue ich mich einfach schwerer damit, den Tod meiner Patienten zu akzeptieren."

"Wenn Sie den Tod verhindern, dessen Zeit eigentlich

gekommen ist und der sehnlich erwartet wird, machen Sie sich dann nicht erst recht zum Herren über Leben und Tod oder versuchen es jedenfalls? Vielleicht haben Sie selbst einfach mehr Angst vor dem Sterben als ich."

19

Wenn es etwas gab, was ich als Krankenhauspatient und später als gipsbeiniger Stationsarzt auf Krücken nicht vermisst hatte, waren das die Nachtdienste. Spätestens jenseits der vierzig steckt man die Abfolge Krankenhaustag – Nachtdienst -Krankenhaustag nicht mehr so locker weg wie früher. Vielleicht hätte ich mich mit dem Hinweis auf immerhin noch eine Krücke ein paar Wochen länger drücken können, wusste aber aus eigener Erfahrung, wie ärgerlich es ist, zusätzlich zu den eigenen Nachtdiensten noch die von kranken Kollegen oder Kollegen im Urlaub übernehmen zu müssen.

Also humpelte ich in dieser Nacht mit meiner Krücke über die Stationen wie Friedrich der Große durch sein Feldlager und bemühte mich um das übliche Sortiment an Simulanten, total Verrückten und ein paar richtig Kranken. Gegenüber den Schwestern sorgte ich jeweils für einen Gesichtsausdruck, in dem Doktor Hoffmann eindeutige Schmerzen tapfer unterdrückte.

Zwischen nächtliche Blutzuckerkontrollen und ähnlich anspruchsvollen Tätigkeiten wurde mir nach und nach der Grund für Käthes Selbstmordversuch klar. Eben nicht aus schlechtem Gewissen oder Angst vor der Polizei, sondern aus Furcht vor jener hoffnungslosen Zukunft, von der sie einige ihrer Patienten erlöst hatte. Denn zu Recht konnte sie nach Bekanntwerden ihres Tuns nicht damit rechnen, weiter als Schwester arbeiten zu können. Ein Grund mehr, Hauptkommissar Czarnowske und seine Truppe endgültig aus der Klinik herauszuhalten.

Alles in allem wurde es eine lange Nacht. Gegen halb sechs am nächsten Morgen lohnte es sich nun auch nicht mehr, ins Bett zu gehen, und ich wartete nur noch, dass um sechs endlich die Cafeteria zum Frühstück aufmachte.

Dort traf ich dann auf meine ebenfalls unrasierten Leidensgenossen von der Gynäkologie, der Chirurgie, der Urologie, der Anästhesie, und von keinem hätte ich bei ihrem derzeitigen Aussehen einen Gebrauchtwagen gekauft oder einen Scheck akzeptiert. Ich setzte mich zu ihnen. Bernd von der Anästhesie hatte schon die Morgenzeitung besorgt, selbst mit der Sportberichterstattung beschäftigt, überließ er mir das Feuilleton und den Wirtschaftsteil. Beide studierte ich ausführlich, denn es hat keinen Zweck, dass der Stationsarzt zu früh auf seiner Station auftaucht, er bringt dadurch nur die Schwestern und deren Tagesablauf durcheinander.

Im Wirtschaftsteil, sonst nicht unbedingt meine

Standardlektüre, sprang mir sofort die Schlagzeile ins Auge: "Geschäftsführung von ABS weist Beschuldigungen zurück." Als Besitzer von fast zweihundert der fünf Millionen Aktien dieses Unternehmens musste ich erfahren, dass die Börsenaufsicht nicht nur das Geschäft zwischen ABS und dieser holländischen Biotechnologiefirma überprüfte und dabei von einem vermuteten Scheingeschäft sprach, sondern eine ganze Reihe weiterer Vorwürfe gegen das Management von ABS vorbrachte, wie falsche Gewinnprognosen und Insidertrading.

Die schwerste Anschuldigung bestand darin, dass das Management trotz einer Sperrfrist von zwei Jahren, der sogenannten "lock up period", heimlich einen großen Teil seines Aktienpakets verscherbelt habe. Alles in allem drohte meinen Aktien mit "fast unglaublichem Steigerungspotential" (Originalton Valenta) die Metamorphose zu wertlosen Junkbonds. Letztlich vom Stuhl haute mich aber das Foto zum Artikel, das die Geschäftsführerin von ABS zeigte. Ich brauchte die Bilderunterschrift nicht zu lesen, die Geschäftsführerin von Advanced Biotechnical Systems hatte ich inzwischen persönlich kennengelernt: Simone Simons, die Großnichte meines Patienten Winter!

Anästhesist Bernd beugte sich zu mir herüber.

"Wer ist denn die blonde Schönheit? Die hat ja 'ne Mähne wie sexy Renate! Hat Valenta ihretwegen so viele Aktien von dieser Firma gekauft? Die ist genau der Typ, für den ich morden würde!"

Großer Gott! Hatte ich in der märkischen Schweiz doch kräftiger auf den Kopf bekommen als angenommen? Und den Rest meiner Hirnzellen in der Narkose verloren? Selbst dem dümmsten Dummkopf wäre längst klar gewesen, wen Schwester Käthe wirklich in der Silvesternacht aus Winters Zimmer hatte kommen sehen. Hatte ich doch neulich selbst vor Winters Zimmer die Großnichte mit Renate verwechselt. Und nach dem Artikel war mehr als sicher, dass der Großnichte und ihrer Firma das Wasser bis zum Hals stand und sie sehr gute Gründe hatte, ein neues Testament ihres Großonkels unbedingt zu verhindern!

"Ich weiß nicht, ob ich für sie morden würde", genüsslich säbelte ich ein Brötchen in zwei Hälften, "aber ich glaube, ich werde die Dame heute noch besuchen."

Erstaunt blickte Bernd auf.

"Na, dann viel Spaß", rief er mir nach, als ich mit meiner Krücke eilig zur Intensivstation humpelte.

Dort stand ich vor einem frisch abgezogenen Bett.

"Wo ist Käthe?"

Schlimmste Vorstellungen wetteiferten in meinem Großhirn um die Pool-Position.

"Zu Hause, denke ich", antwortete Valenta.

"Seid ihr wahnsinnig?"

"Was sollten wir machen? Sie festbinden? Per Gerichtsbeschluss entmündigen? Du weißt, wie das ist."

Entgegen all meinen wüsten Vorstellungen bekam ich Käthe ans Telefon.

"Keine Angst, Doktor Hoffmann. Sie brauchen mich jetzt nicht alle Stunde anzurufen."

"Das freut mich zu hören, Käthe. Aber eine dringende Frage noch: Wie war das mit Herrn Winter zu Silvester?"

"Wir haben ihn gemeinsam reanimiert, das wissen Sie bestimmt noch."

"Klar. Aber warum wurde mir einen Tag später von Marske seine Wohnung zum Kauf angeboten?"

"Die Wohnung von Herrn Winter?" Die Überraschung schien mir echt, Käthe war einen Moment sprachlos, fuhr dann fort. "O Gott, jetzt verstehe ich, warum Margitta so aus dem Häuschen war! Sie wissen doch, wie schlecht es Herrn Winter ging. Es war eigentlich klar, dass er das neue Jahr nicht mehr erleben würde. Besonders, nachdem Sie mir gesagt hatten, dass Sie ihn nicht auf die Intensivstation verlegen würden. Ich hatte noch freie Tage als Ausgleich für Weihnachten, und so nicht mitbekommen, dass Sie ihm trotzdem Katecholamine gegeben hatten. So kam es, dass ich Margitta von seiner Wohnung erzählt hatte."

"Sie haben bei Winter also keine Sterbehilfe versucht, richtig?"

"Warum hätte ich ihn dann wiederbeleben sollen?"

Stimmt. Und die falsche Sicherung passte auch nicht zu Käthes modus operandi. Eher schon zu jemandem mit mehr technischer Orientierung.

Auf der Station fasste ich die Visite kurz, schließlich war Samstag, kein geeigneter Tag, um ohne Not eine neue Therapie zu beginnen oder eine Diagnose umzuwerfen. Danach rief ich Simone Simons an. Ich wollte Herrn Winter nicht beunruhigen, also suchte ich mir die Telefonnummer der Großnichte aus dem Telefonbuch heraus.

Natürlich wisse sie noch, wer ich sei, aber es täte ihr leid, sie hätte im Moment dringende Aufgaben und könne sich nicht um ihren Großonkel kümmern. Als ich andeutete, dass es um sein Erbe ginge, konnte sie dann doch. Sie schlug ein Treffen gegen Abend in ihrer Firma vor, vorher habe sie keine Zeit. Das glaubte ich ihr gerne. Der Zeitungsartikel deutete an, dass sich neben der Börsenaufsicht eventuell auch die Staatsanwaltschaft für die Firma Advanced Biotechnical Systems interessierte.

Dann rief ich Celine an, um meine Frau Doktor Watson aufs laufende zu bringen.

"Hast du die Zeitung da? Im Wirtschaftsteil ist ein Foto von ihr."

Celine war irgendwie nicht gut drauf.

"Woher soll ich die Zeitung haben? Es ist deine Aufgabe, hier Samstags mit Brötchen und Zeitung anzutreten."

"Doch nicht, wenn ich Nachtdienst hatte."

Nahm sie mir immer noch übel, dass sie schon letzten Sonntag zum Bäcker musste? Aber vielleicht hatte ich durch Nachtdienst und Müdigkeit etwas latent Aggressives in der Stimme. Jedenfalls würde sie mich nicht zu Winters Großnichte begleiten.

"Ich kann nicht. Ich bin schon fast weg. Es heißt, sie haben Sedat aufgespürt und wollen ihn verhaften."

Ich erinnerte mich vage. Sedat war dieser von Abschiebung bedrohte Kurde, von dem Celine mir neulich erzählt hatte.

"Wer hat ihn aufgespürt?"

"Na, die Polizei, die Ausländerbehörde. Was weiß ich, vielleicht auch der FBI oder der CIA. Seit der Sache mit dem World Trade Center und dem Pentagon können die doch hier wieder herumspringen, als gehöre ihnen das Land."

Ich verzichtete darauf, Celine auf die Nase zu binden, dass ich persönlich immer noch lieber CIA, KGB und BND auf den Straßen hätte als irgendwelche Selbstmordterroristen - schließlich wollte ich etwas von ihr.

"Kann ich dann wenigstens deinen Wagen haben?"

"Tut mir leid. Den brauche ich wegen Sedat selber. Du kannst dich ja später noch melden. Bis dann."

Ich war ziemlich sauer. Sauer, dass sich Celine mehr für ihre Asylantengeschichte als für mich und meinen Fall interessierte. Und sauer, dass ich nun wieder ohne Auto dastand. Wie sollte ich zu Frau Simons nach Buch kommen? Wieder quer durch die Stadt mit dem Taxi?

Das gab den Ausschlag. Ich blätterte in der Zeitung und fand heraus, dass es am Samstag noch immer den großen Gebrauchtwagenmarkt in Siemensstadt gab. Also auf nach

Siemensstadt! Trixi würde es egal sein, ob sie an Bäume oder gebrauchte Autos pinkelte.

Natürlich ließ ich es mir nicht nehmen, auch in der Abteilung Porsche, Jaguar und Co. vorbeizuschauen. Trotzdem war ich unverändert der Überzeugung, dass für meine Mobilitätsbedürfnisse ein Gebrauchtwagen absolut ausreicht und verschaffte mir einen Überblick über die aktuelle Situation in diesem Marktsegment.

Die Autogeneration, zu der mein seliger Golf gehört hatte, war anlässlich der Wiedervereinigung von fleißigen Händlern als Aufbauhilfe Ost an unsere neuen Landsleute verscherbelt worden und inzwischen längst in der Schrottpresse. Aber auch darüber hinaus hatten sich die Gegebenheiten des Gebrauchtwagenmarkts radikal geändert, inzwischen waren die Verkäufer zum größten Teil Türken und die Käufer aus Russland oder Polen.

Trotzdem war ich am Ende meiner Markterhebung stolzer Eigner eines sechs Jahre alten Fahrzeugs aus Korea mit neuem TÜV, Fahrerairbag und fast halbvollem Tank. Gemessen an der Zeit vor meinem Ausflug in die Maisfelder der märkischen Schweiz hatte ich mich automäßig deutlich verbessert.

Und immerhin transportierte mich das eben erstandene Fahrzeug ohne Komplikationen quer durch die Stadt zur Firma ABS. Mich und Trixi. Trixi mochte nicht ganz der allgemeinen Vorstellung von einem Kampfhund entsprechen, könnte aber zum Beispiel laut kläffend zur nächsten Polizeiwache stürmen, sollte mich Frau Simons in ihrer Firma mit Säure übergießen, einzementieren oder beides zugleich.

Frau Simons residierte in Buch, einem Ortsteil weit im Nordosten, an der Peripherie des ehemaligen Ostberlin. Noch längst nicht ist in Berlin "zusammengewachsen, was zusammengehört", eine Fahrt nach Buch bedeutete, erst recht an einem dunklen Winterabend, eine lange Reise durch dem Westmenschen unbekanntes Land.

Advanced Biotechnical Systems arbeitete in einem sanierten Gebäude gemeinsam mit anderen universitären Ausgründungen, den Firmenschildern nach ging es vorwiegend um die Goldgrube Gentechnologie. Großzügig subventioniert versuchten hier Leute Geld für sich aus Forschungsergebnissen zu machen, zu denen sie mit Hilfe von Steuergeldern gekommen waren.

Diesmal war ich schlauer als bei der Suche nach dem

städtischen Tierheim und hatte einen Stadtplan mitgenommen. Nur so fand ich schließlich auch das Gebäude, in dem die Firma ABS Analyseautomaten herstellte und den Wert meiner Aktien mehren sollte. Ich drückte einen Knopf, von dem ich annahm, dass es sich um die Klingel handelte.

"Zweiter Stock. Den Hund können Sie hier nicht mit rein bringen", schnarrte es aus einem Lautsprecher, den ich ebenso wenig wie die Überwachungskamera bemerkt hatte.

Ich brachte Trixi zurück in den Wagen. Offensichtlich beleidigt, wandte sie sich von mir ab und rollte sich auf dem Fahrersitz meiner koreanischen Neuerwerbung zusammen.

"Du alarmierst die Bullen, wenn ich in einer halben Stunde nicht zurück bin. Und zerkratze inzwischen nicht das Polster!"

Ohne erneutes Klingeln erklang ein Summen, und ich öffnete die Tür, die gleich hinter mir ins Schloß fiel und mit einem deutlichen Klicken absperrte. Interessehalber versuchte ich, sie wieder zu öffnen, vergeblich. Die Gänge waren nur schwach beleuchtet, die Treppe in den zweiten Stock aber nicht schwer zu finden. Hinter Glastüren fuhren kleine Tabletts mit Proben von einer Untersuchungskammer in die andere, fleißige Greifarme sorgten für Nachschub. Kein Mensch war zu sehen. Nur aus einem Zimmer am Ende des Ganges kam helles Licht.

"Kommen Sie. Letztes Zimmer links."

Großnichte Simone saß in einem Büro, fast unsichtbar zwischen Stapeln von Papieren. Überall standen Umzugskartons, zum Teil leer, zum Teil gefüllt mit Aktenordnern. Frau Simons war an diesem Sonntagabend eindeutig eine vielbeschäftigte Frau. Unaufgefordert setzte ich mich ihr gegenüber und lehnte meine Krücke demonstrativ an ihren Schreibtisch.

"Willkommen bei Advanced Biotechnical Systems. Bei uns können Sie einen Blick in die Zukunft werfen."

"Ich bin beeindruckt. Das sind Analyseautomaten, die da draußen laufen, richtig?"

"So ist es. Unsere neueste Generation. Die bestimmen Ihnen bis zu fünfhundert verschiedene Enzyme und deren Konzentration aus nur einem Tropfen Blut."

Ich wagte nicht, mir die Anzahl unsinniger Folge-untersuchungen auszumalen, die sich aus der Bestimmung von fünfhundert Enzymen bei einem meiner Patienten ergeben würden.

"Ich dachte, Sie produzieren diese Automaten?"

"Stimmt. Aber die eigentliche Herstellung läuft ein paar

Kilometer weiter, in Brandenburg, wegen der Subventionen. Zu einem geringen Teil auch in Polen. Was Sie durch die Glastüren gesehen haben, sind Teststrecken. Hier prüfen wir die laufende Produktion und entwickeln die Geräte weiter. Spätestens in zwei Jahren werden wir Marktführer sein."

"Wenn das so ist, sind doch hohe Gewinne zu erwarten. Dann verstehe ich nicht, weshalb Sie noch innerhalb der Sperrfrist Ihre Aktien verkauft haben."

Frau Simons gönnte mir ein Lächeln.

"Sie haben heute Zeitung gelesen?"

"Bin sogar bis zum Wirtschaftsteil vorgestoßen."

"Als intelligenter Mensch werden Sie nicht alles glauben, was in der Zeitung steht. Außerdem, selbst wenn ein Unternehmer Aktien aus seinem Besitz verkauft, heißt das noch lange nicht, dass er den Glauben an den Erfolg seines Unternehmens verloren hat. Es heißt in der Regel vielmehr, dass er Kapital braucht. Jedes Unternehmen, das innovativ arbeitet und expandiert, braucht Kapital."

Der Artikel heute Morgen hatte eher spekuliert, dass die Anteilseigner noch schnell Kasse machen wollten, ehe die ABS-Aktie zu ihrer unaufhaltsamen Talfahrt angesetzt hatte. Aber darum kümmerten sich jetzt die Börsenaufsicht und eventuell die Staatsanwaltschaft, falls bis dahin nicht ein Großteil der Akten in den Umzugskartons genauso unauffindbar verschwunden sein würden wie die Akten der Regierung Kohl aus dem Bundeskanzleramt. Mein Thema war ein anderes.

"Trotzdem verstehe ich nicht, warum Sie so wild auf das Erbe Ihres Großonkels sind, wenn ABS ein derart profitables Zukunftsunternehmen ist."

Die Großnichte breitete ihre Arme aus und öffnete die Handflächen in meine Richtung - das alte Signal, dass man nichts zu verbergen habe.

"Doktor Hoffmann, Sie halten mich für eine raffgierige Frau, scheint mir, die sich an dem Tod ihres Großonkels bereichern will. Eigentlich könnte mir egal sein, was Sie denken, aber ich will es Ihnen trotzdem erklären: Diese Firma hat zur Zeit einen Liquiditätsengpass. Das ist nichts Ungewöhnliches, besonders nicht bei einem so jungen Unternehmen. Und da können Sie das beste Produkt auf der Welt haben, das hilft Ihnen gar nichts, wenn Sie nicht über die Mittel verfügen, das Produkt auf dem Markt zu platzieren und eingegangene Verträge fristgerecht zu erfüllen. Den Tod meines Großonkels kann ich nicht verhindern, und Sie können es offensichtlich auch nicht.

Also habe ich ein Interesse daran, wenigstens das mir zustehende Erbe sinnvoll einzusetzen."

"Das habe ich auch."

Sie machte eine wegwerfende Geste.

"Mein Großonkel hat mir von Ihrem kleinen Projekt erzählt. Also ehrlich, Doktor Hoffmann! Wägen Sie das doch einmal ab gegen die Arbeit, die hier läuft! Es ist doch nicht so, dass ich mich persönlich bereichern will. Es geht mir um diese Firma! Es geht um Arbeitsplätze, um die Aktionäre, um unser Produkt."

Es ist stets die gleiche Argumentation. Es geht immer nur um die Firma, den Weltfrieden oder das Gemeinwohl. Ich gab der Großnichte zu verstehen, dass eine falsche Sicherung in der Infusionspumpe ihres Großonkels fast seinen Tod bedeutet hätte.

"Und was soll ich damit zu tun haben?"

"Sie haben nach einer Abkürzung zum Ausgleich Ihres finanziellen Engpass gesucht, nachdem Ihr Großonkel angedeutet hatte, dass er sein Testament ändern würde. Wissen Sie, man hat Sie gesehen in der Silvesternacht."

Diese Mitteilung musste sie erst einmal verdauen, aber sie fing sich schnell.

"Nehmen wir einmal an, ich bin wirklich gesehen worden. Denken Sie, es würde als Verbrechen angesehen, seinem Großonkel im Krankenhaus ein frohes neues Jahr zu wünschen? Und noch etwas. Ich könnte mir vorstellen, dass es zumindest keine gute Publicity für Ihre Klinik ist, wenn in der Zeitung stünde, dass bei Ihnen lebenswichtige Infusionspumpen wegen falscher Sicherungen ausfallen. Mal ganz abgesehen von möglichen Schadensersatzklagen. Was meinen Sie?"

Was hatte ich erwartet? Vielsagende Ausflüchte? Ein Geständnis gar? Aber niemand war Zeuge gewesen, als ich die falsche Sicherung in dem Infusomaten gefunden hatte. Ebenso würde ein geschickter Verteidiger herausbekommen, dass Schwester Käthe gemeint hatte, Renate gesehen zu haben. Als Entwicklerin von Analysegeräten hatte Frau Simons einen ebenso analytischen Verstand und schnell erkannt, dass längst die Polizei bei ihr gewesen wäre, hätte ich wirklich Beweise. Die Großnichte bedachte mich mit einem koketten Lächeln.

"Habe ich sonst noch etwas auf dem Gewissen?"

"Ich kenne mich mit Ihrem Gewissen nicht so gut aus, Frau Simons."

Die Großnichte erhob sich und stolperte dabei fast über einen der Umzugskartons.

"Ich sage Ihnen was, Doktor Hoffmann. Erst einmal schönen Dank für diese spannende Erzählung, war richtig interessant. Ganz offensichtlich sind Sie mit einer blühenden Phantasie begnadet. Was meine Person als Teil der Handlung betrifft, rate ich Ihnen zur Vorsicht, damit Sie sich nicht dem Vorwurf der Verleumdung aussetzen. Oder aber wir sehen uns wieder, wenn Sie das, dessen Sie mich bezichtigen, irgendwie beweisen können."

Sie stand jetzt in der Tür zum Korridor.

"Einen interessanten Abend wünsche ich noch!"

Ich hatte versagt. Vielleicht kann ich ganz gut den Krankheitsverlauf und die Symptomatik aus einem Patienten herauskitzeln, aber meine Verhörtechnik in nichtmedizinischen Fällen schien mir stark verbesserungsbedürftig. Mit keinem Wort hatte sich die Großnichte verraten, ich hingegen hatte, ähnlich wie bei Margitta, mein gesamtes Wissen preisgegeben und damit klar gemacht, dass ich über keine wirklichen Beweise verfügte. Ein wenig tröstete mich bei meinem Abgang durch die abgedunkelten Korridore der Gedanke, dass ich bei der aktuellen Konstellation wenigstens den Ausgang ohne ernsthaften Unfall erreichen sollte.

Soweit erwies sich diese Annahme als richtig, aber die Ausgangstür ließ sich sowenig öffnen wie vorhin. Nach einigen Versuchen schnarrte Simones Stimme aus einem mir unsichtbaren Lautsprecher.

"Das ist ein Zeitschloss, geht erst morgen früh wieder zu öffnen. Folgen Sie den Schildern zum Notausgang."

Es ging nach unten, ab in den Keller. Brav folgte ich dem Strichmännchen, das weiß auf grünem Grund Reißaus vor irgendeiner Gefahr nahm - Weicheier! Was sollte hier schon passieren? In den langen Kellergängen standen offene und geschlossene Holzkisten bis zu Sarggröße, Rohre, Leitungen, Kabel - dieser Bereich war eindeutig nicht für Besucher vorgesehen.

Der Berliner Vorort Buch hatte zu DDR-Zeiten als Synonym für eine unüberschaubare, zum großen Teil der Nomenklatura vorbehaltene Ansammlung von Spezialkliniken gestanden, ich befand mich offensichtlich in dem unterirdischen Verbindungssystem dieser teils sanierten, teils aufgegebenen Gebäude. Links von mir hörte ich ein Quieken, ich stellte mir Schweine vor mit Elektroden im Kopf oder einem neuen Kunstherz in der Brust. Vielleicht auch mit Milzbrand, Pest oder AIDS. Weiter rechts wurde in altdeutschen Lettern der Weg zum

Luftschutzraum, Kapazität vierundsiebzig Personen, gewiesen.

Unvermittelt stieß ich gegen eine Tür mit der Aufschrift "radioaktive Strahlung", genau da verlosch das Licht. Ich bekenne eine gewisse Panik. Hatte mich Frau Simons doch nicht als ungefährlich eingeschätzt? Außer zu Silvester schon lange Nichtraucher, hatte ich weder Streichhölzer noch ein Feuerzeug dabei, unglücklicherweise auch kein Nachtsichtgerät, keinen Powerlaser in meiner Krücke und nicht einmal ein Handy. Behutsam tastete ich mich an der Wand zurück, entdeckte endlich eine unverschlossene Tür. Ich öffnete vorsichtig, augenblicklich hob ein wütendes Geheul an und irgendetwas sprang aus der Dunkelheit auf mich zu. Es gab ein böses Knacken, sofort ließ ich meine Krücke los und schaffte gerade noch, bevor die Bestie ihren Irrtum erkannte, die Tür zuzuschlagen.

Wollte ich nicht von tollwutinfizierten Hunden zerfleischt oder von Radioaktivität verstrahlt werden, war das Öffnen von Türen erkennbar keine gute Option. Ohnehin meiner Krücke verlustig, robbte ich auf allen Vieren die Bodenkante entlang, erkannte jedoch an der nächsten Kreuzung, dass ich die Orientierung endgültig verloren hatte. Von wo war ich gekommen? Wo war die Treppe nach oben? Oder erwartete mich dort Frau Simons mit einer infizierten Kanüle? Plötzlich ging das Licht wieder an. An die Wand gestützt, humpelte ich weg von dem aggressiven Gebell und fand endlich einen meiner Strichmännchen-Freunde, deren ängstliche Eile ich jetzt verstand.

Zu guter Letzt schlug mir hinter einer maroden Holztür endlich die kühle Nachtluft Nordberlins um die Ohren, etwa vier Querstraßen von meinem neuen Auto entfernt. Zweimal bog ich in die falsche Richtung ab, wahrscheinlich, weil mir ohne Krücke Linkskurven leichter fielen als Rechtskurven. Schließlich aber fand ich einen ordentlichen Ast als Ersatz und stand kurz danach vor dem Eingang von ABS, Gott sei Dank von außen. Trixi war zwar offensichtlich nicht in Sorge um mein Wohlergehen verendet, hatte aber auch nicht die Polsterung auseinander-genommen oder bepinkelt.

Eine letzte Chance gönnte ich der Sache noch, fuhr einmal um den Block und parkte dann außerhalb des ohnehin spärlichen Lichtes der Laternen etwa hundert Meter vom Eingang entfernt. Nach einer halben Stunde Warten wusste ich, wie sich eine Schweinehälfte im Kühlhaus fühlt, ohne dass Frau Simons aufgetaucht oder sonst etwas geschehen wäre.

Zurück im heimatlichen Zehlendorf klingelte ich gegenüber bei Celine, aber die war wohl noch in Sachen

Kurdenhilfe unterwegs. Natürlich bin ich überzeugter Multikulti, jedenfalls so lange, wie es nicht um Celine und eventuell zu enge Kontakte zu meinen arabischen Geschlechtsgenossen geht. Frustriert zerrte ich Trixi auf eine Pinkelrunde durch die Nachbarschaft, bei Celine jedoch blieb es weiterhin dunkel.

Großnichte Simone meldete sich schon am nächsten Tag, telefonisch. Ich war gerade auf dem Weg zum Mittagessen. Sie habe nachgedacht, es würde doch nichts bringen, uns gegenseitig das Leben schwer zu machen. Was ich davon hielte, wenn sich die Klinik und sie das Erbe ihres Großonkels teilen würden? Da bliebe für jeden genug, und sie könnte darauf verzichten, uns wegen des Behandlungsfehlers beziehungsweise verletzter Sorgfaltspflicht zu belangen. Was ich dazu sagte?

"Natürlich werde ich Ihren Großonkel dazu fragen. Und zu Recht spekulieren Sie darauf, dass ich ihm weiterhin nichts von Ihrem Anschlag auf sein Leben erzählen werde ..."

"Ein Anschlag, den es nur in Ihrer blühenden Phantasie gibt und für den Sie keine Beweise haben!"

"... ein Anschlag, von dem zu wissen ihm sicher die letzte Lebenskraft rauben würde. Nur glaube ich trotzdem nicht, dass Ihr Großonkel Ihrem Vorschlag zustimmen wird."

"Für Sie und Ihre Klinik wäre es aber gut, er täte es. Geben Sie sich Mühe, Herr Doktor Hoffmann."

Manchmal finde ich mich selbst ganz schön dreist, aber von dieser Frau konnte ich noch eine Menge lernen. Hatte ich mein Geld letztendlich doch in der richtigen Firma angelegt? Nein, denn die Finanzlage von ABS blieb prekär: Wie erwartet, lehnte Simone Simons' Großonkel den Vorschlag ab.

"Kommt überhaupt nicht in Frage. Ich könnte Ihnen Dinge über diese Frau erzählen ..."

Ich auch, dachte ich. Offensichtlich hatten wir beide ähnliche Erfahrungen mit Frau Simons gemacht. Oder ahnte Herr Winter am Ende, wem er die Neujahrstage auf der Intensivstation verdankte?

Mir fiel ein, dass ich bei Herrn Winter einen Röntgen-Thorax angefordert hatte. Offensichtlich war die Anforderung aus der Geriatrie wieder einmal den dringenden Erfordernissen der Akutabteilungen zum Opfer gefallen.

"Morgen früh, gleich als erstes", wurde mir immerhin vom Röntgen versprochen.

Als ich an diesem Abend zu Hause einparkte, sah ich Licht bei

Celine. Ich beschloss, dass es an der Zeit wäre, die unausgesprochene Missstimmung zwischen uns zu beenden. Ich würde ihr sagen, dass ich ihr Engagement für die Verfolgten aller Länder dieser Welt bewunderte, was auch stimmte. Daneben wollte ich ihr mein neues Auto vorführen und über den Besuch bei Großnichte Simone berichten. Daneben könnte es ja sein, dass einem von uns oder beiden nach dem berühmten Versöhnungs-Sex war.

In ihrem Hausflur schlug mir ein Duft entgegen, der mich sofort an einen gemeinsamen Marokko-Urlaub erinnerte, ein Duft von Safran, Minze und Orient, der um so stärker wurde, je höher ich die Treppe zu Celines Wohnung kam. Bemerkenswert. Celines Kochkünste reichen nicht über das hinaus, was man gemeinhin Männern zugesteht, Spiegeleier oder Wiener Würstchen; ihre Ernährung beschränkt sich weitgehend auf Industrieprodukte aus der Mikrowelle. Hatte sie eine Quelle für arabische Fertiggerichte aufgetan?

Celine öffnete, jedoch erst, ungewöhnlich, nach dem sie durch den Spion gesehen hatte. Sie trug einen langen Pullover über nackten Beinen mit Söckchen.

"Hallo, komm rein. Ich wollte dich sowieso anrufen."

Ich trat ein, in der Wohnung roch es wie an dem Abend mit Celine auf dem alten Karawansereiplatz in Marrakesch. Aus ihrer Stereoanlage tönte die passende orientalische Musik. Aber ganz im Gegensatz zu sonst war die Wohnung total aufgeräumt und offensichtlich penibel geputzt. Selbst ihre Marionetten, die den größten Teil von Celines Heimstatt für sich beanspruchen, schienen auf Vordermann ausgerichtet.

"Celine, hast du Koreander im Haus?"

In der Tür zur Küche stand ein Araber, ein Bild von einem Mann. Und mit Mitte bis Ende Zwanzig deutlich jünger als ich.

Celine zog mich zu ihm hin.

"Ich möchte dir Sedat vorstellen. Sedat wohnt jetzt hier, wenigstens vorübergehend."

Freundlich lächelnd wischte sich Sedat die Hände an einer Küchenschürze ab, noch nie hatte ich bei Celine eine Küchenschürze gesehen, und kam auf mich zu.

"Guten Abend. Mein Name ist Sedat. Sie müssen Felix sein. Ich bin erfreut, Sie kennenlernen zu dürfen." Er sprach ein etwas gestelztes, aber fehlerfreies Deutsch. "Darf ich Sie einladen, mit uns am Essen teilzunehmen?"

Na, schön, ich hatte Hunger, und es roch

verheißungsvoll.

Beim Essen erzählte Celine, dass Sedats Einspruch gegen die Ablehnung seines Asylantrages wohl endgültig abgeschmettert sei.

"Wir haben noch eine Sache direkt beim Senat laufen, über die Ausländerbeauftragte. Aber es besteht trotzdem jederzeit die Gefahr, dass Sedat in Abschiebehaft genommen wird."

Fröhlich fischte sie mit den Fingern ein Stück Hammel aus der großen Steingutterrine, die wir vor ein paar Jahren aus Portugal mitgebracht hatten.

"Und - wie war dein Besuch bei der Großnichte?"

Hätte sie mich nicht erst einmal fragen können, wie ich dort überhaupt ohne ihr Auto hingekommen war? Oder zum Beispiel, ob mein Bein noch Schmerzen verursachte? Aber ich wollte keinen Streit, schon gar nicht vor ihrem Gast, und überhaupt war ich eigentlich gekommen, um mich mit Celine zu vertragen. Also goß ich mir noch einen Wein ein und berichtete von meinem Besuch bei Frau Simons und von ihrem Anruf heute Mittag. Celine und Sedat tranken Tee aus frischen Pfefferminzblättern.

"Bewundernswert", kommentierte Celine.

"Bewundernswert?"

"Diese Frau zieht ihr Ding durch, ohne Kompromisse. Finde ich beachtlich."

"Aber Sie geht dabei über Leichen."

"Sage ich doch, sehr konsequent. Ich behaupte ja nicht, dass ich ihre spezielle Konsequenz gut heiße."

"Da bin ich aber beruhigt."

Celine war längst dabei, meinen Bericht zu analysieren, und fragte, ob ich wirklich sicher sei.

"Sicher bin ich sicher. Ihr Großonkel hat um Weihnachten herum in einem Telefonat mit ihr etwas von der geplanten Testamentsänderung erwähnt, als sie schon fest mit dem Geld gerechnet hatte, weil sonst ihre Firma den Bach hinunter geht. Also findet sie einen eleganten Weg, das neue Testament zu verhindern. Motiv und Gelegenheit. Ihr Pech nur, dass wir Winter wiederbelebt haben und Käthe sie gesehen hat."

Celine arbeitete wieder einmal am Ohrläppchen. Sie saß inzwischen auf dem Boden. Der Pullover war hoch gerutscht, und ich konnte sehen, dass sie nur ihren Slip trug. Bestimmt war auch Hausfreund Sedat nicht blind.

"Das wird so gewesen sein, ihr Anruf bei dir heute spricht dafür. Das klärt nun auch die Sache mit Winter und der

Infusion. Gratulation, Felix, keine losen Enden mehr. Was wirst du jetzt tun?"

Genau das war das Problem. Was würde ich mit Simone machen? Und was mit Käthe? Unverändert wichtig blieb mir, die Klinik aus der Sache herauszuhalten. Auf jeden Fall also würde es, was mich betraf, weder über Simone noch über Käthe ein vertrautes Gespräch mit Hauptkommissar Czarnowske geben.

"Ich weiß es noch nicht", beantwortete ich ihre Frage.

Sedat hatte sich zurückgezogen, aus der Küche war das Klappern von Geschirr im Abwasch zu hören. Heute also sicher kein Versöhnungssex. Ich hatte sowieso zu viel Wein getrunken. Celine brachte mich an die Tür.

"Wie lange wird er bleiben?" fragte ich.

"Keine Ahnung. So lange, wie es nötig ist. Ich hoffe, dass wir unsere Petition beim Senat durchbekommen, wenigstens eine vorübergehende Duldung erreichen."

Ich war begeistert.

"Und woher bist du sicher, dass dieser Sedat kein PKK-Aktivist ist? Kein Terrorist?"

"Richtig. Die Handgranaten haben wir unter meinem Bett versteckt, die Maschinenpistolen in der Speisekammer. Heute Nacht ziehen wir los und jagen die türkische Botschaft in die Luft."

Das Problem mit Celine ist, dass ihr, die richtigen Freunde vorausgesetzt, so etwas durchaus zuzutrauen ist.

"Mach dir keine Sorgen, Felix. Sedat ist Lehrer, genau wie ich. Er hat sich nur geweigert, in seinem kurdischen Dorf ausschließlich auf türkisch zu unterrichten und die Eltern seiner Schüler auszuspionieren. Wenn er in die Türkei abgeschoben wird, landet er sofort im Gefängnis, und das ist noch die gute Nachricht. Hast du eine Vorstellung, was die Türken mit einem Kurden im Gefängnis anstellen?"

Na, klar, schließlich lese ich auch Zeitung, und ich war im Grunde vollkommen einverstanden mit Celines Engagement in dieser Sache, rational jedenfalls.

Dann viel Erfolg mit eurer Petition, wollte ich eigentlich sagen oder einfach nur gute Nacht wünschen, aber plötzlich hörte ich mich fragen.

"Wo schläft der eigentlich?"

Celine musterte mich von oben bis unten, wie ich manchmal meine Patienten anschaue, wenn ich nach mir bisher vielleicht entgangenen Symptomen suche.

"Gute Nacht, Felix. Melde dich, wenn du wieder bei

Verstand bist."

Auf der Röntgenbesprechung am nächsten Tag wurden auch die Lungenbilder von Herrn Winter demonstriert. Für den Krankenhausarzt ist die tägliche Röntgenbesprechung ein Ritual. Man kann nicht nur die Befunde der eigenen Patienten diskutieren, sondern bekommt auch einen Überblick, was sonst so in der Klinik läuft, in einem Nachtdienst oft von unschätzbarem Wert. Natürlich auch eine optimale Gelegenheit für die Alleswisser unter meinen Kollegen, ungefragt ihren Senf zu jedem Fall beizutragen oder durch besonders hinterhältige Nachfragen ihre überlegenen medizinischen Kenntnisse zu unterstreichen.

Am Anfang meiner Arztkarriere wurden auf der Röntgenbesprechung tatsächlich Röntgenbilder vorgestellt. Ein paar Lungen, ein paar Mägen, eine Niere oder eine Galle und zum Schluss noch ein paar gebrochene oder zusammengenagelte Knochen für die Kollegen von der Traumatologie. Heute machen Röntgenbilder nur einen geringen Teil der Veranstaltung aus. Wir sehen inzwischen Computertomogramme, erweitert durch Fast-CT oder Spiral-CT, bemerkenswert detaillierte Aufnahmen aus der Kernspintomographie, manchmal nicht so detaillierte Sonographiebilder - kein Organ entgeht mehr seiner visuellen Abbildung. Und jeder fragliche Befund auf diesen Bildern führt zu einer weiteren, im Zweifel noch teureren Untersuchung. Trotzdem herrscht allgemeine Verwunderung über die Zunahme der Kosten im Gesundheitswesen.

Bei meinen Patienten besteht nur selten die Notwendigkeit zum Röntgen. Schließlich leite ich, auch wenn ich es immer wieder vergesse, eine Abteilung für chronisch Kranke, mit wie erwähnt deutlich niedrigerem Bettensatz als die Klinikpatienten, woran mich Beate erinnert, wenn in ihren Computerausdrucken zu häufig Röntgenanforderungen von mir auftauchen. In der Regel aber müssen meine Patienten nur geröntgt werden, weil sie aus dem Bett gefallen oder irgendwo gestürzt sind. Trotzdem gehe auch ich fast täglich zur Röntgenbesprechung, schon, um nicht den Kontakt zur "richtigen" Klinik zu verlieren.

Nach ein wenig Dösen waren endlich auch die Bilder von Herrn Winter dran. Mit erschreckender Deutlichkeit hatten die Röntgenstrahlen die Ursache für seinen zunehmenden Husten und die verstärkte Atemnot erfasst: Der Krebs hatte die Lunge erreicht, die sich den begrenzten Platz im Brustraum jetzt mit großen, runden Metastasen teilen musste. Außerdem noch mit einem Erguß im Rippenfell. Aber das wusste ich schon, seitdem ich Winter heute morgen untersucht hatte.

"Ist das der Primärtumor?" fragte jemand.

"Nein", antwortete ich. "Es geht um ein Prostatakarzinom. Ausgedehnte Knochenmetastasen."

Ich berichtete kurz über die bisherige Behandlung.

"Die Lungenmetastasen sprechen im allgemeinen gut auf Cisplatin an", hörte ich von hinter mir.

"Am besten in Kombination mit Estramustin", schaltete sich eine Kollegin ein.

"Und den Rest können wir dann bestrahlen", meldeten sich die Röntgenärzte zu Wort.

Ich ließ die Gemeinde diskutieren und hörte interessiert zu. Aber ich will nicht ungerecht sein, schließlich kam die Frage doch noch.

"Wie alt ist der Mann, Felix? Und wie ist er denn sonst so drauf?"

"Genau das ist der Punkt. Vielleicht sollten wir gar nichts machen."

"Aber das geht doch nicht. Unter Prednimustin plus Cyclophosphamid verschwinden diese Knollen ratz-fatz, habe ich schon häufig gesehen."

Das hatten andere auch, wieder andere nicht. Es entspann sich eine lebhafte Diskussion über die Frage, wie es mit Herrn Winter weitergehen sollte. Die Alleswisser trugen die neuesten Statistiken aus irgendwelchen Megastudien bei, mit allerdings recht widersprüchlichen Ergebnissen. Ich kam mir vor wie in diesen amerikanischen Filmen, wo die zwölf Geschworenen über das Urteil für den Angeklagten stritten. Hier aber ging es nicht um Leben oder Tod, sondern um Tod in den nächsten Wochen oder Tod in den nächsten Monaten. Und es ging nicht um einen Angeklagten, der letztlich das Urteil der Jury zu akzeptieren hatte. Auch meines nicht.

"Ich werde die Möglichkeiten mit dem Patienten besprechen", beendete ich die Diskussion. Schließlich wollte ich noch zum Mittagessen.

Nach dem Mittagessen sprach ich mit Winter. Er saß an der Bettkante, so lange er sich nicht bewegte und den Sauerstoffschlauch in der Nase behielt, reichte ihm die Luft einigermaßen. Ich hatte ihm bei der Visite gesagt, dass ich mittags seine Röntgenbilder sehen würde.

"Und, Doktor? Wie geht es meiner Lunge?"

"Sie haben einen Erguss im Rippenfell, wie nach dem

Abklopfen schon klar war, da können wir Ihnen helfen. Ich werde diesen Erguss abpunktieren. Dann hat ihre Lunge wieder mehr Platz, und sie bekommen besser Luft. Ist keine großartige Prozedur, und außer dem Piks von der örtlichen Betäubung werden Sie keine Schmerzen dabei haben."

Winter schaute mich an. Einen Moment schien er glauben zu wollen, dass der Erguss das ganze Problem sei. Der kompetente Doktor Hoffmann würde den Erguss herausholen, und alles wäre wieder gut. Doch der Selbstbetrug dauerte nur wenige Augenblicke.

"Ist das alles? Ich meine, woher kommt er, dieser Erguss?"

"Das ist das Problem. Der Krebs hat die Lunge erreicht und offensichtlich auch das Rippenfell."

Winter beklagte sich nicht über die Ungerechtigkeit der Welt oder falsche Behandlung durch mich. Über dieses Stadium war er hinaus, er hatte seine Erkrankung und ihre Konsequenzen akzeptiert. Natürlich fragte er trotzdem, wie es nun weiter gehen würde. Ich zählte ihm die wenigen Alternativen auf, er hörte mir aufmerksam zu.

"Was würden Sie mir raten, Doktor Hoffmann?"

Die Frage hatte ich gefürchtet. Und ebenso meine ausweichende Antwort.

"Also, die Sache ist nicht hoffnungslos. Man sieht tatsächlich unter zum Beispiel Prednimustin plus Cyclophosphamid häufig, wie die Lungenmetastasen verschwinden, oder sich zumindest zurückbilden. Aber es wäre eine erneute Chemotherapie mit all ihren Konsequenzen für Ihren ohnehin geschwächten Körper."

"Und dann?"

"Dann wären Sie nicht gesund. Aber wir hätten vielleicht Zeit gewonnen."

Winter lächelte.

"Zeit, bis eine neue Wundertherapie entdeckt wird?"

Ich schüttelte den Kopf.

"Nein. Aber Zeit, um eventuell noch dies und jenes zu regeln."

"Ich entschuldige mich für meine Frage, Doktor Hoffmann, Sie haben mir die Alternativen klar geschildert. Im Grunde habe ich Sie gefragt, was Sie an meiner Stelle tun würden. Aber das ist eine unsinnige Frage. Sie sind nicht an meiner Stelle, kein Mensch steckt in der Haut des anderen und schon gar nicht in seinem Kopf. Und was die Zeit anbelangt, wissen Sie, dass ich meine Angelegenheiten geregelt habe. Aber", Winter stellte die Sauerstoffzufuhr über die Nasensonde höher ein, "wenn Sie mir diesen verdammten Erguss abpunktieren, wäre ich Ihnen schon sehr dankbar."

Ich hatte die paar notwendigen Instrumente bereits vorbereitet, und tatsächlich bekam Winter nach der Punktion deutlich besser Luft. Er bedankte sich. Als ich schon in der Tür war, rief er mich kurz zurück.

"Es war doch Schwester Käthe, die mich Silvester wiederbelebt hat, richtig?"

Ich nickte.

"Bringen Sie es ihr schonend bei, und sagen Sie ihr, dass sie nicht traurig sein soll. Ihr verdanke ich immerhin über drei Monate."

"Mach ich, Herr Winter. Ich muss sowieso mit ihr reden."

Tatsächlich rief ich Käthe noch am selben Abend an. Ich erzählte ihr von Winter, hauptsächlich aber, dass ich ihr glaubte. Denn nur in ihrer Version ergab die Tatsache, dass sie in der Silvesternacht sofort mit der Wiederbelebung von Winter angefangen und mich dazu gerufen hatte, einen Sinn. Sie wusste damals natürlich, dass sie seinen Namen schon an Margittas Bruder weitergegeben hatte.

Wäre Käthe wirklich der schwarze Engel, der auf Bestellung tötet, hätte sie nur einfach den Alarm erst ein paar Minuten später auslösen müssen. Und hätte bestimmt auch die falsche Sicherung wieder ausgewechselt. Ich war froh, denn das Gegenteil hätte mich doppelt getroffen: Ich hätte mich in einem Menschen, den ich seit Jahren kenne und dem ich fest vertraue, massiv getäuscht, und ich hätte die Tatsache, dass in unserer Klinik auf Bestellung getötet wird, bekannt machen müssen.

Was Käthes Sterbehilfe anging, so würde jetzt auch Herr Winter eine möglicherweise lebensverlängernde Therapie nicht bekommen. Wobei die Entscheidung, eine bestimmte Medikation nicht zu beginnen, deutlich leichter fällt, als sie später abzusetzen.

20

"So schnell stirbt es sich nicht" gehört ganz oben auf die Liste der blödesten Sprüche aus dem Arztrepertoire, traf aber für Winter leider zu. Bis auf die Lunge waren die wichtigsten Organe ziemlich intakt, Leber, Nieren und Hirn vom Krebs nicht erreicht, was ein langes Sterben bedeutete. Ein langsames Ersticken bei vollem Bewusstsein, nur gemildert durch die hochdosierte Schmerztherapie und den Sauerstoff über die Nasensonde.

Es war, glaube ich, als es zum drittenmal notwendig geworden war, ihm den Erguss aus dem Rippenfell abzupunktieren, dass er mich auf seine Wohnung ansprach. Wie immer musste ich, wenn er jetzt mit mir sprechen wollte, ihm erst den Schleim aus der Luftröhre absaugen, was ihn wiederum so schwächte, dass seine Stimme kaum zu verstehen war.

"Suchen Sie noch immer eine größere Wohnung, Doktor Hoffmann?"

"Ja. Ich hatte zuletzt wenig Zeit, mich darum zu kümmern."

"Wissen Sie, ich habe eine sehr schöne Wohnung. Eine Eigentumswohnung, direkt an der Rehwiese. Ein wunderbarer Ausblick."

Das war mir bekannt. Wie der schöne Wintergarten, die Abwesenheit schreiender Kinder, die sonnige Terrasse.

"Die wird ja nun frei, hoffentlich bald", ein Hustenanfall unterbrach ihn, dann fuhr er fort. "Wollen Sie nicht dort einziehen?"

"Ein reizvoller Gedanke, muss ich zugeben. Aber die Wohnung gehört zu Ihrem Erbe, Herr Winter, und damit unserer Stiftung."

Durch die schwere Krankheit hindurch blitzte ein Funken Gewitztheit in seinen Augen auf.

"Nicht, wenn ich Sie Ihnen vorher verkaufe."

"Stimmt. Kann ich mir aber nicht leisten."

"Können Sie schon, wenn Sie mir so viel geben, wie ich damals bezahlt habe."

"Wann war das?"

"1963. Nach dem Mauerbau fielen die Immobilienpreise in Westberlin in den Keller. Damals habe ich so um die hundertfünfzigtausend Mark bezahlt. Fünfundsiebzigtausend Euro gibt Ihnen jede Bank Kredit für diese Wohnung."

Natürlich war die Wohnung inzwischen fast das Zehnfache wert, das Angebot verlockend. Aber ich konnte es nicht annehmen. Eine Weile saß ich stumm an Winters Bett, unfähig, ihn einfach so in seinem Sterben alleine zu lassen. Ich bin heute noch nicht sicher, ob das, was Winter mich dann fragte, der eigentliche Grund für das Angebot seiner Wohnung war.

"Noch eine Frage, Doktor Hoffmann. Was würde eigentlich geschehen, wenn diese Schmerzinfusion einmal zu schnell läuft? Ich meine, wäre das gefährlich?"

"Wieso fragen Sie? Reicht die Dosierung nicht mehr aus?"

Lange schaute mich Winter aus seinen inzwischen deutlich vom fortschreitenden Verfall gezeichneten Augen an.

"Für die Schmerzen ..., für die Schmerzen reicht sie schon, Felix."

Am liebsten hätte ich ihm gesagt, ich wünschte, er hätte mir das Angebot mit der Wohnung nicht gemacht. Aber warum sollte ich mit diesem Hinweis sein Leid vergrößern? Natürlich würde die Schmerzinfusion mit ihrem hohen Morphinanteil bei entsprechend hoher Dosierung zum Tod durch Atemlähmung führen, mit dem Vorteil, dass wegen des Morphins der Patient nichts von der Atemlähmung mitbekommt. Das Problem für Winter war allerdings, dass er in seinem Zustand die Schaltung für die Infusionspumpe nicht mehr erreichen konnte.

"Ich glaube, ich verstehe was Sie meinen, Herr Winter. Aber Sie wissen, dass es da ein Problem gibt, oder?"

Er nickte. Nur, was blieb ihm anders übrig?

Bei der Visite am nächsten Tag stand die Frage, ob ich mir seine Bitte überlegt habe, deutlich in seinen Augen, doch er sprach mich nicht darauf an. Jedenfalls nicht direkt. Aber er bedeutete mir, dass er mit mir sprechen wollte, also saugte ich ihn wieder ab.

"Glauben Sie an Gott, Felix?"

Er war bei Felix geblieben. Glaubte dieser Felix an Gott? Wenn es einen Gott gäbe, warum gibt es dann Flugzeugabstürze und Hungerkatastrophen? Und warum hatte dann Trixi gestern wieder in mein Bett gepinkelt, als ich vergessen hatte, die Tür zum Schlafzimmer zu verschließen?

"Ich weiß nicht", antwortete ich. "Ich habe Schwierigkeiten, an Gott zu glauben. Aber ebenso, nicht an Gott zu glauben."

"In Ihrem Alter gab es nur einen Gott für mich. Den Fortschritt. Und mich, den Ingenieur, als seinen Propheten. Wir flogen auf den Mond, bald würden wir auch den Mars erobern.

Neue Pflanzen und intelligenter Dünger würden den Hunger auf der Welt besiegen, die Krankheiten würden wir in ein paar Jahren ausgerottet haben. Alles war möglich, wozu brauchten wir noch einen Gott? Aber jetzt, kurz bevor ich erfahren werde, ob es ihn nun gibt oder nicht, scheint es sicherer, lieber doch von seiner Existenz auszugehen. Kinder glauben an Gott, weil man es ihnen beibringt, und es ihnen hilft, eine sonst unerklärliche Welt zu akzeptieren. Wir alte Menschen wiederum wollen nicht glauben, dass das wirklich alles gewesen sein soll. All die vergebenen Chancen, die gebrochenen Versprechen ... Gott bedeutet eine Reise in den Himmel oder in die Hölle, jedenfalls aber eine zweite Chance."

Auch ich finde es tröstlich, an eine zweite Chance zu glauben. In Winters Welt hieß das allerdings, dass, gäbe es keinen Gott, es auch keine zweite Chance gab. Zu meinem Erstaunen fuhr Winter trotz seiner Schwäche fort. Das Thema schien ihm wichtig.

"Wollen Sie wissen, Felix, wie ich mir Gott vorstelle? Er muss inzwischen ein ziemlich alter Herr sein, richtig? Also stelle ich ihn mir ein bisschen wie uns hier vor, ihre Patienten auf der Chronikerabteilung: ein alter Mann mit bekleckertem Bademantel und dürren Stoppelbeinen. Ein trauriger alter Mann, der erkennt, dass er schlampig gearbeitet hat. Ein perfektes Universum hat er erschaffen, jedes Quark und jeder Quant ist an seinem Platz. Und trotzdem, da gibt es diese Menschen. Die bringen eben mal sechs Millionen Juden um oder zwei Millionen Kambodschaner oder eine Million Tutsi. Wie viele Menschen hat er eigentlich, fragt sich Gott, damals bei der Sintflut draufgehen lassen? Und warum mussten eigentlich auch all die Tiere sterben? Er weiß es nicht mehr so genau, es ist schon so lange her. Er weiß nur, er hat einen Fehler gemacht mit den Menschen. Sie sind ihm zu ähnlich geraten."

Herbert Winter starb in dieser Nacht gegen zwei Uhr morgens, in meinem Nachtdienst. Gegen ein Uhr hatte ich noch einmal bei ihm vorbeigeschaut, total erschöpft schien sein Körper endlich Schlaf gefunden zu haben. Als ich am Morgen seinen Totenschein ausfüllte, überlegte ich, dass Winter inzwischen wusste, ob es einen Gott gibt. Was würde dieser Gott von meinem Tun halten? Wäre er sauer, dass ich ihm ins Handwerk gepfuscht hatte? Oder war ich in der vergangenen Nacht sein Werkzeug gewesen?

Ich machte mich schon am frühen Nachmittag auf den Heimweg. Nach einem ersten Feierabendbier rief ich Schwester

Käthe an und fragte, wann sie wieder zur Arbeit käme.

"Möchten Sie das wirklich, Doktor Hoffmann?"

"Ja. Und ich freue mich darauf."

Der nächste Tag brachte das Versprechen eines baldigen Frühlings. Vor der Morgenrunde mit Trixi schaute ich zur Klärung der Frage dicker oder dünner Pullover, Regenjacke oder nicht aus dem Fenster. Ich sah zwar kein blaues Band durch die Lüfte flattern, aber die Luft war über Nacht eindeutig mit einem Weichspüler behandelt worden.

Noch etwas war anders als sonst, jedoch brauchte ich einen Moment, um herauszufinden, was mich irritierte: eine unnatürliche Stille. Zwar wohnen Celine und ich in einer Siedlung, die nur durch kleine Stichstraßen erschlossen wird, also ohnehin ziemlich ruhig, doch heute morgen fehlten auch die üblichen Geräusche – meine Leidensgenossen, die noch eben vor der Arbeit den Hund ausführten, die bürgerlichen Alkis, die schnell die Flaschen im Container verschwinden ließen, die Autotüren der Nachbarn mit frühem Dienstbeginn. Was war los?

Ich schaute hinüber zu Celines Wohnung und nahm aus den Augenwinkeln eine Bewegung wahr, eine weitere Bewegung auf der anderen Straßenseite. War der dritte Weltkrieg doch noch ausgebrochen? Schwer bewaffnete Männer mit schusssicheren Westen und geschwärzten Gesichtern verteilten sich, Stahlhelm auf dem Kopf und Maschinenpistole im Anschlag, in meiner Straße. Klar, man hatte die wahre Todesursache von Herrn Winter entdeckt und würde mich nun verhaften, mit einem etwas übermäßigen Aufwand allerdings.

Aber die Männer, die mich mit ihrem Schleichgang und den Handzeichen an die Abenteuerspiele meiner Jugend erinnerten, sammelten sich links und recht von Celines Hauseingang. Ich stürzte zum Telefon und drückte die eins, unter der Celines Nummer gespeichert ist. Es schien eine halbe Ewigkeit, bis sich ihre schlaftrunkene Stimme endlich meldete. Ich schrie in die Muschel.

"Sie haben Sedat gefunden! Sie sind schon vor deiner Tür!"

Durch das Telefon hörte ich, wie die Wohnungstür aufgebrochen wurde, dann Poltern und allgemeines Geschrei. Gleichzeitig meldete sich auf der Straße ein Lautsprecher.

"Dies ist ein Polizeieinsatz. Bitte bleiben Sie in Ihrer Wohnung, und warten Sie weitere Hinweise ab."

An meinem Bein drängelte Trixi, sie hatte die Durchsage

wohl nicht verstanden. Was konnte ich tun? Meinen gefährlichen Kampfhund auf die Polizei hetzen? Mir selbst ein heroisches Duell mit der Staatsmacht liefern? Wenigstens, fiel mir ein, sollte ich Celines Mitstreiter alarmieren, wusste aber nur von Beate, dass sie in diesem Verein mitmachte. Ich erwischte sie über ihr Handy, sie war schon unterwegs zur Klinik.

"So eine Sauerei! Ich sag den anderen Bescheid und komme sofort."

Von meinem Fenster aus konnte ich beobachten, wie jetzt erneut die Haustür bei Celine aufging. Allein mit einer Unterhose bekleidet, die Hände über dem Kopf, wurde Sedat abgeführt. Ein lächerlich übertriebener Einsatz schien mir. Oder war dieser Sedat mit seinen beneidenswerten Kochkünsten und den unschuldig freundlichen dunklen Augen tatsächlich ein gefährlicher Terrorist? Schraubte er in Celines Küche Bomben zusammen und mischte Kunstdünger mit Nägeln in ihrem Mixer? Wenigstens dürften die türkischen Sicherheitsdienste ihren deutschen Kollegen dies glauben gemacht haben.

Wie auch immer, dieser Sedat tat mir leid, und irgendwie schämte ich mich für die deutsche Polizei. Mehr aber noch, dass ich angestrengt versuchen musste, eine leise Stimme zu ignorieren, die nicht trauerte, dass dieser gutaussehende junge Mann endlich die Wohnung meiner Freundin verließ.

Die Show war beendet, eine neue Lautsprecherdurchsage gab die Straße wieder frei. Als ich mit Trixi im Schlepptau zu Celine hinüberging, parkte Beate gerade ihren Wagen ein.

Wenig später glich Celines Wohnung einem Tauben-schlag. Es mussten neue Quartiere für andere abgelehnte Asylbewerber gefunden, ein Termin mit der Ausländer-beauftragten ausgemacht, Gegenmaßnahmen überlegt werden. Das Stichwort hieß "Öffentlichkeit herstellen". Eine blasse Rothaarige kreischte anhaltend "Polizeistaat, Polizeistaat", die anderen Mitglieder der Truppe schienen jedoch ganz effektiv. Ich war dort überflüssig, kaum jemand schenkte mir Beachtung. Bis auf die Rothaarige, die plötzlich losschrie.

"Wer is'n der eigentlich? Ein Spitzel! Ein Spitzel!"

Ich verzog mich in die Klinik.

In den folgenden Tagen sah ich nicht viel von Celine. Es war nicht ganz klar, ob sie sich nun auch versteckt hielt oder einfach nur stark beschäftigt war. In der Schule jedenfalls hatte sie sich krank gemeldet. Ein paarmal hatten wir Kontakt über Beates Handy.

Wenige Tage nach dem Polizeieinsatz tauchten abends zwei Herren in Zivil bei mir auf und wollten sich erkundigen, ob ich irgend etwas über meine Nachbarin Celine Bergkamp wisse.

"Celine wer?" fragte ich und wurde sie bald los.

An diesem Abend ging ich zeitig zu Bett, schließlich hatte ich Celine am Telefon versprochen, sie morgen ganz früh am Flughafen Schönefeld zu treffen. Da fiel mir etwas ein. Ich stand noch einmal auf und holte mir Packpapier und einen dicken Filzstift.

Die Demonstranten in der Abflughalle des Flughafens Berlin-Schönefeld boten fast ein ebenso mitleiderregendes Bild wie die drei Asylanten, die hinter der massiven Polizeikette und begleitet vom Bundesgrenzschutz in den Lufthansa-Flug nach Istanbul gebracht wurden. Knapp ein Dutzend Leute, in der Mehrzahl Typ Friedensaktivist oder professioneller Vegetarier, hielten den jungen Beamten ihre selbstgemachten Plakate entgegen. "Abschiebung ist Mord", "Ihr habt jetzt auch Blut an euren Händen", "Boykottiert die Lufthansa".

Celine wirkte in ihrem eleganten Wintermantel in dieser Gruppe wie eine Börsenmaklerin, die sich in der Adresse geirrt hat. Auf ihrem Plakat stand schlicht: "Schämt euch!" Ich musste lächeln. Mit einigen Schwierigkeiten gelang es mir, mich durch die Polizeiabsperrung zu arbeiten, erst dann sah sie mich.

"Das ist nett, dass du gekommen bist."

"Ehrensache", antwortete ich und rollte mein gestern Abend beschriebenes Packpapier auf. Nun hatten wir zwei Plakate, auf denen "Schämt euch!" stand.

Die Aktion war schnell vorbei, die drei Kurden leisteten kaum Widerstand, nur einer von ihnen brüllte irgendwelche Sachen, die schon wegen der Sprache niemand verstand, außerdem, weil er gegen die Trillerpfeifen aus der Demonstrantengruppe keine Chance hatte. Mit gesenktem Kopf wurde Celines Asylant Sedat an uns vorbei geführt, kein Blick, kein Dank. Wollte er seine Patin nicht kompromittieren? Oder fühlte er sich verraten, sah Celine als Teil des Systems? Am Ende der Aktion, die immerhin für viel Lärm und viel Polizei gesorgt, wenn auch nicht die Abschiebung der Asylanten verhindert hatte, gab mir Celine einen Kuß, bevor sie sich mit ihren Mitstreitern zur Planung weiterer Aktivitäten zurückzog.

Dieser Morgen hatte uns wieder versöhnt, ich musste den Kurden dankbar sein. Zum ersten mal seit Wochen war plötzlich dieser dumpfe Druck in der Magengegend nicht mehr da, und erstaunlich: Ich hatte ihn bis zu seinem Verschwinden gar nicht bemerkt.

Ich machte mich auf den Weg in die Klinik, zurück zu meinen Patienten, denen wir Asyl gaben, um sie, wenn möglich, vor dem Zugriff von Krankheit und eventuell gegen eine vorzeitige Abschiebung in den Tod zu schützen.

21

Ich gehe eigentlich nie zur Beerdigung meiner Patienten, als Leiter der Abteilung für chronisch Kranke und entsprechend alte Menschen wäre das schon rein zeitlich kaum zu bewältigen. Herr Winter war eine Ausnahme, schließlich waren wir beide Gründer der Stiftung, die seinen und den Namen meiner Tante trug und deren Präsident ich war.

Gemessen an seinem Alter und seinen Lebensumständen in den letzten Monaten fanden sich erstaunlich viele Leute zu Winters Beerdigung auf dem Waldfriedhof Zehlendorf ein. Alle Mitbewohner und Nachbarn seiner Wohnung an der Rehwiese, Mitarbeiter aus den verschiedenen Firmen und Ingenieurbüros, die ihm früher gehört hatten, und überraschend viele Mitpatienten aus meiner Abteilung, sofern gehfähig. Sogar Celine, die Winter nur aus meinen Erzählungen kennengelernt hatte, war erschienen. Wohl mehr als Zeichen mir gegenüber, dass unser Streit nun endgültig beigelegt wäre.

Von den wenigen mir bekannten Kontakten Winters fehlte nur seine Großnichte Simone. Aber Simone hatte den Beerdigungstermin für ihren Großonkel wahrscheinlich schon für die erste Januarwoche freigehalten und war als Managerin eines jungen Startups sicher knapp an Terminen. Außerdem hätte sie, wie ich später erfahren habe, für die Teilnahme an der Beerdigung Hafturlaub beantragen müssen.

Offensichtlich hatte sie sich mit den Akten, die bei meinem Besuch in ihrer Firma gerade in Umzugskisten verschwinden sollten, zu viel Zeit gelassen. Jedenfalls hatte sich neben der Börsenaufsicht inzwischen auch die Staatsanwaltschaft eingeschaltet, unter dem Vorwurf des illegalen vorfristigen Verkaufs von Eigentümeraktien, Scheingeschäften mit dem Ziel der Kursmanipulation und des Insiderhandels war Simone Simons vor über einem Monat verhaftet worden. Und selbst wenn Frau Simons sich aus dieser Sache herauswinden könnte, bliebe ihr der Kampf gegen die Vereinigung der Kleinaktionäre, die sie gerade in einem Musterprozess auf fünfzigtausend Euro Schadenersatz wegen einer bewusst falschen Gewinnprognose verklagte. Ich verkniff es mir, mich über den aktuellen Wert meiner ABS-Aktien zu informieren.

Winter hatte auf einem kleinen Zettel, den die Schwestern in seinem Nachttisch gefunden hatten, mich um ein paar Worte an seinem Grab gebeten. Ich konnte mir vorstellen, wie er beim Schreiben dieser Verfügung trotz Schmerzen und

Luftnot schelmisch gelächelt hatte, wusste er doch, wie zuwider mir öffentliches Reden ist. Aber schließlich hatte ich in seinen Nachbarn von der Rehwiese ein solventes Publikum, also erzählte ich von unserer Stiftung und nutzte die dem Anlass entsprechend weich gestimmten Herzen, um zu Spenden zugunsten der Stiftung im Andenken des Toten aufzurufen, und ließ gleich eine Spendenliste herumreichen.

Dann sprach ich noch kurz davon, dass Winter auf eine zweite Chance nach seinem Tod gehofft habe und dass ich wünsche, dass er sie bekäme, aber es auch in dem uns bekannten Leben immer eine zweite Chance gäbe, wenn wir sie nur ergriffen: eine Chance, uns bei jemandem zu entschuldigen, einen alten Streit beizulegen, einen alten Traum zu wagen. Dabei schaute ich zu Celine. Sie nickte mir kaum merklich zu.

Nach meiner ergreifenden Rede defilierten die Trauergäste am Grab vorbei, jeder warf, wie man das kennt, eine Handvoll Erde in die Grube.

"Mein herzlichstes Beileid"

Ich verstand erst nicht. Schon der erste in der Reihe hatte mir die Hand gedrückt, gemeint vielleicht als Dank für meine kleine Ansprache. Aber das Beispiel machte Schule, und plötzlich stand ich quasi als Hinterbliebener an Winters Grab und bedankte mich artig für viele herzliche Beileids.

"Du hättest es ruhig sagen können."

Celine stand schräg versetzt hinter mir und entging so den Beileidsbezeugungen.

"Was sagen können?"

"Dass er dein Freund war."

Langsam bewegte sich die Trauergemeinde in Richtung Ausgang, zurück ins Leben. Bei Tante Hildes Beerdigung war ich mit dem dafür abgestellten Friedhofsgärtner allein gewesen, der mit einem überkonfessionellen Standardspruch die Urne in das vorbereitete Loch versenkt hatte. Selbst der Bestattungsunternehmer hatte unter einem Vorwand abgesagt.

"Das funktioniert nicht. Der Arzt eines Patienten sollte sein engagierter Behandler sein, nicht sein Freund."

Celine gönnte mir einen ihrer schwer zu interpretierenden Blicke.

"Vielleicht ist gerade das das Problem."

Am Friedhofsausgang erwartete uns ein nicht angemeldeter Trauergast, der allerdings mit seinem bekannten traurigen Blick auf keiner Beisetzung besonders aufgefallen wäre: Kommissar Czarnowske.

"Das war doch der Patient, dessen Wohnung Sie mit dem Makler Marske besichtigt haben?"

Czarnowske hatte also weiter an der Hinterlassenschaft gearbeitet.

"Ja."

Ich blieb beim meiner Taktik: keine Erklärungen, keine Rechtfertigungen. Czarnowske war entsprechend irritiert.

"Und nun? Werden Sie in seine Wohnung ziehen?"

"Nein. Sonst noch was?"

"Als Präsident dieser Stiftung – wie viel verdienen Sie da?"

Plötzlich sah ich Czarnowske als das, was er war: ein hässlicher kleiner Terrier, der sich in meiner Wade festgebissen hatte und aufgrund begrenzter Einsichtsfähigkeit nicht mehr loslassen konnte.

"Besorgen Sie sich die Statuten, wenn Sie das so interessiert."

Ich ließ ihn stehen. Offensichtlich stocherte er weiter nur herum, eine Verbindung zur Klinik würde er nicht finden.

Aufgrund des neurologisch-psychiatrischen Gutachtens und der notariellen Beglaubigung gab es keine größeren Schwierigkeiten für die Stiftung, Winters Erbe von über einer Million Euro zu übernehmen. Sogar Großnichte Simone musste bald einsehen, dass die Sache ziemlich wasserdicht war. Nur die Steuer kassierte kräftig ab, gemeinnützige Stiftung oder nicht.

Schwierigkeiten mit der Umsetzung von Winters Vermächtnis kamen aus einer ganz anderen Ecke: Der Herr Bezirksamtsarzt hatte plötzlich seine Zuständigkeit entdeckt, die man ihm allerdings auch nicht wirklich absprechen konnte. Trotz der Fürsprache des Bezirksverordneten für Gesundheitswesen und trotz der Tatsache, dass meine Abteilung für chronisch Kranke im Altbau sowohl kassentechnisch wie auch bautechnisch deutlich vom eigentlichen Krankenhaus im Neubau aus den sechziger Jahren getrennt ist, untersagte er aus hygienischen Gründen kategorisch, unser Projekt im Chroniker-Altbau zu verwirklichen. Es war Valenta, der die entscheidende Idee zur Rettung des Plans hatte.

"Ganz anders! Wir machen das im ehemaligen Versorgungstrakt!"

Er wusste auch schon, wie.

"Die Klinik verkaufte der Stiftung das alte Gemäuer, meinetwegen ziehen wir noch einen Zaun drum herum, jedenfalls hat das Projekt dann nichts mehr mit der Klinik zu tun und mit dem Herrn Amtsarzt auch nicht mehr."

Das war der Ausweg. Seitdem Patienten- und Personalverpflegung vom ehemaligen Verwaltungsleiter Bredow an eine Fremdfirma vergeben worden war und wir die gesamte Krankenhauswäsche leasten, brauchten wir das alte Gebäude eigentlich nur noch für unsere Flippertourniere und die jährliche Silvesterfete. Also konnten wir mit dem Umbau beginnen, sobald wir im Keller meines Chroniker-Altbaus einen leeren Raum entdeckt und damit das Problem Flipper gelöst hatten. Wahrscheinlich bedeutete dies das Ende der zu Silvester 1999 aus den bekannten Gründen begonnenen Tradition, oder die Idee der gemeinsamen Silvesterfete wäre stark genug, dann könnten wir auch irgendwo anders feiern.

Während ich mich um die planerischen Details kümmerte, kontrollierte Valenta den Baufortschritt und legte sich mit den verschiedenen Gewerken an.

"Ich kenne das von den Miethäusern meiner Frau. Keine Sekunde kannst du diese Burschen aus den Augen lassen. Hast du eine Ahnung, was für ein Megapfusch dann hinter schön verputzen Wänden verschwindet!"

Ich war ihm dankbar, denn ich teilte seine Auffassung, im Gegensatz aber zu Valenta fehlt mir jedes Durchsetzungsvermögen gegenüber Handwerkern. Sein Angebot allerdings, bis zur Bezahlung der Baufirma und der Lieferanten die Gelder der Stiftung gewinnbringend auf dem Aktienmarkt anzulegen, lehnte ich in meiner Eigenschaft als Stiftungspräsident dankend ab.

Und so entstand de facto, wenn auch nicht de jure, Berlins und wahrscheinlich auch Deutschlands erste Klinik mit eigener Tierpension für die lieben Kleinen der Patienten. Und niemand konnte den Patienten verbieten, wenn es ihren Lieben einmal schlecht ging, dort die Nacht in einem der bereitgestellten Betten zu verbringen.

Unsere Tierpension wurde von den Patienten begeistert angenommen. Muschi, Theobald, Napoleon und viele mehr hielten Einzug und erfreuten Herrchen und Frauchen, auch wenn sie im Rollstuhl kamen.

Mit Sorge erwartete ich freilich den Tag, an dem wir zum ersten mal mit dem Haustier eines bei uns verstorbenen Patienten konfrontiert wären. Dieser Tag ließ nicht lange auf sich warten, endete jedoch ganz anders, als befürchtet. Während ich noch überlegte, ob ich den Weg ins Tierheim Hohenschönhausen diesmal ohne Stadtplan finden würde, musste ich schon den Streit unter meinen Patienten schlichten, wer sich jetzt um das Meerschweinchen kümmern dürfe.

Noch einen positiven Effekt hatte unsere Tierpension. Nach einigen Wochen meldete sich Beate bei Doktor Hoffmann .

"Felix, du darfst dir diesen Tag im Kalender anstreichen. Zum ersten mal hast du in deiner Chronikerabteilung das Medikamentenbudget nicht überschritten!"

Tatsächlich, der Verbrauch an Beruhigungsmitteln, Antidepressiva und Schlaftabletten, den Rennern bei meinen Patienten, war um über die Hälfte zurückgegangen. Und für mich persönlich ergab sich aus dem umgebauten Wirtschaftstrakt auch ein Gewinn: Nun hatte ich einen Ort, an dem ich das anspruchsvolle Fräulein Trixi in gute Hände abgeben konnte, wenn ich zu einem Kongress wollte oder in einen Urlaub ohne Hund.

Das Wochenende direkt nach der Eröffnung unserer Tierpension verbrachten Celine und ich gemeinsam. Während Celine noch im Bett auf frischen Kaffee wartete, studierte ich die Sonntagszeitung, die ausführlich über unsere Stiftung berichtete und dabei heftig das deutsche Steuerrecht in Bezug auf Stiftungen kritisierte. Im Wirtschaftsteil las ich eine kurze Notiz, dass der Antrag der Hauptanteilseignerin der "in Schwierigkeiten geratenen" Firma Advanced Biotechnology Systems, Simone Simons, auf Haftverschonung abgelehnt worden sei und außerdem die Aktien der Firma am Neuen Markt nicht mehr notiert würden.

Im Wissenschaftsteil wurde unter der Überschrift "Altersgen identifiziert" der Wissenschaftler mit seiner Aussage zitiert, dass dank seiner Entdeckung die Lebenserwartung der Menschen schon bald mindestens zweihundert Jahre erreichen würde. Ich erwog, unter diesen Umständen doch wieder mit dem Rauchen anzufangen. Denn Celine hatte ihre unausgesprochene Wette verloren. Trotz meiner Zigarette mit Renate in der Silvesternacht hatte ich nicht erneut mit dem Rauchen begonnen.

Epilog

Es bereitete ihm Schwierigkeiten, sich zu konzentrieren. Falsch. Er hatte gar nicht das Bedürfnis, Realität und Traumbilder zu trennen. Er wusste, dass sein Hirn ihn betrog, eine Gnade der Natur, damit er sein langsames Ersticken nicht wahrnahm. Die Luftnot war da, ebenso wie die Schmerzen, aber aufgrund eines Jahrmillionen alten Notprogramms und Doktor Hoffmanns Schmerzinfusion störte ihn beides nicht wirklich.

War das nicht Doktor Hoffmann an seinem Bett, verstellte der nicht gerade die Infusionsgeschwindigkeit? Es dauerte eine Weile, bis er seine Augen richtig fokussieren konnte und seinen Irrtum erkannte. Es war nicht Doktor Hoffmann, es war sein Copilot, der die Treibstoffzufuhr erhöhte. Warum tat der das? Einen Moment geriet er in Panik, als die Messerschmitt unruhig wurde und drohte, über die linke Tragfläche abzuschmieren. Aber es gelang ihm, die Maschine abzufangen, und er ging auf Heimatkurs, zurück über den Kanal. Schon bald erblickte er die Küste der Normandie unter sich, Bauern brachten die Ernte ein, Kühe suchten unter den spärlichen Bäumen auf den Weiden Schutz vor der Augustsonne.

Eine friedliche Landschaft, keine Zeichen des tobenden Krieges von hier oben. Plötzlich wusste er, dass er nicht auf dem Feldflugplatz landen würde, kein Bedürfnis nach der rauen Geselligkeit des Kasinos verspürte. Ohne jedes Stottern des Motors zog er die Maschine höher, er war allein, der Copilot musste irgendwo ausgestiegen sein. Er ließ Paris rechts liegen, flog weiter auf Südkurs, über die wundervollen Orte am Mittelmeer, überflog das Meer, überflog den Atlas. Nun war er der einsame Postflieger über der Sahara, ab und zu sah er eine Karawane gemächlich durch die Wüste ziehen, ein paar Beduinen ihre Köpfe gen Himmel recken. Immer höher zog er die Messerschmitt, trotzdem brauchte er die Sauerstoffmaske nicht, konnte so frei atmen wie schon lange nicht mehr. Jetzt überschaute er die gesamte Sahara, bald lag ganz Afrika unter ihm, wie in seinem Schulatlas. Dann sah er die Erde als wundervollen blauen Planten, gleich den Bildern, die uns die Mondflieger zurückgebracht hatten. Und immer noch stieg die Maschine. Er hatte den Mond hinter sich gelassen und steuerte auf einen freundlich funkelnden Stern zu. Schon von weitem sah er den kleinen Jungen winken, ohne Schwierigkeiten landete er direkt neben ihm, schob das Kabinendach zurück und löste die Gurte.

"Willkommen auf meinem Stern", begrüßte ihn der Junge in seinem grünen Anzug mit roter Schleife. Um den Jungen herum spielten fröhlich Hunde jeder Rasse. Und da wusste er es: Er hatte eine zweite Chance bekommen.

Dieses Mal danke ich: Stephanie Sänger, Wolfgang Aschenberg, Max Krüger, Benny Levenson, Angela und meiner Schwester Barbara.

Natürlich bedanke ich mich auch beim großen Antoine de Saint-Exupery, für viele schöne Lesestunden und für seine Vorlage für den Epilog. Wie bekannt verschwand seine Lockheed P-38 Lightning auf einem Aufklärungsflug über dem Mittelmeer im Juli 1944. Sollte er damals von der Luftwaffe abgeschossen worden sein, dann aber sicher nicht von Herrn Winter, dessen Staffel nie im Mittelmeerraum eingesetzt war.

Liebe Leserin, lieber Leser,

ich hoffe, *Denn wer zuletzt stirbt* hat Ihnen beim Lesen mindestens so viel Freude gemacht wie mir beim Schreiben.

Wenn das so ist, freue ich mich über Ihre Empfehlung und viele Sternchen auf den bekannten Foren wie amazon.de, lovelybooks.de u.s.w. Selbstverständlich kann es ein Autor nicht jedem Leser recht machen, es wird auch kritische Kommentare mit entsprechend weniger Sternen geben – die ich ebenfalls aufmerksam lesen werde.

Persönlich können Sie mir Ihre Kritik über christoph.spielberg@t-online.de mitteilen. Mit Interesse sehe ich Ihren Anregungen und Fragen entgegen und werde mich bemühen, jede email zu beantworten. Für Hinweise auf Rechtschreibe- oder Formatierungsfehler bin ich ebenso dankbar.

Ebenso sind Hinweise auf *Denn wer zuletzt stirbt* auf twitter, facebook u.s.w. willkommen – oder ganz altmodisch Mund-zu-Mund mit Freunden bei einem Kaffee, Tee, Wein (ja, auch Bier oder Smoothie sind erlaubt).

Herzlichen Dank, Ihr Christoph Spielberg

Printed in Great Britain
by Amazon